U0939967

一部极具政治智慧的反腐巨著

纪委书记

罗晓◎著

2

二十一世纪出版社集团
21st Century Publishing Group
全国百佳出版社

图书在版编目（CIP）数据

纪委书记 . 2 / 罗晓著 . -- 南昌 : 二十一世纪出版社集团，2016.12

ISBN 978-7-5568-2080-1

Ⅰ . ①纪… Ⅱ . ①罗… Ⅲ . ①长篇小说－中国－当代 Ⅳ . ① I247.5

中国版本图书馆 CIP 数据核字 (2017) 第 069436 号

纪委书记.2　　罗　晓 著

责任编辑　张秋林　张　宇

出版发行　二十一世纪出版社集团

（江西省南昌市子安路75号　330009）

www.21cccc.com　cc21@163.net

出 版 人　张秋林

经　　销　新华书店

印　　刷　北京建泰印刷有限公司

版　　次　2017年5月第1版　2017年5月第1次印刷

开　　本　710mm × 1000mm　1/16

印　　张　20

字　　数　280千

书　　号　ISBN 978-7-5568-2080-1

定　　价　48.00元

目　录

钢铁厂千亩地皮。然而北川本地利益集团代表、政法委书记郭立功面对这块巨大的蛋糕也是垂涎欲滴。双方你争我夺、寸步不让，展开了激烈交锋。

在赵晋的斡旋下，朱洪春空降北川担任北川市委书记。常委会上，朱洪春推波助澜，翻云覆雨，将市长严武德与郭立功玩弄于股掌之上。郭立功迫于压力，只能屈服，但最终方案还是由他控制的鹏程地产重组夏恒钢铁。虽然蛋糕失而复得，但郭立功却忧心忡忡，因为他知道，自己彻底暴露了，肯定被列入了纪委的黑名单。

新上任的北川市纪委书记于清风敏锐地感觉到，夏恒钢铁重组存在着重大利益输送。果不其然，在接下来的调查中，郭立功处处阻挠，办案人员处处碰壁。于清风打算绕开郭立功，从郭立功的儿子郭阳身上着手。线索指向金公主歌厅的头牌秦妃丽，她却离奇失踪。正当于清风束手无策时，突然柳暗花明，被双规的陈正治声称要交代问题，揭露北川市的重大黑幕。

陈正治交代了重要证据的隐藏地点，纪委干事袁丽萍在取证途中却遭遇车祸身亡，紧接着陈正治也离奇暴毙。两起命案背后的黑手正是郭立功，不过，他也因此被车祸杀人制造者蒋伟勒索，盛怒之下的郭立功杀人沉江。出人意料的是，心思缜密的袁丽萍在车祸发生之前，已将证据快递纪委。正所谓天网恢恢疏而不漏。

第十一章

空手套狼，侵吞国资瞒天过海／245

表面平静的北川市暗流涌动，在市委书记朱洪春的推动下，连城地产公司打着重组夏恒钢铁的旗号，得到了钢铁厂六十五万平方米的土地，并以此成立了夏恒地产公司。接着，夏恒地产公司借着北川市开发新区的东风，一口气把原属于钢铁厂的土地卖了四十个亿。这一手空手套白狼，玩得可谓惊心动魄，胆大包天。

第十二章

殊死交锋，纪委书记高悬利剑／280

夏恒地产欲斥资四十亿收购欧洲的一家新能源企业。消息传出，一石激起千层浪。就在各方惊叹夏恒地产的大手笔时，李思文却敏锐地嗅到了这个项目背后隐藏的惊天骗局：夏恒地产的真实目的在于向国外转移资金！在一系列的调查取证中，纪委干部接连受到生命威胁，于清风车祸住院，李思文连夜把证据送到省纪委。贪腐分子终于被一网打尽，等待他们的将是党纪国法的严厉制裁。

第一章　赤膊上阵，偷鸡不成蚀把米

钱克一声接一声的呼救令政法委书记陈正治心惊肉跳，他终于按捺不住，赤膊上阵，跳将出来，暗中掩护钱大卫等人撤离。不料于清风与唐明华早有准备，不仅逮住了钱大卫，击中了陈正治的软肋，还在常委会上联手出击，拿掉了陈正治兼任的公安局长职务。

钱大卫带人擅闯酒厂办公室，围堵打伤纪检小组成员，烧毁酒厂账册，这已经构成刑事犯罪。110 接到报警后竟迟迟不出警，生生拖了一个小时，难怪于清风生气。县委书记盛怒之下要整顿公安系统，陈正治也无话可说。

一行人准备返回县委，于清风招手叫住陈正治："老陈，让明华跟你坐一辆车吧，我有急事要马上处理，你们先回县委准备一下，我很快就到！"

"好！"陈正治点头同意，脸上没什么表情，心里却很不高兴，于清风这是让唐明华盯着他吗？本来还想私下给钱克打个电话，有唐明华在，他就打不了了。

唐明华平时跟陈正治来往不多，一方面是唐明华洁身自好，除了正常公务，很少与其他常委接触。另一方面，以前的纪委只是书记管辖下的一个附属部门，发挥不出纪委的作用，所以陈正治不怎么重视唐明华。

但最近情况有变，政府高度重视反腐，纪委不再只是书记辖下的摆设，纪委独立出来，由上级纪委直辖，唐明华的地位陡然重要起来。

开车后，陈正治的车速很慢，眼下他很被动，他想跟唐明华套套话。

唐明华上车后一直保持沉默，似乎在想什么事。

陈正治以前对唐明华多少有点居高临下的味道，现在要他低下头拉关系，很不适应。

“明华，今天……这个事我也挺恼火的，下属部门缺乏责任心，执行力太差。你看我一天到晚忙得焦头烂额，实在无法面面俱到。这件事我一定会追查，严究责任……”

沉吟了一阵，陈正治终于硬着头皮开口了，把责任都推到了下属头上。

唐明华看了陈正治一眼，肃然答道：“陈书记，你这话我不赞同。下属不作为或胡作非为，领导怎能没有责任？不仅有责任，还要负最大的责任。我上次去市里开会，上级纪委领导特别点了这个问题，说我们党处于关键时刻，最重要的就是从严治党，从严肃纪。严从哪里来？就是从自身做起，正人先正己，打铁还要自身硬。今天晚上酒厂发生的事非常恶劣，打伤办案人员，烧毁账册，开车堵大门……简直是无法无天。报警后，一个小时没有警察赶到现场，这是渎职、犯罪！”

一向低调的唐明华居然跟火山爆发一样，冲着陈正治就是一顿轰炸。

唐明华本是一种情绪上的宣泄，话里透着对犯罪分子猖狂的震惊，更透露出对陈正治工作态度的不满和失望。作为一县执法机关的最高负责人，陈正治在此次事件中负有不可推卸的责任。

陈正治碰了一鼻子灰，闷头开车。唐明华发飙让他心里很不痛快，说到底两人同为县委常委，你唐明华再不满，也不能当面打脸吧。

同时，陈正治暗自警惕，唐明华的爆发是一个信号，摆明了要跟于清风站在一个阵营。

唐明华见陈正治脸现怒色，怎么会不清楚他的想法："陈书记，你别以为我是针对你，我唐明华不会站在任何人一边，我只是以一个共产党员的身份就事论事。我是狮子县的纪委书记，我的职责就是监督和管理县里所有的党员干部，谁违纪了，谁做了党员干部不该做、不能做的事情，我就要管。哪怕是于书记，我也要管，这是我的职责！"

要是在以往，陈正治可能会当面喷唐明华一顿，但现在他就要掂量一下了。现在纪委是独立系统，属于中纪委垂直管理，任何牵扯党员自身作风、纪律的问题，纪委都有权过问，有权查处。唐明华此时说这些话，分量和意义与以前完全不同。

唐明华越说越严肃，语气也越来越重："陈书记，你是管政法的，一个国家最重要的就是法纪严明。刚刚酒厂发生的恶性事件，已经说明我们狮子县法纪松散。"

陈正治脸都黑了，脚下使力，车子猛一下蹿了出去，他把火气都撒在车子上了。

县委办公大楼，于清风的秘书王见看到陈正治和唐明华就迎了上来："陈书记，唐书记，于书记让我通知县委领导开会，已经到了四位领导，还有四位马上到，请陈书记和唐书记到会议室等一会儿。"

唐明华点点头，陈正治依然黑着一张脸，心不在焉，像没听见王见的话一样，径直走上楼梯。

已经晚上九点多了，县委办公楼黑洞洞的，只有三楼那间小会议室的灯还亮着。

陈正治和唐明华进去时，三楼小会议室里已经坐了四个人，分别是常务副县长吴青云，县委组织部长吕青松，宣传部长曾元明，人武部长郑国栋。

“陈书记和唐书记来了，这么晚了于书记通知我们来开紧急会议，到底发生了什么事啊?”吴青云几人一头雾水，于清风亲自给他们打电话，语气很不好，显然不是小事情。

陈正治脸色有些不自然，摇了摇头没说话。

唐明华点点头道：“是有些事情，等会儿听于书记说吧。”

陈正治眼中闪过一抹冷色，他原本以为于清风要走内部书记办公会，那样的话陈正治没有一点胜算，毕竟于清风是一把手，他陈正治根基再深厚，在书记办公会上也没有发挥的余地。谁知道他竟召开全体县委常委扩大会议，在这个会议上，一旦形成决议，就要坚决执行，除非遇见极特殊状况，否则连市里也不会驳回常委会决议。

显然，于清风是想通过常委会光明正大地处理陈正治的问题。

不知道于清风是有十足的把握，还是天真到以为他陈正治会束手待毙。陈正治冷笑几声，于清风的自大，恰恰给了他反击的机会。

没过多久，于清风就带着县长谢学会，县委副书记张允学，常委副县长周榆进来了。

“人都到齐了吧，这么晚把大家叫来，确实有紧急情况。”

大家见于清风表情凝重，对这个特殊的常委会议格外重视起来。

于清风把今天晚上发生的事情简单介绍了一下，众人一听就知道事态严重。于清风重点说了警方的问题，公安局由政法委书记陈正治兼管，要说责任，自然是陈正治的责任。陈正治在狮子县工作多年，他的影响力跟县委书记于清风不相上下，尤其是在常委会上，陈正治的盟友不少。看来，今晚免不了一场较量。

在场一共十人，原县委常委、县委办主任田志强退二线后，暂时安排李思文以县委办副主任的身份主持工作，县委办主任的位置一直空着，所以狮子县十一个常委暂时少一人。

会议现场的气氛十分凝重了，虽然只有于清风一个人在说话，但大家都感觉到了浓浓的火药味，看来于清风与陈正治的对决已经不可避免。前任县委书记余志高也曾雄心勃勃地与陈正治掰过手腕较过劲儿，结果是余志高调走他县，足以看出陈正治非凡的手段和深厚的根基。

陈正治知道于清风是针对他，所以黑着脸一声不吭，心中寻思着怎么反击。

他不需要正面打败于清风，只要让局面陷入僵持，就是胜利。一个驾驭不了常委会的一把手是失败的，一个失去威信的县委书记和没牙的老虎没有区别。

于清风这次也是下定了决心，正所谓开弓没有回头箭，从来到狮子县开始，于清风就若有若无地感觉到一股阻力，这股阻力使得他对酒神窖酒厂的清查工作一拖再拖，也让他改革狮子县的方案始终停留在书面上。

以陈正治为首的狮子县保守势力已经成为全县发展的障碍，平时还看不出来什么，一旦他们与下面的企业有千丝万缕、纠缠不清的关系，弊端就彻底暴露出来了。今天晚上的恶性事件，给他们敲响了警钟。

不能再犹豫，不能再畏缩不前，于清风坚定自己的信念，决定抛开所有顾忌，向这股压在狮子县人民身上多年的陈腐势力宣战。

于清风坐直身体，眼中光芒大盛，朗声说道：“针对今晚发生的恶性事件，我有三个提议，第一，马上组成专案小组对酒神窖酒厂的案子进行严查，对涉案不法分子严惩不贷。第二，对狮子县的公安系统进行一次彻底的整风肃纪。第三，这次事件，陈正治同志负有不可推卸的领导责任，我代表狮子县委对陈正治同志提出严厉批评。由于陈正治同志精力有限，主要精力都放在了管理全县政法系统上，无余力管辖公安局的事务。因此，我将向北川市委申请，解除陈正治同志兼任的公安局局长职务。”

于清风单刀直入，不留情面，把陈正治气出一张大红脸，他没有一点准备，被于清风锋芒毕露的话搞了个措手不及。

会议室一片沉默，跟陈正治走得近的常委有前县委办主任田志强，常务副县长吴青云，常委副县长周榆，宣传部长曾元明，人武部长郑国栋，这五个县委常委都是本地人，跟陈正治关系很好。加上陈正治，他们占了十一个县委常委里的六个，超过半数，所以前任县委书记余志高黯然离开。

今天的情况有点特殊，一是陈正治本身理亏，做事出了纰漏，二是常委少了田志强，因此很可能形成五对五的局面。

平局足以让陈正治过关，不过还不保险。他沉着脸端起水狠狠地喝了一口。这次常委会有个变数，就是县长谢学会。

狮子县委常委目前是三方格局，人数最多的是陈正治一方的本地官员，他们手里有五票。于清风算上他自己、唐明华、张允学，也就三票。另一方是县长谢学会和组织部长吕青松。

县长谢学会是最弱的，按照以往的经验，谢学会会站在于清风的对立面，这样一来，自己胜券在握。

陈正治暗暗松了一口气，若非迫不得已，他也不愿意与县委书记别苗头，即便胜了，那也是两败俱伤。

于清风要整顿狮子县官员腐败，立志革新，是于清风的选择。陈正治有自己的立场，他要维护背后支持他那些人的利益，即使他现在不想走这条路，也下不来了。

针尖对麦芒，两人的矛盾不可调和。陈正治原本还想撑到他退居二线，享个清福，可是于清风不想等了。

于清风讲完情况和处理建议后，看向谢学会："老谢，说说你的看法，我们不搞一言堂，不拉帮结派，要民主要公正。"

陈正治精神一振，机会来了，抢在谢学会说话前开口："对对对，请谢县长说说您的意见，我一直觉得谢县长处理事情十分公正，令我们都很信服。"

陈正治在向谢学会传递信号，意思很明白，只要谢学会今天帮他说话，他自然会投桃报李。如果陈正治支持谢学会，谢学会不费吹灰之力就能压倒于清风。即便于清风是县委书记，是狮子县的一把手，只要他的提议和决定通不过县委常委会，他这个县委书记也就做到头了。

他已经暗示得非常明显，以谢学会的政治头脑，没理由不选自己。很快，于清风就将成为狮子县的历史。陈正治眼中闪过一抹寒芒，和他斗，于清风太自不量力了！

谢学会深吸了一口气，环视众人，最后看向于清风，这才回答："于书记和陈书记都问我的看法，那我就说一说。酒神窖酒厂以前是狮子县的骄傲，是利税大户，但这几年，酒厂却成了束缚全县经济发展的包袱，成了某些人营私贪赃的工具，酒厂改革刻不容缓。另外，公安局的情况也相当严峻，法制是我们的根基，法制不严是会出大乱子的，所以我赞成对公安局的肃纪行动。我赞同于书记的意见，确实要放权分管才能出效果，陈书记兼管无法面面俱到，要不然县公安局也出不了这么大的娄子!”

陈正治脑袋嗡的一下，彻底懵了，谢学会疯了？他怎么会赞同于清风的提议？难道自己刚刚的暗示不够清楚？

于清风点点头：“那好，谢县长既然表了态，我们就针对陈正治同志不再兼任县公安局局长职务的提议进行投票表决，老规矩，举手表示同意提议，不举手表示反对提议。我第一个表态，我同意!”

县委书记于清风第一个举手，第二个举手的是唐明华。

“我同意!”县长谢学会也举了手，他刚刚已经表明了态度。

谢学会一同意，跟谢学会关系密切的吕青松自然也举手表示支持，接下来是县委副书记张允学。张允学向来紧跟县委书记于清风，于清风手中这三票毫不意外，意外的是县长谢学会和吕青松两票。

谢学会的态度让陈正治懵了好一阵子才清醒过来，看着举手的几个人，脸色阴沉。还好，就算谢学会跟于清风站在一边，加起来总共也只有五票，陈正治这边也有五票，五票对五票，平手。要是办公室主任田志强还在常委的话，于清风就只能甘拜下风了。

于清风见局面僵持，当即掏出手机，一边拨电话一边说：“对了，忘了个事，开会前我已经跟市委徐书记打电话汇报过情况了。徐书记让我开会表决时给他打个电话，他有话对大家说。”

陈正治心里一震!

于清风今天真是有备而来啊，居然让徐书记在关键时刻打电话，他们到底要干什么？陈正治头皮发麻，强烈的不安涌上心头。

电话通了，于清风按了免提，手机声音虽然不大，但在场的人都听得清清楚楚。

“开会了？那好，我说几句，我就不用跟大家做自我介绍了吧？清风同志跟我说了一下你们的情况，当时我正在吃晚饭，听到这样的消息，我哪还吃得下饭？我差点没把碗摔了。我没别的话，就两句，酒厂的事要严查，公安队伍要严肃整顿。我表个态，在这件事情上，市委授权给你们县委，彻查过程中，无论涉及什么人，不管他有多高的职位，不管他有多大的权势，只要存在违法违纪的行为，你们县委可以就地免职，然后向市委汇报。好了，我就说这么多，你们继续开会。”

徐建国的话听得陈正治脸色煞白，汗珠子都冒出来了。

于清风见目的达到了，又说道：“嗯，还有没有举手的?”

于清风目光如剑，看向常务副县长吴青云，吴青云身体一抖，脸上堆着讪讪的笑，很不自在，艰难地举起手，说：“我……我……我赞成……”

吴青云赞成!

这一记凶猛的重拳狠狠打在陈正治胸口，陈正治一口气没喘上来，生生憋了回去。如果说谢学会和吕青松的投票让陈正治意外，那吴青云的投票简直就是叛变，像一把刀捅在陈正治心口!

见吴青云举了手，常委副县长周榆也举起手：“我同意!”

“我也同意!”宣传部长曾元明表态。

“我……我也同意……”人武部长郑国栋也犹犹豫豫地举起了手。

十个人，只剩陈正治自己没举手，不过已经无所谓了，按照常委会投票的规则，只要赞成票达到六票就算通过，反之，则不通过。

强烈的被背叛的感觉涌上心头，陈正治双眼差点儿没喷出火来!

于清风点点头道：“好，九票赞成。我宣布，提议通过，陈正治同志不再兼任县公安局局长职务。公安系统是最基础的执法单位，不可一日无首，要尽快确定县公安局代局长人选。在这里，我提一个人，县公安局党委副书记、副局长刘正东同志。正东同志有几点优势：一，刘正东同志党性坚定，原则性强。二，刘正东同志在公安系统干了十多年，熟悉业务，上手快，由他任代局长，我认为很合适。大家有什么意见，尽管说。”

“我不同意于书记的提议。”

于清风话音刚落，陈正治嚯一下站了起来。他头脑逐渐清醒过来，吴青云等人的表态不意味着对他的背叛，而是胳膊扭不过大腿。于清风得到市委书记的支持，县委这边谁敢站出来反对？既然不可逆转，他们又何必跟于清风对着干？

公安局局长的职务虽然没了，但是这并不意味着他就失去了对公安系统的控制。他还是政法委书记，只要他能把自己的人推上来，那么县公安局就还是他的天下。

“县公安局经此一事，人心浮动，需要一个精力充沛的人管理。我提两个人选，一个是县反贪局局长吴先进同志，一个是县刑警队大队长赵光荣同志。这两个人都是政法系统里的干将，年龄都在五十岁以下，精力充沛。刘正东已经五十六了，身体和精力都跟不上县局工作的要求。”

陈正治推出自己的人选。既然已经跟于清风针锋相对了，就不能退让。

这两个人都是他的嫡系，公安局长的职务放到他们俩任何一人手中，跟在自己手里一样。但刘正东不行，这人又臭又硬，在局里一直和陈正治唱反调，是他的眼中钉肉中刺。刘正东刚直不阿，人又清廉，陈正治一直没拿住他的把柄。

之前，陈正治在公安局内处处提防刘正东，事事一手抓，刘正东在公安局内已经被彻底边缘化。一旦于清风把刘正东推到局长的位置上，肯定会出大问题。别的不说，他陈正治屁股底下就不干净，刘正东说不定能翻出他的老底。

谢学会咳了一声，见大家都看向自己，这才开口：“我说两句吧。县公安局目前问题颇多，确实需要整风严纪。陈书记推荐的两个人我觉得不太合适，反贪局的吴先进工作风格偏软，说明白点，就是和稀泥。反贪局这几年在吴先进的领导下有什么成绩？一件都没有，你们相信这样的人吗？再说说另一个人选，刑警队大队长赵光荣，这个人我也了解，四十几岁，人也算年轻，他从基层干警一直干到刑警大队长，基本没有特别突出的成绩，比较显眼的事就是这几年搞的公安系统的形象宣传。这样说吧，露脸的事都是他在搞，真正的刑侦案件基本上都没有他参与。我还了解到，他能一路高升基本上都是陈书记推荐的，不知道这算不算是任人唯亲?”

于清风跟陈正治已然水火不容，没想到现在连谢学会也毫不留情地揭起陈正治的短来。在谢学会眼里，这两人一个和稀泥，一个搞面子工程，一钱不值，连带着还给陈正治扣了个识人不明的帽子。

陈正治脸色涨得通红，谢学会一针见血，反贪局局长吴先进和县刑警队大队长赵光荣虽都正当壮年，年龄占优势，但工作上却着实没有什么能拿得出手的成绩，这两个人的确是他一手提拔起来的。没想到谢学会把事情摆出来，让他难堪。

谢学会不理陈正治，又说道：“我这人就事论事，不谈私人感情。吴先进和赵光荣的确不是县公安局代局长的最佳人选。相反，于书记提议的刘正东副局长我觉得不错，刘正东年纪虽然大了些，但他是我们狮子县名气最大的老刑侦专家，是靠成绩坐到现在这个位置的，在县公安局刑侦队伍中有很高的威信。让这个人任县局代局长，我认为很妥当。”

接下来，半数常委表态，赞成推荐刘正东任代局长。陈正治傻眼了，他怎么也没想到，在这种紧要关头，谢学会居然一而再再而三地站在于清风一边。

陈正治气急败坏地喘了几口气，恼羞成怒地道：“我不同意!”

于清风摆摆手淡淡地道：“我们允许有不同意见，老陈的意见保留，等下一并向徐书记汇报。至于市委领导会采纳哪个方案，我服从组织安排！”

陈正治心里憋得难受，今天这场争斗他输得彻底，这是很关键的一场战争，一旦他控制不了县公安局，就注定他在狮子县的仕途要下滑了。

大势已去！

在这一役中，他犯了三个致命错误：第一，他低估了于清风等人的决心，没想到于清风会抓住酒厂的漏洞，掀起大反击，让他措手不及，以至于身陷被动，步步败退。第二，他没想到县长谢学会会义无反顾地站在于清风那边，为他冲锋陷阵，拉平了票数。第三，也是最关键的一点，他没想到于清风居然会不顾县委书记的面子，向市委徐书记求援。这一招的杀伤力太大，直接导致吴青云等人退缩。

于清风见陈正治一脸不甘心，最后给了他一记重拳：“还有个事我要提一提，那就是追责。无论是酒神窖酒厂的事，还是县公安局的问题，都要一查到底，无论涉及谁，都要查个水落石出。徐书记刚才也指示了，涉及谁，县委都可以现场免职，严审处罚！”

陈正治身体一震，这才想起来，刚才徐建国书记在电话中确实说过这个话，他兼任的公安局局长职务是因为问责而撤销的。

陈正治心中忐忑不安，没出事之前虽然是铁板一块，现在他突然失去公安局长这个实权位置，威慑力大不如前，大家原本就是因为利益绑在一起，指望他们在接受调查时不把自己抖搂出去，根本不可能。

前一天还意气风发，此刻竟陷入四面楚歌的境地，陈正治心中一片悲凉。

于清风见陈正治一脸黯然地坐在位置上，知道他害怕了。

“我们狮子县正处于最关键的变革时期，人民的安定、经济的发展需要有人保驾护航。因此，我们要打造一支严纪肃纪、令行禁止的公安执法队伍，这是历史和党赋予我们的神圣使命，刻不容缓。我们是党的队伍，党纪更要严于国法。看看现在，我们的队伍里有人乱了党纪，践踏了国法。酒神窖酒厂发生的连续恶性事件，给我们狮子县敲响了警钟。我于清风在这里撂下话，我将坚决与一切腐败势力斗争到底，个人荣辱生死，早已抛在脑后。我希望在座各位能与我一条心，共同努力，为狮子县留下一支清白干净的队伍，将狮子县推向繁荣昌盛。”

于清风这话说得慷慨激昂，其中还隐含着悲壮。

唐明华最了解于清风心情的，于清风上任初期，也是雄心勃勃，一心要发展狮子县，奈何遭到以陈正治为首的狮子县保守势力多番阻拦，导致于清风的很多想法变成一纸空文。几年来，于清风多方努力，试图说服保守势力，携手发展狮子县，但是他的努力失败了。

于清风这才知道，这股保守势力为了保护背后的利益集团，已经成为阻挠狮子县改革发展的最大绊脚石。尤其是在鹰嘴镇贪腐案爆发后，于清风终于认清了，一味地想当个“好婆婆”是行不通的。腐败就像一个毒瘤，放任它长大，说不定哪一天就会给你致命一击。

攘外必先安内，要发展，必须要打造一支经得起考验，有党性的队伍。否则改革和发展就会成为一句空话。

于清风的反击太猛烈了，陈正治步步败退心乱如麻。想到一旦事情败露，后果无法想象，陈正治已经没心思再跟于清风斗了，他现在只想避开于清风的锋芒，赶紧把漏洞堵上。

“于书记，你的话振聋发聩，你说得对，我们狮子县确实需要一支纪律严明，战斗力强的执法队伍，我之前的提议确实考虑不周。刘正东副局长虽然年纪大了，却是我们县公安系统的一面旗帜，素质过硬，有他暂代县局局长的职务确实人尽其才，我赞成！”

吴青云等人本来还在犹豫，不想陈正治的态度忽然来了个一百八十度大转弯，他们心里一轻，当即出声附和陈正治，赞成刘正东出任代局长。

于清风今晚召开常委会的意图都实现了。拿掉陈正治公安局长职务，相当于断了陈正治一条臂膀；换上刘正东，等于将战斗力强悍的公安队伍收入麾下。

此消彼长，失去公安局这个执法利器，那帮腐败分子的好日子也快到头了。

一场突如其来的常委会就这样落下帷幕，不管是于清风还是陈正治，都知道这次交锋不过是一次前哨战，下一次才是决战。

县委常委召开紧急会议的同时，钱克在家拿着棍子狠揍他儿子钱大卫，酒厂的情形让他怒火中烧。

钱大卫躲闪中挨了几下，哭爹叫娘地嚎着，其实没那么疼，只是叫得厉害而已。

钱大卫的老妈卢秋慧见老公真揍儿子，忍不住扑上来阻拦，哭闹着说：“你这老混蛋就知道打儿子，儿子是咱家的独苗，有个闪失你赔得起？你要打老娘就跟你拼了！”

卢秋慧平时对钱克教训儿子并不怎么阻拦，毕竟儿子确实不靠谱。但这次钱克是真打，她就坐不住了，立马站出来护着。

钱克这时也打累了，一屁股坐在地上骂卢秋慧：“你这老婆子就知道护犊子，你知不知道你这宝贝儿子今天把天都捅破了，我都没办法补了，你还护，就等着……就等着给他送牢饭吧！”

“你说什么？”

一听到老公说“送牢饭”，卢秋慧吓了一跳，老公再生气也不至于咒自己的亲生儿子吧，瞧他气急败坏的样子，莫非儿子真在外面惹了什么大祸？

钱克见儿子还一副斗气公鸡不服的模样，忽然悲从中来，一边抹泪，一边叹气。

“老钱，你……你到底怎么了？你可别吓我啊！”结婚二十多年，她从没见钱克流过眼泪。一家子全靠钱克，如果连他都摆不平，那问题就大了。

见他妈追问，钱大卫恶人先告状：“妈，我爸就是熊，我今天也是为了给他出气，人家都骑到咱头上来了。妈，你晓得我那辆新车可是花了一百万啊，车给人家砸了，我还不能还手？”

卢秋慧一愣：“你说什么？谁砸了你的车？”

儿子买新车的事她当然知道，钱还是她出的。

“你还说？你个狗杂种除了会生事你还会什么？”一听儿子提这事，气不打一处来的钱克又跳了起来，抄起一张椅子朝儿子没头没脸地砸过去。

“老子砸死你算了，省得你到牢里头给人弄死。老子怎么养了你这么个不成器的东西啊！”

钱克一边追打一边叫喊，儿子没本事不争气也就算了，反正他也赚够钱了，足够儿子安安生生过一辈子逍遥日子，但这个混账却偏偏到处惹是生非，这下好了，惹的事连他也解决不了了，搞不好这次全家都要被他送进牢里。

卢秋慧一惊，赶紧问钱克：“老钱，到底什么情况？再怎么说儿子上百万的车被砸了也不能不闻不问嘛，要不然别人还以为我们好欺负呢！”

“这混蛋今天闯了大祸了！”钱克一边说一边抚胸顺气，“他……他今天带着无赖去打酒厂纪检小组的人，把账册烧了，还开车堵了酒厂大门……”

卢秋慧听了，觉得这也不算什么大不了的事，就说：“老钱，我这几天听说厂子里派了新人来，把你逼得不行。儿子这也是为了给你出口气，打了就打了呗，反正都是厂里的事。是厂里的事不都归你管吗，多花点钱就行了！”

钱克气得差点吐血，横眉立目道：“你这老娘们，我都不知道该怎么说你好了，你以为这厂子是我开的？想怎么样就怎么样？你那脑子怎么蠢得跟儿子一个样。”

卢秋慧见钱克连她一起骂，也恼了：“你怎么说话的？以前你不就是把厂子当自家嘛，打伤了人多给点钱不就行了，有什么是钱不能解决的？”

钱克气得胸口疼，缓了半天才无奈地说：“说了这么多，你就没弄懂我们的情况，如果真是厂子里的人出了问题，那好说，关键是你儿子这次惹了我们惹不起的人。厂子里不是新来了个纪委书记吗，那小子是县委书记于清风派来的。于清风派人进驻酒厂就是想查酒厂的账，把他的人打了跟打了于清风有什么区别？纪检组来了，我本来就头大，正想办法应对，这下可好了，你这蠢材儿子自个儿送证据给他们，你说怎么办？”

卢秋慧这才弄明白是怎么回事，说到底，他们这些年贪赃枉法的事没少干，厂子里的人也得罪了不少，钱克不出事还好，出了事自然有大把人检举揭发他。

怔了片刻，卢秋慧赶紧放低声音问钱克：“老……老钱，那……那怎么办啊？是不是赶紧让儿子到外头躲一阵？”

“往哪儿躲？”钱克叹着气摇头，“我回来的时候就被人跟踪了，肯定是被监视了，你儿子想逃也逃不了！”

卢秋慧一愣，走到窗边把窗帘拉开一点缝往下偷瞄，楼下的街道上停了一辆轿车，车里坐着一个，车外站了两个，正盯着她家。

卢秋慧吓得赶紧放开窗帘，冷汗都冒出来了，喃喃地道：“这可怎么办才好，这可怎么办才好……”

真有人监视，这时候别说儿子了，他们也走不了了。

钱大卫也被吓到了，腿都软了：“爸，爸，我……我不想坐牢啊，你要给我想办法啊，我……我……你们可就只有我这一个儿子啊……”

钱克闭着眼睛叹气，半晌才睁开眼：“你现在知道怕了？我就不知道你哪来那么大的胆子，开车去堵酒厂大门，还敢打伤纪检组的人，我……我真的没办法了。”

卢秋慧犹豫了一下才说：“老钱，要不……要不你给陈书记打个电话，求求他，你以前不是说陈书记不怕于清风吗，他不是说在县里没他摆不平的事吗？求求他，等会儿我给他准备一份大礼。”

钱克直摇头，好一会儿才出声：“没用的，今时不同往日，陈书记自己也是泥菩萨过河，自身难保。刚才在酒厂，于清风把陈书记吼得一愣一愣的，陈书记硬是没说一句话。于清风当面就说要撤销陈书记公安局局长的职务。这天，只怕要变了！”

卢秋慧一听连陈正治都出问题了，这才感觉真的出大问题了，脸色大变，抖着手，眼泪哗哗地流了出来，一边哭一边说：“这可怎么办啊，这可怎么办才好啊，前两天女婿出了事，这下儿子老公都出事了，这可怎么办啊……”

钱克坐在沙发上叹气，连安抚妻子的话都说不出来，心里只不停地闪现一句话：“早知今日，何必当初！”

就在卢秋慧和钱大卫六神无主的时候，楼下灯光大亮，来了不少车。卢秋慧探头往窗外一看，大惊：“老……老钱，不好了，是……是警车，来……来抓儿子了！”

她没说错，来人确实是来抓捕钱大卫的，县委刚刚成立专案小组，由火线上任的公安局代局长刘正东任组长，对以钱大卫为首的十余名犯罪分子连夜进行抓捕。

敲门声响起后，钱大卫吓得躲到钱克身后，抱着卢秋慧的腿结结巴巴地道："爸，妈，你们救我……救我，我不想坐牢啊……"

钱克佝偻着身子过去开门，门外站着三个穿制服的警察，为首的人亮了一下工作证件："钱厂长，我是县公安局的郝志武，你儿子钱大卫在吧？他涉嫌伤人，毁坏证物，损毁公共财产，妨碍公务，我们要逮捕他，请你配合！"

郝志武在门口就已经看到了缩在后面的钱大卫了，对钱克说的话只是例行公事。话说完一挥手，身边两个警察就进去了，逮着钱大卫上了手铐。钱大卫已经吓瘫了，两人像拎小鸡一样拎起他就走。

钱克和卢秋慧眼睁睁看着警察抓走了钱大卫。

今天晚上对狮子县来说注定是一个不平静的夜晚，火线上任的刘正东连夜召开紧急会议，起用一批素质和品质都过硬的警员，成立特别小组，一方面准备对县公安系统进行彻底清肃检查，另一方面对酒厂闹事分子进行抓捕，主要对象就是钱大卫和黄毛蒋伟。

李思文离开酒厂后直奔县人民医院，他不放心袁丽萍那几个受伤的下属。

六个纪检小组成员，伤得比较严重的是胡东，额头被打破了，右胳膊骨折。当时钱大卫带人围攻时，因为他和张妍是警察，受过专业训练，所以一直护着其他人。尤其是胡东，一直站在最前面，因此伤得最重。

其次是张妍和袁丽萍、谢子立，几个年轻人护着朱于华和傅家学两个年纪大的，张妍和袁丽萍别看是女孩子，一点也没退缩。袁丽萍和张妍、谢子立受了些皮外伤，无大碍，上点药水包扎一下就行了，都在医院里看着胡东。

朱于华和傅家学没受伤，李思文安排李保玉把他们送回家休息了。

胡东头上缝了十一针，右胳膊的正骨手术做了一个半小时，手术完已经是凌晨了。从手术室出来时，打了麻药的胡东还没醒过来。

李思文到了医院，袁丽萍和张妍、谢子立刚好从胡东的病房出来。

张妍低低地喊了一声："头儿……"

袁丽萍喊道："李主任……"

谢子立一直很男人，但见到李思文后还是忍不住眼圈一红，哑着嗓子喊了一声："李书记!"

"你们辛苦了!"李思文拍了拍谢子立的肩膀，眼睛也湿润了。

第二章　釜底抽薪，打蛇不死反被咬

酒厂的调查进入了顺风顺水的快车道，所有人都以为反腐胜利果实即将到手，陈正治已经彻底失败毫无反抗之力。正当李思文踌躇满志打算为酒厂未来重组奔波时，突然晴天霹雳，一则消息传来：于清风被免去狮子县县委书记职务，调往北川市担任市财政局副局长！

当晚，李思文带着几人去吃宵夜，因为心情不好，几人都喝得酩酊大醉。

第二天早上，李思文醒来一看时间，已经九点了，李思文连忙爬起来，胡乱洗了两把脸，换了套干净衣服，就要出门。

刚走到门口就响起了敲门声，李思文一边整衣领，一边开门："谁啊？"

打开门，李思文一愣，门外的人波浪长发，一身香气，面容靓丽，竟是分了手的前女友朱琳琳。

"怎么是……你？"

朱琳琳笑得一脸娇媚："能不能让我进屋里说话？"

李思文犹豫了一下，摇了摇头："对不起，我还要上班，已经迟到了！"

朱琳琳伸手点了一下他的额头："木头，今天是礼拜六，上什么班？"

"礼拜六？"李思文掏出手机看了一眼，果然，这几天他忙得天昏地暗，哪里还记得时间。

李思文尴尬地退回屋里："那……进来坐吧。"

李思文住的是县委宿舍，房间不大，一目了然。朱琳琳坐在沙发上，打量了半晌，才幽幽地道："思文，房间里没有女人的用品，你还是单身吧？"

没等李思文回答，又接着说："也是，你跟我分手才几天，怎么可能有新女朋友，唉……我也很后悔……"

李思文心里咯噔一下，面上却神色如常："我给你倒水。"

听朱琳琳的口气，好像是来复合的。可惜李思文现在一心都扑在工作上，已经没有那个念头了。朱琳琳骨子里是虚荣心、攀比心很强的女人，为了金钱，她可以放弃底线，真娶了他，李思文就算再洁身自好，也免不了后院起火。

"瞧你笨手笨脚的样子，还是我自己来吧。记得以前我去你派出所的时候，都是我照顾你，办案你是能手，但在生活上却是一个笨蛋。"朱琳琳一边倒水一边娇嗔道。

倒了水没有自己喝，而是端给了李思文，好像她才是这里的主人。

李思文接过水放在桌子上，沉吟了一下才说："谢谢你以前的照顾，我现在已经习惯了自己照顾自己。"

朱琳琳听了李思文的话，脸色顿时黯淡下来，泪水在眼睛里打转，楚楚可怜地说："思文，你还在生我的气吗？都是我不好，是我对不起你。"

李思文摇了摇头："你误会了，我们已经分手了，过去的事情就让它过去吧。人要为自己的言行负责。既然你已经有新男友了，就应该对他负责。嗯，如果你没有别的事，我还要去处理点儿事。”

朱琳琳见李思文语气冷淡，既不动怒也不动情，一脸失望。沉默片刻，她从包里拿了两样东西放在李思文的桌子上。

一张工行的银行卡和一个宝马车的车钥匙。

李思文不动声色地道：“这是什么意思？”

“这张银行卡里有五十万人民币，车是全新的宝马五系轿车。”

李思文一脸玩味地问道：“那又怎么样？”

朱琳琳咬了咬嘴唇，艰难地道：“思文，这两样东西是别人托我给你的，希望你在酒厂的事上高抬贵手，得饶人处且饶人。今天留一线，日后好相见，你爬到这个位置不容易，虽然……虽然我们已经分手了，但我仍然喜欢你，愿意帮你……”

“这才是你今天来的目的吧？”李思文弄清楚了朱琳琳的来意，冷冷地道，“你什么都不要说了，银行卡和车钥匙拿走，否则我就打电话叫纪委的人来拿了。”

朱琳琳脸色煞白，沉默了一会儿道：“思文，不管你怎么看我，我是真心为你好，难道最近你经历的事情还不够吗？”

李思文难得露出笑容，说：“不经历风雨，怎么见彩虹？”

朱琳琳见李思文油盐不进，有些不知所措，犹豫良久，露出无助的表情，伸手开始解自己的衣扣。

李思文吓了一跳，登时站了起来，表情严肃地道：“你干什么？”

朱琳琳低声说：“思文，只要你愿意，我什么都愿意给你，我……我现在就可以给你……”

“停！”李思文不加思考地打断了她的话，“朱琳琳，请你自重。我不管你来的目的是什么，我可以明确告诉你，你我之间的感情已成为过去，你不用回头，我也不想回头。如果你是作为普通朋友来看我，我很高兴。如果你是为他人做说客，那我只能送你两个字：不行。”

朱琳琳脸色越发难看，嘴唇哆嗦着说不出话来。她没想到李思文居然绝情到这个地步，如果她继续纠缠，俩人日后连朋友都没得做了。

李思文铁了心不给面子，朱琳琳为谁而来，李思文猜得到。让他震惊的是，朱琳琳背后的人居然也掺和到酒厂的纠纷里去了，手伸得可真够长的！

以前就听说酒神窖酒厂是狮子县官商勾结的工具，李思文一直不大相信，经过这段时间的调查，浮现的冰山一角已经让李思文触目惊心。今天朱琳琳上门说情，更证明背后的人十分复杂。有这么强大的背景，难怪钱大卫胆大妄为。

朱琳琳又羞又气又绝望，呼一下站起身抓起银行卡和车钥匙准备夺门而去，不过刚走了两步就站住了，转头恶狠狠地盯着李思文，飞快地脱了自己的衣服。

“你要干什么？”李思文吓了一跳，大喊了一声。

朱琳琳恶狠狠地道：“你瞧不起我是吧？既然你不让我好过，那我也不让你好过。你不是说要跟纪委汇报吗，那你就报，马上打电话，就是不知道他们对你乱搞男女关系有什么想法？”

李思文气得不行，眼见朱琳琳还要继续脱，只好飞快离开房间。走出小区，李思文皱着眉发愁，朱琳琳突然来这么一手，还真让他有口难辩。这要怎么跟唐书记说？

说自己屋里睡着一个和自己没关系的裸女？还是说朱琳琳曾经是他女友，现在闹翻了，反过来诬陷自己，真是跳进黄河都洗不清了！

李思文忽然想到一个人，赶紧掏出手机给袁丽萍拨电话。

“主任，怎么，酒醒了觉得心里不安了？我可告诉你，昨天你喝醉了，酒钱是我出的，但是还钱我是不会接受的，你起码要请我喝一个月原味奶茶才行。”电话一通，袁丽萍笑嘻嘻地说。

“丽萍……什么条件都好说，我是请你帮忙的……”

袁丽萍本就是说笑，听李思文语气着急，连忙问："怎么，又出什么事了？"

李思文见左右没人，低声说道："是这样的，我前女友朱琳琳来了，是来替人送礼讲情的，送了一张五十万的银行卡，还有一辆宝马五系，我一口回绝了。然后……然后她就把衣服脱了，我只好……只好逃了。这事我还真不知道该怎么办，我跟谁说都说不清楚。丽萍，你是女孩子，你给出个主意，看看怎么办？"

袁丽萍"噗"一声笑了出来，说："主任，这样的艳福你怎么不享受？"

李思文恼道："你还说？"

袁丽萍笑了一阵，好半天才停下："我晓得了，这事我去办，你把钥匙给我就行了。"

"你在酒厂吧？好，我马上过来。"李思文松了一口气，直奔酒厂。

李思文工作能力出众，但男女之间的事一直都处理不好。

袁丽萍去了他家，李思文一个人蹲在办公大楼门口出神。钱大卫被捕，钱克惶惶不可终日，看起来是他占了上风，但真要把酒厂里的蛀虫全部铲除，非常难，真正的斗争还没开始！

"李书记，还没吃早餐吧？走，到食堂一起吃点儿吧。"

李思文正在考虑下一步该怎么走，就听有人跟他打招呼，抬头一看，发现这人之前在酒厂欢迎会上见过，却想不起来是谁了，当下问道："你是……"

那人三十多岁，中等身材，堆着一脸笑容，见李思文问他，马上回答道："李书记，我是酒厂保卫科科长郑中原。"

"哦，郑科长啊，你好！"李思文跟他握了握手，自己还真没吃早餐，当即点头跟他一起往食堂走去，一边走一边问，“这时候已经过了早餐时间了吧?”

郑中原笑着说：“因为我们酒厂人多，吃饭都是分时段的，每个时段都有吃的。不过员工食堂分时段的时间是有限定的，毕竟人多顾不过来，不过干部食堂没有限制。”

李思文一听这话就有些反感，不过也没细问。说话间，两人走到食堂大门口。

食堂大厅很大，至少能容纳三四百人，大厅里不锈钢焊制的长条形餐桌摆成无数行，整整齐齐的，最前边是打餐柜台。

李思文还是第一次来厂里食堂，这时大厅里人不多，只有十来个，看到李思文和郑中原，有的露出笑容打招呼，有的则一声不吭地离开了。

认识李思文的几乎没有，大多都认识郑中原。

“李书记，那边……在那边……”郑中原看都没看那些对他笑的职工，指着另一侧请李思文过去。

那个方向有一道门，门上写着“干部食堂”。

李思文看了看职工吃的东西，馒头，粥，很平常的生活餐，柜台上方的牌子上有价码，都是现价，馒头一元一个，粥一元一碗，按价格来说倒不算贵。

郑中原见李思文看着大厅里吃饭的职工，赶紧拉了他往小餐厅那边走，进了门里才悄悄说道：“李书记，别看，那些人啊，看谁都不顺眼。我们还是在这吃早餐吧。”

干部餐厅的装饰与外面职工餐厅的大不相同，厅里有十个桌，圆形的餐桌盖着干净的餐布，每个餐桌边都摆放着八张软垫靠背椅子，右侧还有六间小包厢一样的房间。

郑中原把李思文带到一间小包厢里，请李思文坐下后扭头对外边叫道："小丽，小丽……"

"哎哎……来了……"

外边马上传来年轻女子的声音，接着，急促的脚步声响起，人进来后，李思文见女子二十五六岁的样子，不是多漂亮，但很顺眼，身材很好，打扮也颇为时尚，浑身都散发出诱惑的味道。

"郑科长，要吃点什么？有刚蒸好的黄金面包，煎蛋，小米莲子粥，意大利粉……"小丽笑吟吟地问郑中原，一边有意无意地瞄了几眼李思文。

只因李思文穿得普通，又年轻，她也没怎么在意。厂里领导带朋友来餐厅吃饭是经常事，估计这个年轻男人是郑科长的朋友或者亲戚。

郑中原脸色一正，正正经经地说："小丽，叫厨房老李他们多整几个新鲜吃食，这位是刚到任的厂纪委李书记。"

"李……书记？"小丽一愣，跟着脸色就变了，赶紧点头答应，转身就跑了出去。

她没想到这个看起来不起眼的年轻男人竟然就是这几天闹得整个酒厂人人色变的纪委书记李思文。

郑中原堆着笑脸对李思文道："李书记，小丽是干部餐厅的服务员，小餐厅这边有四个服务员，有两个专业餐点师傅，还有两个中西餐大师傅，菜式餐点还做得不错，等会儿李书记尝尝……"

李思文"哦"了一声，问："干部餐费和职工餐费都要多少钱？"

"不贵不贵，不论是早餐、中餐还是晚餐，我们干部餐厅这边是一顿按五块钱计算，其他的由厂里补贴。职工餐厅那边是按样式计算餐费，素菜两三块钱一份，荤菜六七块、八九块不等，职工是看菜自主要餐，也有职工不在厂里吃，有些职工自己从家里带饭来吃，有的在酒厂外边的餐馆吃。"

李思文点点头，站起来说："郑科长，我到外边吃馒头喝粥去，我比较喜欢那个。”

“到……那边吃?”郑中原一怔，本想拍个马屁，没想到李思文不领情，硬要到职工餐厅那边吃。

郑中原忽然全身一震，突然想起来李思文是酒厂的纪委书记，他来就是查贪治腐的，自己怎么还往他枪口上撞?这不是给自己找难堪吗?

“李……李书记，等等我……”

郑中原吓得一身冷汗都冒出来了，抬腿就跟了出去。出去时正碰上小丽端着碟子过来，见他跑出去就问：“郑科长，李师傅让我先给你和李书记拿点刚烤出来的小点心尝尝，后面马上准备其他点心……”

“吃个……不吃了!”郑中原看也不看，一边跑一边向小丽摆手。

李思文回到职工用餐大厅，在柜台要了两个馒头一碗粥，柜台那儿是个五十岁左右的大妈，夹了两个馒头，又顺手拿了一个碗就着铝桶的勺子盛了一碗粥，端了碗和碟子摆到柜台上说：“三块!”

大妈的拇指都浸到碗里的粥里了，郑中原看得直皱眉头，但当着李思文的面又不好说什么。

李思文倒是没在乎，从裤兜里掏出零钱付了，一手拿碟，一手端碗，转身看了看，径直向那几个还在吃早餐的职工走去，挨着他们坐了下来。

郑中原苦着脸跟柜台大妈说道：“也给我来一份。”

那大妈看也没看他，跟后面的同事说着话，照旧装了两个馒头和一碗粥，“乒”一下摆在柜台上。

郑中原终于忍不住恼道：“讲点卫生行不行?重给我装一碗粥!”

大妈从没听人对她这样不满，顿时恼道：“就这样，你装什么装……哎呀，是……是郑科……科长啊?”

回头一见是郑中原，那大妈立时就慌了，赶紧重新找了个碗，生怕不干净，特地拿干净的洗碗布擦了擦，然后才小心地盛了几勺粥。

从头至尾都没搞清楚郑中原怎么会来职工食堂吃饭，酒厂那么多干部没有哪个来职工餐厅吃过，所以她从不担心领导会来找她们麻烦。说起来也是，干部食堂那边不仅吃的高档，卫生条件也好，几个大师傅想着法子弄新鲜的东西吃，谁不喜欢吃好吃的啊！

李思文一手拿了馒头，一手端碗喝了一口粥，问旁边几个职工：“食堂的伙食怎么样？”

挨着他的职工三十多岁，本来他们也不认识李思文，但见之前郑中原陪他一起进干部餐厅，差不多猜到他的身份了，听他一问，有些拘谨地回答：“还可以吧……”

郑中原这时也端了碟子和粥过来，挨着李思文坐下，一边笑着说：“李书记，职工餐厅的馒头就是好吃，我一顿至少要吃三个。”

原本准备说话的职工见郑中原也过来坐下了，当即就闭嘴不说了。

几个职工把剩下的馒头三两下吃完，喝净了碗里的粥，向李思文和郑中原打了招呼，一起走了。

李思文望着职工的背影若有所思，他们不相信自己，讨厌郑中原却不敢表现出来。这说明酒厂管理层与职工关系并不好。

李思文吃着馒头思考着，郑中原嘴上说喜欢吃馒头喝粥，但吃的时候却是一副愁眉苦脸的模样，至于那碗粥，更是一口都没喝。想起食堂大妈那个浸在粥里的大拇指，他就恶心，但面上还得装样子。

“郑科长你慢慢吃，我先走了。”李思文吃完饭起身要走，他早瞄到郑中原那副假装喜欢却又难以下咽的表情了，保卫科郑科长给他的印象就是很“虚伪”。

郑中原马上站起来，想跟李思文走，又被李思文一把按了下去。李思文指指馒头和粥道：“郑科长，把早餐吃完再走，不能浪费哦！”

郑中原一愣，低头瞄了瞄他那几乎没动的馒头和粥，顿时一脸尴尬，讪讪地道：“是啊是啊，不能浪费，不能浪费……”

这时，郑中原身上的对讲机忽然响了起来：“郑……郑科长，你赶紧到厂门口来，出事了……有几百上千职工闹事……”

“什么?”郑中原顺势推开了馒头和粥。

李思文也是一惊，赶紧对郑中原道：“走，去厂门口看看!”

现在的酒厂风雨飘摇，就算是专职纪检的李思文也不愿意看到有群体事件发生，酒厂是要查处贪腐问题，但不等于将整个酒厂倒腾个天翻地覆。

郑中原是酒厂的保卫科科长，防盗和处理治安问题是他的职责，以前有钱大卫那个副科长瞎指挥，出了事他可以找关系摆平，现在钱大卫倒了，责任也只有他郑中原一个人担了。所以他一听出事了就开始心慌，跟着李思文跌跌撞撞地往厂大门跑。

隔得老远，李思文就看见大门那边黑压压一群人，又吵又闹，乱哄哄的。

又走近一些，就见一群人围着停在路边的车发狠，十来个人叫喊着，一排四五辆车没几下就被推翻了。

郑中原看着这个场面吓得脸色煞白，抖抖簌簌地不敢过去，别看他平时威风八面，关键时刻却上不得台面，只有在以多胜少，以强凌弱的时候才能见到他出头。

李思文加快脚步，没理会掀车子的人，径直往人群扎堆的地方冲过去。人群中，几百个人围了个大圈子，李思文隐约听见里面有人大声说话，声音很杂，其中一个人的声音像是关国成的。

其他人都在喊什么“要工资”“把车砸了”之类的话。

李思文使劲往人群里面挤，人虽多，却没看到一个厂里的保安，显然都溜了，谁也不敢出头。

“让一下，请让一下……”李思文一边叫着，一边往里面挤，这时谁也没顾上他这个纪委书记。

李思文好不容易挤进去，只见中间三四米宽的空地上，酒厂党委书记关国成被围在中间，关国成一张黑脸急得满是汗，叫得声嘶力竭，却没一个人听他的。

“大家听我说，我也是没办法……厂里没钱，大家又不是不知道，厂里一向都是钱克钱厂长管事，大家找我闹也没用，要找，你们找钱厂长去……”

关国成又急又无奈地解释，人群里有人叫道：“找钱克有什么用？钱克这时候不知道躲哪里去了，我们都听说钱克被查了，他儿子、女婿都被抓了，这下可好，我们的工资都没着落了。现在不找你这个党委书记找谁？”

原来是因为听到这个消息才引发混乱的，当然也可能是有人在背后唆使的，这种时候，酒厂越乱对他们越有利。

几个身材壮实的男子推搡着关国成，李思文一个箭步蹿上前挡在关国成身前，大声说道：“大家静一静，静一静，听我说！”

围在圈里的人都听到了李思文的喊声，静了一下。

关国成一见李思文来了，又惊又喜，赶紧大声说道：“大家静一静，这位就是我们酒厂新来的纪检李书记，李书记是个说话算数，做得了主的人，大家……大家都听李书记说吧。李书记一定能给你们一个满意的答复！”

李思文又好气又好笑，他来解关国成的急，没想到关国成把他给卖了。关国成也是病急乱投医，自己就是他的救命稻草，不抓住才怪。

围观人群一听是新来的纪委书记，顿时就炸了窝，李思文还没来得及说话，就听到“啪啪”两声，两个鸡蛋从人群中飞出，砸在他额头上，鸡蛋碎了，蛋清蛋黄流了他一脸，连右眼都被糊住了。

换了别的人，遇到这种情况肯定乱了阵脚，但李思文久经沙场，他知道越是在这种关键时刻越不能乱。

他不慌不忙地用衣袖抹掉脸上的鸡蛋液，大声说道："大家听我说，我是酒厂新任纪委书记李思文，我跟大家保证，无论酒厂的前途怎么样，最先解决的就是职工的欠薪问题，大家现在乱打乱砸既犯法也没有任何作用，请大家保持冷静!"

听到"犯法"这两个字，一部分人冷静了些。

李思文对面的中年男子问道："李书记，你口说无凭，让我们怎么相信你？当官的哪个不是只顾眼前不管后面？都说酒厂没钱，但是当官的却每天吃香喝辣的，尤其是钱厂长的儿子，刚买了一辆上百万的车。你再看看我们基层职工，哪个不是欠了半年以上的工资？我们哪家不是拖家带口，厂里连我们最基本的生活费都不发，谁受得了？我们听说钱厂长被查了，大家的工资也没人发了，你说我们谁冷静得了？"

冰冻三尺非一日之寒，李思文也知道职工短时间内两次聚众闹事，不那么简单，他挥了挥手大声道："我理解大家的心情，我不能保证一下子解决你们全部欠薪，但我保证三天之内我会筹集一部分钱解决大家眼前的困难，大家有没有意见？"

人群一下子安静下来。

李思文说话的态度很诚恳，不像酒厂原来的领导那样，只会给他们打白条。但绝大多数人还是有些不相信，在他们的印象中，酒厂这些当官的没一个说话算数的。

那个问李思文话的中年男子又问道："要我们怎么相信你的话？"

"我不跟大家赌咒发誓，我就说一个事，钱厂长被查，钱大卫被抓，清查酒厂账目，这些事都是我李思文干的。我不是炫耀，而是告诉大家，对于虚报瞒骗、贪污受贿等违规违纪情况，县委和酒厂是零容忍，决不姑息。只有清查了蛀虫，才能给酒厂一个公平安定的生产环境。我李思文在这里撂下话，酒厂的蛀虫有一个没查清，我就不走，大家拖欠的薪资一天没到位，我也不会走。所以，请大家相信我，相信党组织会给大家一个满意的交代。”

李思文掷地有声的话说完，现场一片安静。

好半天，就见那中年人一拍手大声道：“好，李书记，我们相信你，就给你三天时间，三天后我们再说。”

“行，不过我还有话说。”李思文心里松了口气，继续说道，“另外，刚才有人捣乱损毁了车辆，这里有监控，是哪些人干的，自己来我这里坦白承认。对是对，错是错，我保证来坦白的人只负经济赔偿责任。如果有人想蒙混过关的话，我就只能移交公安机关来处置了，那样的话，问题就严重了，很可能要负刑事责任！”

刚轻松下来的人群一下子又严肃起来，很多人都在思考李思文的话。

之前参与推车的人，都有些意动。

李思文越是严肃，他们越相信李思文是个敢作敢为有担当的领导，换了厂里那些领导，他们只要能挨过眼前这个关键时刻，你让他们答应什么都可以，不过事后他们就会找你算账。

很快，一个二十五六岁的年轻男子走出来对李思文讪讪地道：“李书记，我……我刚才向你扔了鸡蛋，我向你道歉。如果你真能解决我们这些基层职工的欠薪问题，就是让我跪着给你磕几个响头也没问题！”

李思文莞尔一笑，伸手轻轻拍了拍他的肩膀道：“扔鸡蛋是小事，我不会怪你。至于欠薪的问题，就算你不给我磕头我也会帮你们解决，三天后再说。呵呵，我还以为你是因为推翻了车来跟我坦白的呢。”

“李书记，我……我跟你坦白，我推了车……”

“李书记，我也推了车……”

在李思文的鼓励下，有十四个职工站出来坦白。李思文安排他们到办公楼登记，然后让修车公司来评估一下修车费用。

把事情处理好，李思文马上到关国成办公室去找他。

“小李书记，来坐坐坐……”关国成见李思文来了，赶紧起身热情地拉着他坐，一边给他倒茶，一边说，“今天这事全靠小李书记解围了，不过……”

关国成把倒好的茶水端给李思文，疑惑地问他：“那个……那个条件，小李书记是情急之下应付他们的吧？”

李思文一脸严肃地说道：“关书记，你这话就不对了，怎么能应付呢？我说三天之内解决就一定在三天之内解决，如果解决不了我就算卖房卖地也得把钱拿出来。作为领导，如果不能言而有信，怎么带领数千职工？以后还有谁能拥护这个领导班子？”

关国成尴尬地笑了笑，赶紧道：“我也不是那个意思，我就是愁，三千多职工，基本上都拖欠了半年薪水，每个月只发极少的生活费，半年欠了一千六百多万，你三天之内去哪儿弄这么大一笔钱？”

“我来跟关书记说的就是这个问题。”李思文表情严肃，沉吟着说，“关书记，你先守着厂子别再出什么乱子，我去县委找于书记想想法子，无论如何，这个承诺都要兑现才行，如果兑现不了，酒厂人心就散了，人心散了那整个酒厂就彻底完了！”

“好好好！”关国成自然是一口答应。只要李思文不让他找出一千六百万就行，既然酒厂职工已经跟李思文协商好了等三天，那他就照看三天。一旦三天到期，李思文的承诺无法兑现，他也可以将责任全推到李思文身上，反正是他自己答应的。

如果办不到，李思文这个纪委书记在酒厂也就算到头了。

关国成怎么想也想不通，李思文为什么会把这个烂摊子揽到自己身上，他完全可以不理这些事，因为他只是纪委书记，只管风纪贪腐问题，酒厂的经营关他什么事?

到底还是年轻啊，年轻人血气方刚，不知天高地厚，俗话说得好，嘴上无毛，办事不牢，因为一时冲动，李思文算是把自个儿的前程毁了。

李思文没工夫关心关国成想什么，起身就走，走了几步又想起什么，转身伸出手："关书记，你的车借我用一用，这样快一些。"

"好，给你钥匙。"关国成毫不犹豫地把车钥匙扔给了李思文。

于清风正在主持一个会议，李思文到于清风办公室后就问秘书王见："王秘书，于书记这个会议重不重要?"

王见见李思文表情严肃又着急，猜到他有要紧事，赶紧说："开的是一个反腐会，我进去给你通知一下吧?"

李思文点点头："好，你跟于书记说我有急事要见他。"

王见出去了，几分钟后，于清风跟王见一起回到办公室。

于清风一进办公室，见李思文站起身迎他，当即摆手示意他坐下，然后面色凝重地问道："思文，什么情况?"

李思文当即把酒厂的情况说了，重点说了他的三天承诺。

于清风沉吟着，李思文的意思他明白，这个承诺是能凝聚人心，但这个承诺也是双刃剑，办得到，李思文能得到基层职工的拥护，办不到，他在酒厂的前途就毁了。这是一着险棋，险，而且太急。

沉吟一阵，于清风才问李思文："初步解决的话数目要多少?"

李思文伸出一根手指："一千万，目前全部职工的欠薪是一千六百万，我答应解决一部分，按人均一千的临时生活费用来算，要三百万，剩下七百万是酒厂运转必需的经费。如果只解决职工三百万费用是没用的，我们的目的是要让酒厂运转起来，否则，我们还得继续四处求钱借钱支付职工的薪水。这是个无底洞。”

于清风面色越发凝重，扭头问王见：“王见，我们县财政还有多少钱?”

王见马上答道：“还有一百七十万，这是本月全县所有领财政工资的工作人员的薪水，其中四十多万是必须马上支付的教师工资。也就是说，我们只有一百三十万不到。剩下的一百二十多万，也必须在十三号后支付工资。”

于清风眉头皱成了一团，好一阵子才问李思文：“思文，你跟我说说，酒厂现在要怎么改革才能见成效?”

李思文叹了口气，良久才回答：“能立刻见成效的都不是好办法，但我明白酒厂的情况没法拖了，我最近针对酒厂做了一番调查，想到两个能短期见效的方案，一是酒厂全员集资，改革的方向是把酒厂变为全员股东，这样我们不但会多出一笔生产资金，还能带动全员的积极性。可是这个方法我估计暂时行不通，因为酒厂千疮百孔，哪个敢把钱投进来?”

于清风苦笑道：“你这个说了等于没说，那第二个方案呢?”

李思文点头道：“第二个方案就是我们招商引资，找投资方，投资方案我倾向于我们酒厂自己占主导，至少持股百分之五十一，投资方只能占百分之四十九，这样我们能把酒厂的控制权和发言权掌控在手里。我们自己要占百分之五十一的股份，还得发动全部职工投入真金白银，数目至少要几千万，相当于平均每个人拿一万出来，让本就困难的职工们再掏出这么多钱，同样是个难以完成的任务。”

于清风叹道：“你看你，原本是要帮他们解决三百万工资，现在三百万还没着落，反过来要他们掏三千万出来，太难了!”

李思文看着于清风说：“于书记，我也知道困难很大，但我们最缺的其实不是钱，而是人心。我这三天的承诺就是要凝聚人心，只要人心有了，钱根本不是问题。我调查过酒厂职工的家庭，他们全家都在酒厂上班的并不多，兄弟姐妹、子女在外打工的不在少数。我认为，一个职工凑个万八千完全没问题，问题是要让他们相信厂领导，相信我们能带领他们奔向幸福美好的生活。”

于清风听着李思文的话，陷入了沉思。

“思文……”思忖片刻，于清风抬头盯着李思文郑重地道：“好，就按你说的方案办，我们兵分两路。我马上去北川找相关领导看看能不能从财政或者银行贷款，你赶紧去省城找徐芷珊，她在省城人脉广，比我去北川更靠谱。县城这边我让老谢管着，你去省城后有什么需要就找谢县长，只要县里能办到的都满足你。”

李思文一愣，诧问道：“于书记，这个……你让我找来过我们县的徐记者？省城党报那个记者徐芷珊？”

“就是她！”于清风点头回答，“你有她的电话吧？这个忙我估计她还是愿意帮的，不过有一点要叮嘱你……”

“于书记请说。”

于清风面色严肃起来：“思文，你这一趟也是临时抱佛脚，以我们酒厂现在的局面，事情不一定能成，万一有投资商愿意投资的话，你要记着一点，我们不仅代表狮子县委，更代表数千职工，你自己心中要有个底线，我不想你费尽心思却落得个千夫所指。”

李思文神色肃然，认真地回答：“我心里有数，请于书记放心！”

“我对你是放心的，我自己心里始终绷着一根弦。我们狮子县正处在关键时期，也许……”于清风叹着气对李思文道，“也许这是我最后一次为我们狮子县办事了。思文，你以后的路就要由你自己走了！”

李思文一愣，问道：“于书记，你……是不是有消息了？”

于清风脸上浮现一抹不甘，转瞬而逝，一脸淡然沉静，伸手轻轻拍了拍李思文的肩膀道："北川组织部领导跟我提前打了招呼，如果没什么意外的话，一周后我的调令就会下来，下一站很可能是北川财政局党委副书记兼副局长，职位算是平调。但财政局圈子小，又是副职，与主政一个县的差别还是很大的。不过那些我都不在意，只是可惜在我走前，没能把狮子县的改革进行完，没能让狮子县的老百姓生活得更好一点，没能……"

说到这儿，于清风的声音哽咽了。

李思文心里沉重，这段时间，李思文习惯了冲锋陷阵，习惯了背后有于清风、唐明华等一干领导支持，没有他们，李思文早就倒在前线了。这种相互信任、倚靠的感觉真的很好。

于清风对狮子县的人民是有感情的，正因为他心里装着狮子县，装着自己的责任，才会难舍难离。只是世上无不散的宴席，于清风虽然即将调走，但他有一句话说得对，往后的路还长，自己终究要学会一个人面对，无论环境多复杂，任务多艰巨，自己都必须一往无前，他愿意与于清风共勉。

"好了，王见，你去备车，我们一起去北川，然后你再送思文到北川机场，从机场飞省城快。嗯，让县委办那边给思文订下午的机票，返程的票就订后天的吧。"

王见答应着出去了，于清风的安排也是针对李思文承诺的三天期限，扣除路上来回等飞机的时间，留给李思文的时间只有两天。大后天就是李思文定下的三日之约，他不回来也得回来。

很快王见的车就到了楼底下，于清风和李思文一起下楼。

王见开的是一辆半新不旧的大众帕萨特，县里有一辆奥迪 A4，是前任县委书记的专车。于清风不喜欢搞那一套，主动把那辆车让给了县长谢学会。

上车后，王见开车，李思文陪于清风坐在了后排，一开始于清风还跟李思文说着话，只是没几分钟就睁不开眼了。

王见从后视镜看于清风睡着了，一边开车一边轻声说："于书记昨晚去朱坝镇，在那儿处理事情一直到凌晨四点多，早上六点多又回到县里，他知道……知道自己在狮子县时间不多了，所以没日没夜地工作……"

李思文叹了一口气，轻轻地道："王秘书，你跟了一位好领导，我也跟了一位好上级。"

王见眼睛湿润，抹了抹，认真开车，没再说话。

其实李思文这段时间也很辛苦，坐在车里听着车外嗖嗖的风声，睡意挡不住地侵袭过来，不一会儿，车里就响起了于清风和李思文两人的鼾声。

王见把电台关了，生怕扰到两人，说起来这俩人还真是一路人，都是工作起来不要命的人。尤其是李思文，这个人自进入他视线后，没有一件事不令他惊讶和感动的。

从狮子县到北川市开车要两个小时左右，两个小时不算短，不过对于疲累睡觉的人来说，两个小时就跟眨眼一样短。

到北川市后，王见本来想叫醒于清风的，但想了想又没叫，从北川市区到机场还有二十多分钟路程，王见想让于清风多睡一会儿。

从北川到省城坐飞机要一个小时，起飞和降落就占了一半时间。下了飞机，李思文掏出手机给徐芷珊打电话。

电话通了，李思文突然紧张起来，他从来没打过这个号码，不知为何，脑子里那个漂亮又干练的党报女记者的面容竟异常清晰。

"你……是李思文?"

电话通了，清脆动听的声音传过来，李思文愣了一下，没想到徐芷珊居然存了他的手机号。

“是我!”李思文口拙，沉吟片刻才说道，“徐小姐……呃，小……小徐，是……是我，李思文……”

徐芷珊听着李思文乱七八糟的称呼，掩嘴轻笑，难为李思文还记得自己交代的称呼。她笑着问道：“我知道你是李思文，日理万机的李大主任怎么有空给我打电话?”

李思文也笑着回答：“不是有空，是专程来向你求助的。”

徐芷珊停顿了一下才问：“求助？不会是没钱吃饭了吧？告诉你啊，我也喝了好几天粥了，可没钱借给你。”

李思文嘿嘿一笑，徐芷珊的语气让他轻松了不少，说实话，对这个只见过几面的漂亮女孩没抱太大希望。酒厂要上千万，徐芷珊家又不是开银行的，她怎么也不可能张口就让人拿出几千万投资吧？

他的希望主要还是在于清风身上。李思文也很不解，于书记做事沉稳，怎么会把自己派来省城求助徐芷珊？想想这个安排真有些不靠谱。

“嗯……嗯，那我请你喝粥吧，我也揭不开锅了，但喝粥的钱还有。”

徐芷珊不跟李思文闲扯，说：“那好，你坐机场巴士到友谊广场站等我，我一会儿就过去。”

没等李思文多问一句，徐芷珊就挂了电话。李思文望着车窗外向后移动的车流和景物，心里沉甸甸的，三天之约像大山一样压在他头顶，压得他喘不过气来。

巴士上有线路图，友谊广场在第六站，十分钟之后，李思文下了车。

友谊广场是省城比较有名气的购物广场，李思文站在路边看着广场，在心中感叹，狮子县跟省城相比，根本不是一个等级的，远近都是高楼大厦，广场上红男绿女，尽显繁华。

“李大主任，在看什么?”

正当李思文沉浸在省城的繁华景象中慨叹时，身边一个脆生生的声音响起，回头一看，一辆白色的福克斯轿车停在眼前，车窗玻璃缓缓降下，徐芷珊那张漂亮脸蛋出现在视线中。

李思文见到徐芷珊心脏狠狠跳了几下，他吸了口气才说：“怎么这么快?”

“上车吧，我刚好就在附近办事。”

李思文绕过车头上车，坐上车后徐芷珊一边开车一边问他：“到底什么事啊?”

李思文沉吟着说：“是这样的，你走后没两天我就调到我们酒神窖酒厂任纪委书记。嗯，我们酒厂的情况你应该知道一点，目前我们急需一笔资金来盘活酒厂。于书记就安排我来省城找你，看看能不能帮忙想点办法……”李思文把目前酒厂的现状一五一十和徐芷珊说了一遍。

“哦……”徐芷珊许久没有说话。

李思文也没问她，原本这事他就觉得不靠谱，几千万资金呢？徐芷珊吃饱了没事撑的，把这大麻烦往自己身上揽。

眼下他也是死马当活马医，李思文心里这么想着，将注意力放在徐子珊身上，发现一段时间没见，她身上似乎多了一股文静的气质。

一路上徐芷珊都没说话，静静地开着车，大约开了二十多分钟，车子减速转弯，进了一个小区，径直开进地下室。

是地下车库，徐芷珊不像传说中的女司机那样，技术还是相当不错的，将车倒进一个比较窄的车位，对李思文道：“下车吧，开门小心，这个车位窄。”

李思文把车门开了一半，低头钻了出去，等徐芷珊下车后才问她：“这里有快捷酒店吗?”

徐芷珊锁了车门，瞄了他一眼道："跟着走就是了，你一个大男人难道还怕我把你给吃了?"

李思文跟着徐芷珊进了电梯，看她按的是16层。下了电梯在门前停下，李思文见徐芷珊从包里拿钥匙出来，心想：这果然是她家。

这是一套两室两厅的房子，装饰很简洁，很女性化。

徐芷珊指了指左边的房间说："住那个房间吧，我还有点事要忙，你自己收拾一下，冰箱里有吃的喝的。嗯，这是门钥匙。"

李思文一脸不好意思地道："小徐，我看……我还是去找个商务酒店住吧。"

徐芷珊一个单身女孩，他一个大男人住她家里总感觉有些别扭，如果被认识她的人看到，说不定会坏了她的名声。

徐芷珊哼了一声："虚伪!"

李思文脸一红，犹豫着点点头道："那好，只要你不怕我影响到你的生活，我就暂住两天。"

在省城，再便宜的酒店一晚上也要上百块钱，能节约，为什么不省点?

徐芷珊撇了撇嘴，提了她的包又出去了。李思文在小客厅的沙发上坐了一会儿，起身去阳台，这里视线颇好，下面绿化也很多，高层建筑比较少。

阳台上有几盆花，其中一盆是吊兰，如柳丝般从盆沿垂落，很好看。

李思文伸手碰了一下吊兰的绿叶，心里沉重，跟徐芷珊提了求助的事后，她一句回复都没有，估计这事儿黄的可能性占百分之九十九。本想给在北川的于书记打个电话问一下他那边进展如何，最后又放弃了那个念头，于书记在北川跟他一样着急，在这个节骨眼儿问他只会给他添堵。

徐芷珊的冰箱里食物还真多，看得出来她经常在家里自己做饭吃，像她这么漂亮时尚的都市女孩一般都不喜欢下厨房。说起来徐芷珊的性格却比男人还要男人，在酒厂那次冲突中，她的表现让李思文很是惊讶。

李思文自己是个不爱做饭的人，食材虽然多，但他嫌麻烦，到厨房找了找，见有速食桶面，当即拿了一个。

水刚刚烧沸，李思文正要泡面，手机就响了起来。

李思文怕是于清风打来的，面也不泡了，赶紧抓起手机，一看，不是于清风，是徐芷珊。她不是出去办事了吗?

徐芷珊的声音传过来："李大主任，我在楼下，你赶紧下来。"

李思文怔了怔，道："我准备泡面呢，水都烧开了。"

徐芷珊没好气地说："叫你下来你就下来，也不晓得你是来吃泡面的还是来办事的。"

李思文这才反应过来："你……你帮我找到投资人了?"

徐芷珊哼了哼，说："我可没说要帮你找投资人，我就是饿了，找了个请我吃饭的人，想到你也没吃，顺便叫你，记着，我是'顺便'!"

李思文苦笑，这个徐芷珊，明明就是找人帮他的忙，又不承认。说她女汉子吧，又有女孩儿家的骄傲，说她娇气吧，又比大多数男人豪爽。

第三章　栽赃陷害，乌云压城城欲摧

绝处逢生，陈正治狂喜，他乘胜追击，攻势凌厉，企图将钱大卫控制在自己手里，堵死纪委调查的突破口。遭到公安局代局长刘正东的拒绝后，他再生毒计，决定拿酒厂纪委书记李思文开刀。经过一番精心策划，朱琳琳跳出来，指控前男友李思文作风有问题，一时间乌云压城城欲摧。

北川市。

于清风首先去找的是他的老上级，北川市委组织部长洪光涛。

在洪光涛家的书房里，五十九岁的洪光涛听完于清风的来意后，背着双手在书房里踱步，皱着眉头来来回回走了好几圈。

好半晌，洪光涛才抬头望着于清风说道：“清风，你呀……你怎么就不懂得明哲保身的道理呢？我已经提前跟你透露过市委对你的处理决定了，这件事对你难道没有警示吗？再说我……”

说到这儿，洪光涛叹着气摇头道：“我今年五十九了，今年不退，明年铁定是挨不过去了，在这段时间我是不求有功，但求无过，能平平安安地退居二线就满足了。”

于清风沉默半晌才道：“老领导，记得以前您说过，做人做官都一样，要坦坦荡荡，上对得起党和国家，下对得起平民百姓，我虽然做得不怎么好，却是按着您的指示兢兢业业地做的，我现在就是为了老百姓的事儿来求您的，怎么事到临头您反而打退堂鼓了呢？”

洪光涛脸色沉了下来，好一会儿才无奈地道：“你要我怎么说你才好呢？以前是我莽撞，但到老了，尤其是快退休这一年，我越发觉得自己可悲，退了以后还有谁会记得你？为官一任，有业有德，更要有家啊，你能明白吗？”

于清风摇摇头，许久才说：“老领导，我来是为了酒厂的贷款，您就说能不能帮我从财政批一笔款子，或者帮我跟北川银行拉一笔贷款？”

“不能！”洪光涛想都没想，直接拒绝了，又委婉地劝于清风：“清风，我马上就要退了，在这个节骨眼儿上不能给自己抹黑，你们县那个酒厂我也有所耳闻，我奉劝你一句，及早抽身，那是一个吃人不吐骨头的无底洞，是一个火药桶，动了它你也得掉三层皮。你能平调到市财政局已经是我努力为你斡旋的最好结果。现在是风急浪涌，多少人盯着你呢，凡事要多想想后果！”

于清风的心沉了下去，老领导看来是铁了心不帮他这个忙了。虽说老领导处处为他着想，但是两人的想法已是背道而驰。

是，他现在可以抽身而退，大不了到财政局养老。但是李思文呢，他能退吗？他怎么办？于清风一手将李思文推到风口浪尖，一旦失去自己的支持，李思文必将成为对方全力打击的对象。这个年轻人是他最欣赏最看重的一个，他把李思文当成自己政治生命的延续，因此，要他放弃在前线浴血拼搏的李思文，他做不到。

于清风看着洪光涛，内心难以平静，相比李思文的果敢坚定，自己这个老领导已经老了，他只想平稳退休，不想参与到任何斗争中来。

以前每次来北川见老领导，于清风都感觉自己跟他的思想有距离，不过都没有今天的感觉这么强烈。

洪光涛见于清风冷静下来，以为他想明白了，他拍着于清风的肩膀道：“想通了就对了，你以后到市财政局后是副职，处处受挟制是肯定的。我还有半年才退下去，这半年时间我可以给你理一理路子，帮你搭把手。有机会再把你调去其他县任一把手，只要吸取教训，以后步子稳一些，你以后的位置不会比我低！”

洪光涛说得高兴，可惜于清风却听得意兴索然，他站起身恭敬地道：“老领导，我来北川还有点儿别的事情要办，我先走了。”

“你嫂子正在做饭，吃了再走。”洪光涛怔了一下说，于清风突然要走，出乎他的意料。

“不了，以后有时间再来吃嫂子做的饭。”于清风还是要走。

洪光涛见于清风真要走，也不留他，摆摆手示意他可以走了。于清风每次来他这儿都要谈一谈工作上的事情，今儿怪了，就提了贷款要钱的事，莫不是自己拒绝了他，不痛快了？不是跟他讲得很明白吗，要是他连这个都想不通，那自己以前是高看他的悟性了。

从洪光涛家出来后，于清风觉得气闷，在街上胡乱转了一阵，也没打电话叫还在宾馆休息的秘书王见作陪，这趟北川之行的目标看来是无法实现了，也不知道省城的李思文怎么样了。

如果两人都找不到钱，那他对酒厂的改革就失败了，一个无能书记的名头怕是跑不掉了，李思文的前途也没了。

在北川市他能找的只有洪光涛，他是洪光涛一手提拔起来的。其他北川市的领导于清风都不熟，更没什么交情。

于清风也想过去找市委书记徐建国，但为了撤销陈正治公安局长的位置，他已经拉了一次虎皮，这次拉资金，他怎么好再开口。

狮子县的当家人是他于清风，要是狮子县什么事都要市委书记出面，那还要他这个县委书记干吗？

可是酒神窖酒厂确实已经到了不得不动的地步，这一步跨不出去，酒厂数千职工就只有死路一条，一旦再次爆发，简直不敢想象！

烦躁的于清风一屁股在旁边的水泥花台上坐了下来，掏出一根烟点上，陷入沉思。今天跟老领导洪光涛的分歧对于清风打击很大，令他感到从未有过的沮丧，跟老领导走到这一步是他没想过的，老领导变了！

在清风来看来，老领导没有坚守到最后，实在是太令人失望了。

在北川市，没有领导说话，是不可能在这么短的时间内拿到银行贷款或财政拨款的，走正常程序所需时间太长了，到时候黄花菜都凉了。

要不然还是去找市委书记徐建国想想办法？

于清风还在犹豫，听说老领导洪光涛跟徐建国关系不好，也就是说，洪光涛跟徐建国不是一个圈子的。于清风一旦走近徐建国，从情感上来说，洪光涛会认为这是一种背叛。

于清风很喜欢徐建国的工作风格和态度，不拉帮结派，不搞特权，只讲原则，就事论事，但是他不敢肯定这是不是徐建国真实的一面。

犹豫不决中，于清风脑子里浮现出李思文的影子，忽然心头一震，这都什么时候了，自己居然还在考虑个人得失荣辱。于清风将手头未燃尽的香烟一扔，狠狠踩了一脚。

“不管徐建国书记有什么看法，都豁出去了！”

省城。

李思文下楼后看到徐芷珊的车子停在楼边，车窗是开着的，徐芷珊在车里向他招手。

李思文拉开车门上车，一边系安全带一边问她：“什么情况？”

徐芷珊忍不住“噗”一下笑出声来：“你这人……真是当警察当

惯了，动不动就问什么情况，别那么形式化行不行？”

李思文笑了笑，说：“我请你吃饭吧。”

徐芷珊偏着头儿瞄了他一眼，随后问道：“请我吃饭？为什么忽然要请我吃饭？”

“谢谢你上次救我，又在医院里照顾我，谢谢！”李思文认真回答。

“算了吧！”徐芷珊撇了撇嘴，“我从狮子县回来多久了？我回来那天晚上就在想，你什么时候会打电话给我。我问过医院的人，她们说你当天就醒了，结果这么久你连问都没问我一句，这叫谢？一个字，哼，两个字，哼哼！”

李思文讪讪一笑，他其实没忘，主要是不知道怎么开口。

见徐芷珊专心开车，侧脸娇俏动人，李思文诚恳地说道：“对不起，我这人不怎么会说话，跟你道个歉。如果你觉得不解气，那就再来三个字，四个字也行。”

徐芷珊被李思文逗笑了，强憋着笑，摆着脸道：“你就是笨，三个字不是哼哼哼，是白眼狼，四个字是忘恩负义。”

李思文摸了摸鼻子，只是傻笑，心想不能跟女人斗嘴，否则是自找苦吃。

徐芷珊是做记者的，伶牙俐齿，偏偏还生得这么漂亮，我见犹怜，女人漂亮的脸蛋就是她最大的武器，这个世界上没有几个男人抵挡得了。

“你说请我吃饭，那我问你，你准备花多少钱请我吃饭？你愿意住我那儿不就是想省下几天的房费吗？难道你还真舍得请我大吃一顿？”

李思文没有回避，笑着点头道：“我当然没钱请你吃特别贵的，谢字在心上，我请你吃饭也只能在小餐馆吃。大酒店，高级餐厅我是请不起的。”

徐芷珊露出笑容：“你倒老实，好了，我也不瞒你，我们现在是去参加饭局，不过你放心，我们是去吃别人的，不要你掏钱。另外，人我是给你找来了，至于怎么说服对方心甘情愿地出钱投资，这个可要看你自己的本事。”

李思文一怔，又惊又喜地问她：“你……你当真帮我找到投资人了?”

徐芷珊表情一肃：“都到这份上了，我骗你干吗?”

“太好了!”李思文高兴坏了，随即陷入沉思，徐芷珊这么快就替他联系到了投资人，事情成不成他不知道，但徐芷珊这个人情他是欠下了。

不知道她联系的是个什么人，等会儿见了面要怎么跟对方说。自家人知道自家事，酒厂的情况摆在那儿，是个烂摊子，这样一个烂摊子怎么吸引人家?

谁来投资，最先考虑的是自己砸下去的钱会不会亏，能不能收回成本，其次就增长潜力，这些都需要评估。

这不是过家家，李思文相信徐芷珊叫来的人不是为了照顾她的面子，表面上应付一下。

李思文的心情多少有些紧张，尽管他对自己提出的拉外资的方案心中有数，但他真没正式洽谈过类似项目。原本这趟来省城，他多少抱着打酱油的心态，主要还靠于清风那边，现在情况出现变化，他也只好硬着头皮上了。

徐芷珊开车没有往市区去，而是直奔郊外，开了半个多小时，拐进一条绿化很好的柏油路，路边出现不少酒店饭庄，又往前开了五六分钟，绿荫后露出一片红砖绿瓦的房子，像一个大大的四合院，迎宾大门写着“西山农庄”四个字，旁边立着一块电子屏，电子屏上慢慢滑动着红色字幕，除了欢迎词外，还介绍了一些特色菜。

这里的房子都是木制的，看起来很“土”，不过很符合农庄本身的特色。

徐芷珊刚把车停好，就见一个穿着制式服装的女服务员迎了过来：“先生，小姐，几位啊？”

徐芷珊指了指里边：“许老板订了位，八号房。”

“哦，许老板的客人啊，请跟我来。”女服务员赶紧领路。

李思文越发紧张，跟在徐芷珊身后悄悄问她：“老板也姓‘徐’啊？是你亲戚吗？”

徐芷珊撇撇嘴低声道：“他是言午许，我是双人徐，此许不是彼徐。再说我也没有这么有钱的亲戚，你可别把希望放在我身上啊，我就是介绍一下，成不成还得看你自己。”

“我明白！”李思文点头回答。

徐芷珊见他一脸认真，又“噗”一声笑道：“你别那么紧张，成了是好事，不成就不成吧，你又不靠这钱吃饭。这事要不成，你干脆辞职得了，到省城来，我给你介绍个工作，保准待遇不错。”

李思文苦笑道：“你说得轻巧，我现在是泥潭深陷，早就身不由己啦，哪能说不干就不干了。”

徐芷珊摇头笑了笑，没再说话。

女服务员领着他们在长长的走廊上转了大半圈，在一间房门上轻轻敲了敲，推开门请李思文和徐芷珊进去。

房间有二十多平，中间一张大圆桌，圆桌边上规则地摆放着八张软垫靠背椅子。偌大的房间只坐了一个人，一个五十岁左右的男人，身形微胖，不怒自威。

李思文一见就知道此人不是官场中人，这个人流露出的气息是“贵”。

他面前放着一个样式有点特别的手机，看起来不怎么样，但李思文见过这种手机，他还在鹰嘴镇当所长的时候，曾陪同镇领导接待过一个国外商人，那个客人用的就是这款奢侈手机，是 Vertu 旗下的 Signature 系列手机，价值约合十三万人民币。

李思文走上前主动伸出手，微笑着道："许老板你好，我是李思文。"

"嗯，你好你好!"许老板跟他握了握手，一边指旁边的位置道，"请坐请坐。"

李思文感觉许老板看似热情，其实很冷淡。

徐芷珊坐在旁边的椅子上，把包放在餐桌上，瞄了瞄李思文，犹豫了一下才说道："思文，我给你介绍一下，这位许老板是连城地产的董事长许连城许董。"

介绍完许连城后，徐芷珊又给许连城介绍李思文："许……许董，这位是我的好朋友李思文，他是狮子县原县委办副主任，现在是狮子县酒神窖酒厂的纪委书记。"

说到"好朋友"这几个字，徐芷珊特地把语气加重了些。

许连城若有所思地看了徐芷珊一眼，察觉她的言外之意，又瞄了瞄李思文。一个县委办副主任，不过就是个正科级干部，在他眼里实在不怎么起眼，比他职务高得多的干部他接触多了。

但是徐芷珊这丫头的态度值得深思，她把自己叫来说要介绍生意，表面看起来淡然，但实际上却很认真。莫不是这丫头喜欢李思文？所以才这么卖力地牵线搭桥？

还得套套口风。同时，他也得看看李思文的个人能力，如果不靠谱，就算给徐丫头个面子，投个几十万敷衍过去得了，生意归生意，人情归人情。

"哦，小李书记当真是年轻有为啊，难得，难得……"许连城不咸不淡地赞了一句，随后口风一转，说：“听徐丫……小徐说你要跟我谈生意，我还有点奇怪。小李是干部，不知道要跟我谈什么生意?”

李思文站起身拿了水壶给许连城和徐芷珊加了茶水，坐下后才回答：“许先生，是这样的，我们狮子县有个规模不算小的国有企业，酒神窖酒厂，曾经风光过，资产过亿，是狮子县最大的利税企业。最近几年由于出现了各种各样的问题，酒厂开始走下坡路，县委于书记决定对酒厂进行清查和改革。嗯，尽管酒厂问题很多，很严重，但也有优质资源，我来的目的就是想找一个有心而且有经济实力的投资人对酒厂进行投资重组。”

“呃……”一听说是重组国企，许连城倒是来了兴趣。

他知道这个“酒神窖”酒，沉吟一阵才问李思文：“小李，你说详细一些，如果重组的话，你们县里有什么条件?”

对国企重组的情况，许连城也有所耳闻，大部分国企还是有优质资源的，一旦由民企投资重组后，百分之七十以上能重生，发展壮大。但通常情况下，国有企业所属的当地政府会有附加条件，这个附加条件才是他想要弄清楚的。酒厂本身规模如何，值不值得投资，有多少负债，这些都要弄清楚。

李思文给他的印象还不错，身上没有少年得志那种嚣张，更不会给人高高在上的感觉，李思文只把他当成普通人谈话。

许连城的问题，李思文来时就已经仔细想过了：“许老板，酒厂资产负债方面我不是很了解，但我可以马上让酒厂那边把资料整理了发过来。至于条件，于书记跟我交代了一点，如果按资源重组分配的话，酒厂至少要占百分之五十一的控股权。另外，如果许老板有心投资入股酒厂，必须有个前提，就是要预先打五百万元保证金。当然，对于这份保证金，我作为县酒厂的纪委书记可以代表酒厂给许老板签一份保证书，如果重组不成功，或者重组对象不是许老板，那这五百万，酒厂将一分不少地退还给许老板！”

许连城淡笑道：“哦，小李好心计啊，我都没了解清楚就被你空手套白狼套走我五百万现金？”

李思文不慌不忙地回答：“许老板，这只是重组保证金，也可以说是门票。就算拍卖，还有人拍保证金呢。我可以很负责任地告诉许老板，我们不是骗子！”

“呵呵，好吧，算你说得不错。”许连城微微一笑，说，“五百万的保证金不是问题，问题是重组后的股份分配问题，不能控股是个大问题。我之前投资都有一个原则，就是不能控股的公司我一般不会投资，只有股份问题谈妥了我们才能谈下面的条件。”

许连城表面斯斯文文的，但说话却气场十足，寸步不让。

李思文摇了摇头，认真地说道：“许老板，来省城之前，我们县委于书记再三叮嘱过我，关于酒厂投资，有几个条件是绝不能改的。其中，控股权是我们的底限，至于酒厂的管理权，可以商讨。其次是几千名员工在没有特殊情况的前提下，不能辞掉一个。所以很抱歉，在这两个原则问题上，没有讨价还价的余地。”

许连城一愣，还真小看了李思文，这小子看着年轻，却软硬不吃，而且相当有原则。通常想拉投资都是因为自身经营困难，资金缺乏。所谓有求于人，在条件上必是能退则退，能让则让，否则倒霉的还是自己。这个李思文倒好，强硬得很，好像他才是投资方，自己才是求助方。

看场面有点僵，徐芷珊忍不住说话了：“许董，你怎么就不能好好说？他们是国家干部，当干部的不为工人着想那还能是好干部？就冲他这为员工着想的态度，你也得跟他心平气和地好好谈一谈吧？”

许连城差点被徐芷珊的话呛得喷出血来，好家伙，徐芷珊想帮忙的意图也太明显了吧，这么大个帽子扣下来。

李思文在一旁也有些脸红，不过心里还是很感激徐芷珊，为了帮自己，她可真是面子都不顾了。

许连城虽然给徐芷珊的话顶得够呛，也只苦笑了几声，沉吟一阵后才对李思文说道："小李，说实话，我以前碰到过的干部都不会、也不敢用这种态度跟我谈，你很真实。既然徐记者说话了，那我也退一步，你把你们酒厂的资产和负债情况资料拿给我，我看完评估之后再跟你谈条件，这样可以吧？"

李思文沉吟着，许连城这话不知道是不是推托之词，不过人家的要求也合情合理。

"好，许老板，来之前我已经打电话让厂里准备资料了，下午我就让厂里传真过来，拿给许老板过目。"

"行！"许连城一摆手叫门外的服务员，"上菜吧！"

等服务员上完菜，许连城笑着说："吃吧吃吧，不说生意上的事了，今天难得出来放松下，来来来，吃菜，吃菜。"

李思文听得心都沉下去了，看来许连城对酒厂兴趣不大啊。

算了，徐芷珊帮自己的忙，她一个年轻女孩哪有本事让许连城这种富商说投资就投资？几千万又不是几百块。

等会儿回去还是给于书记那边打电话问一下，看看他那边是什么情况。料想于书记找关系拉个几百万应该不是问题。有了这几百万，就能及时兑现给职工的承诺，缓解他们的紧张情绪，到时才有时间考虑下一步怎么走。

这几百万很关键，这是一座信任的独木桥！

这间农庄的菜其实也没什么特别，就是农家菜，鸡鸭鱼肉，青菜白菜，不同之处在于这些动物蔬菜都是家养的，没用饲料，没洒农药，是绿色食品。这样的绿色农庄对习惯了山珍海味的商人豪客来说更有吸引力。

一顿饭吃完，李思文叫来服务员要买单，服务员笑着回答道：“许老板已经签单了。”

许连城笑着说：“小李不用客气，你是徐记者的朋友，我理当请你们吃饭，不然我可惹不……这个，嘿嘿……”

说到这儿，许连城似乎说漏了什么，马上停住话头，一笑带过。

李思文听出了他的话中之意，心下黯然，看来许连城果然是照顾徐芷珊的面子，才答应的这场饭局。话说回来，为酒厂找投资也确实不是一顿饭就能搞定的。

走的时候，许连城嘱咐李思文道：“小李，资料传过来后拿给我看看，徐记者知道我的联系方式。”

李思文嘴里应着，心里觉得许连城这话客套的成分居多，吃饭期间都没见许连城给他张名片。见过跟人合作不交换联系方式的吗？

李思文心里虽不抱希望，但还是在傍晚时分，把关国成准备好的资料传给了许连城。

面色阴狠的钱克在房间里来回踱步，他已被逼得无路可退了，都是那个李思文！

钱克对李思文真是恨得牙痒痒，儿子被抓，女婿被抓，眼下他自己也脱不了身，说是被李思文逼得家破人亡也不为过。

女婿做事顾前不顾后，自己提醒了他好几次也没用，采购科被他一手掌控着，以为出不了什么事，谁想到李思文上任前简单一查，就查出了漏洞。

儿子是个草包，钱克是早知道，但没想到他无法无天到这种地步，竟然敢纠集流氓烧账册，围攻酒厂和纪检小组的人。要是没李思文插手的话，说不定还能在酒厂内部解决，大不了多掏点钱。但现在的局面他已经无法控制了，进退无路，说的就是现在的钱克，该怎么办？

这时，钱克忽然灵光一现，想到一个人。犹豫半晌，尽管他万分不愿意，还是拿起了放在桌上的手机。

这手机是他用别人的身份信息办的号码，一次都没用过，把手机开机，拨通了手机里存储的唯一一个号码。

这个号码是第一次用，对方留这个号就是为了应急用，如果不是万不得已，能不用，还是别用，毕竟没有不透风的墙，很难说用了这个号码不会被人查到。

电话一通，对方知道是他打的，低沉地哼了一声，没说话。

钱克喘了一口气才说："我……我现在要怎么办？"

对方沉默了一阵，然后才出声，声音很低沉，是个男人的声音："蠢材，还没到要你死的地步，你慌什么慌？你儿子的事跟你无关吧？"

钱克抹了一把汗，讪讪地道："是无关，我事前并不知道，但怎么说都是我儿子，总不能见死不救吧？"

"暂时别管他，先关着，你脱身了我再想法捞他。你那蠢材儿子关着更好，省得出来添乱！"

钱克苦笑，本想求个情，听对方这口气，显然他开口也没用。

接着电话里传来对方的声音："钱克，先别管你儿子的事，你当务之急是把厂里的账务问题都推到你儿子身上，他把账册都烧了，没有底册，没有第二份账目，谁也奈何不了你。"

钱克摇头道："这……这样不好吧，我就算没问题，但我儿子罪可就……大了，儿子是不成器，但我就这么一个儿子，我钱家可是一脉单传啊……"

"屁，你知道什么？你不脱身，你儿子更别想脱身，留得青山在，不怕没柴烧的道理你懂不懂？再说你儿子这件事看起来严重，实际上回旋余地很大。一，他不是酒厂财务人员，账册里有什么他不知道，也没有直接的利害关系，完全可以说是酒后任性。二，他可以把这事说成是个人恩怨，因为李思文搞乱了酒厂的保安管理工作，他和李思文等人发生争执。有这两个理由就能让你儿子的罪责减轻不少，最多也就是三到五年。法院那边我可以暗中通一下关系，再把问题压一压，改为三年以下。你儿子三年出来有什么问题？关三年定定他的性不是更好？”

听了对方的分析，钱克心里的焦躁倒是缓和了不少，他沉吟着说：“这样也不是不行，就怕……就怕李思文跟疯狗一样抓着我不松口。哎呀，我工作这么多年，还真没见过比李思文更难缠的人，这小子打不得，碰不得，眼又尖得很，我……我对他是真没办法啊！”

“李思文的事你放心。”对方回答道，声音低沉阴狠，“他马上就得卷铺盖从酒厂滚蛋了，什么纪委书记，开除党籍都是轻的，哼哼，我倒要看他还能蹦跶几天！”

钱克一愣，又惊喜又有点儿不信，抖着声音问道：“真……真的？真的能扳倒李思文？”

斩钉截铁的声音传来：“不仅仅是李思文，这次连县委书记于清风都要卷铺盖走人，你还担心什么？”

钱克“哈”一声忍不住笑了出来，电话里的人身份他清楚，他说这话就说明消息绝对可靠，一旦于清风和李思文都卷铺盖走人了，那这狮子县就又是他们的天下了。

那人跟着又道：“钱克，听着，你现在一定要给我沉住气，别有任何动作，安心等着就行。让李思文再蹦跶几天，他去省城能找来钱是好事，等他白送你这笔钱后，我们再让他走人，这种好事哪里找？”

钱克嘿嘿笑着说：“如果真能扳倒他的话，我当然希望他拉到的钱越多越好，我要让他尝尝替他人做嫁衣裳是什么滋味……”

挂了电话，钱克原本郁闷的心顿时开朗了，天也晴了。儿子，嘿嘿，让那浑小子受点苦吧，他现在最想看的是李思文的下场。

电话中那人的话钱克当然相信，对方在狮子县绝对是跺一脚整个县都要抖三抖的大人物。

狮子县公安局。

陈正治开着一辆黑色丰田霸道到了大门口，门卫探头准备询问，一看车和车牌号，脸色登时一变，赶紧按下电动开关开了门，门缓缓打开，他又跑出来敬了个礼。

陈正治理都没理他，径直把车子开了进去，也不管办公大楼前门不允许停车的规定，把车直接开到大门口，钻出来直奔大楼。

县公安局办公大楼人来人往，陈正治威风凛凛地往里闯，公安局上上下下有哪个不认得他这个狮子县政法系统的老大？

“陈书记好……”

“陈书记好……”

陈正治对所有人都不理不睬，只是沉着脸挥了挥手，径直往刑警大队办公室走去。

刑警大队在县公安局里是最重要的部门之一，人手也最多，除了办公室的几个文职人员外，大多数都是刑侦破案的好手。

陈正治原来兼任公安局局长，对公安局的情况极为熟悉。自从被免掉公安局局长职务后，他对县公安局的掌控就弱了，代局长刘正东的办事风格是一切都要按照正规程序来，这一点让陈正治很是恼火。

陈正治发现刘正东背着他干了很多对他不利的事，他原来的嫡系部下，大队长汪东兴，中队长黄小川等人，在刘正东代任局长后被架空了，凡是重要的案子基本上都不让他们参与。刘正东倚重的是一个老刑警，原来刑警大队副大队长赵光荣。

陈正治气冲冲地杀到公安局，不是因为他那些嫡系部下，而是为钱大卫的事。钱大卫和黄毛一伙人被抓后，县公安局没有将他们送到看守所，而是拘押在县局的临时看押室，还不让亲属看望。

陈正治之前打电话过来，想具体了解下钱大卫的事，没想到公安局这边居然给他推三阻四。找办公室的人，说这事归赵光荣管，找赵光荣，他又说钱大卫的问题由刘正东亲自负责，没有他下命令，谁都不能见钱大卫。

无论陈正治怎么说，赵光荣只是推托，陈正治气得把手机都摔了，开车直奔县局。他今天非得给赵光荣等人一点儿颜色看看。别看他不兼任公安局局长了，但他依然是狮子县政法系统的老大，县公安局还是在他的直接领导之下。

办公室里有五六个人在办公，见陈正治黑着脸气势汹汹地开门进来，都站起来问好："陈书记好！"

"好……好个……"陈正治气恼之下差点没口吐脏言，哼哼两下总算把"屁"字吞回了肚里。

"赵光荣呢？刘正东呢？叫他们来见我！"陈正治拽过一张椅子坐下，努力让自己镇定下来，然后冲几个办公职员冷冷地说道。

几个办公人员对陈正治还是很客气的，其中一个恭恭敬敬地说道："陈书记，刚刘局长吩咐过，他手头有急事要办，说如果您来了，请陈书记直接去他办公室说话。"

听了这话陈正治忍不住跳了起来："我去见他？让他见我还差不多！"

刘正东暂代公安局长才几天啊，架子就摆起来了？

办公人员还是恭恭敬敬地对陈正治说道："陈书记，我们当下属的也是没办法，要不我再去刘局长那儿问一下？"

"算了！"陈正治脸色阴沉地一摆手，站起身就走，他倒想看看刘正东见他有什么话说。

于清风在狮子县待不了几天了。于清风一走，刘正东的日子能好过？说到底，你再牛气，上下级的观念还是要有的。

刘正东自己犯了低级错误，等于将把柄送到陈正治手上，以后陈正治要收拾刘正东就更容易了。

刘正东的办公室就是以前陈正治的办公室，虽然他不经常在这里办公，但局长办公室还是他的，没人敢用。

陈正治看着熟悉的办公室，突然感觉有些陌生，门是关着的。他在门口停了几秒钟，这才面无表情地推门走进去，既没敲门也没出声。

办公室里，刘正东正戴着老花眼镜在文件上认真地找着什么，见陈正治进来这才抬头看了看，然后摆摆手道："哦，是陈书记啊，你先坐，我正在找一个东西，马上就好。"

陈正治心里有气，脸上却不动声色，一声不响地坐在沙发上等着。

刘正东确实上岁数了，看东西得用老花镜，一头短发几乎都白了，今年他已经五十六岁了，不过精神头还很不错。

陈正治比刘正东小五岁，但看起来就像四十出头的人，对自己的外形，他还是相当自信的。

刘正东的"马上就好"花了五六分钟才算弄成，把老花镜一取，这才笑着走过来坐在陈正治对面，问道："陈书记，我听下面人说你要过来，本想亲自迎接，没想到局里刚有个急事要处理，没办法，只好让他们请陈书记来办公室了。有怠慢的地方，陈书记不要介意。"

陈正治心里没好气，这老家伙真会装，几句话就把责任推得一干二净。

"算了，不说那些。老刘，我来县局是想见一下钱大卫。我作为县政法委的领导，出了这么大的事，还是有责任的，我得亲自督促审查这个案子，该谁负责谁负责，一个也跑不了，不过……"

说到这儿，陈正治的话风一转，盯着刘正东，语气严肃起来："老刘，我过问钱大卫的事，局里的办公人员和赵光荣对我可是推三阻四，要按我以往的性格，早把他们就地免职了，不遵从上级命令可是公安队伍的大忌，你怎么说?”

听着陈正治严厉的话，刘正东面色肃然道：“陈书记，我想你恐怕是误会了，我们下级部门是严格遵守规章制度办案的，一级遵守一级的职责，但是特殊案子要特别处理。钱大卫这个案子是于书记亲自下令办理的，我命令专案小组以最快的速度办理这个案子，一定会在最短的时间内拿出结果，向县委汇报，到时候还请陈书记亲自过目。”

陈正治脸色一下子就黑了，他真的忍不住冒火了。

“刘正东，你是不把我这个上级放在眼里了？我就问你一句，你今天让不让我见钱大卫?”

刘正东也不含糊，十分平静地回答道：“陈书记，我这有于书记的亲笔文件，在案子没有彻底审理完之前，我不能让任何人见钱大卫!”

陈正治恼火地一把抢过刘正东递过来的文件，上面写了一行字：“特令县公安局代局长刘正东全权处理钱大卫案，办案期间，任何人不得以特权接触钱大卫，包括县委各领导。”

签名是“于清风”。

于清风的字迹陈正治当然熟悉，这是真的，当然，刘正东也不敢在这种事上弄虚作假。

陈正治一腔怒火，本来是想找个机会在县局、在刘正东和他的下属面前爆发的，一来让下面的人知道他才是真正的老大，二来也让背后的人知道，县公安局还是他陈正治说了算。

可惜他的如意算盘在刘正东的一张字条前落空了。

陈正治来县局就是拿“下级遵从上级的命令”来说事，所谓官大一级压死人，结果刘正东最后才把杀手锏拿出来。你不是说我违抗上级吗？我违抗上级可是有充分理由的，你陈正治要是硬来，那才是违抗上级命令。

刘正东这老混蛋虽然老了，却阴险得很！县委书记于清风对他陈正治防范得也够严的！

陈正治呼呼喘了几口气，脸色难看得很，好一阵没平息下来。

刘正东过了一阵才又淡淡地道："陈书记，钱大卫的案子关系重大，于书记这个命令就是怕嫌疑人和同伙串供。我们是相信陈书记你的人格和操守的。我在这里保证，一定会在最短的时间内破案，案子结果一出来，我立即向陈书记等县委领导汇报。"

刘正东把"串供"的话都摆了出来，又说会最先向他这个县委领导汇报，一席话软硬兼施，可谓滴水不漏，陈正治当真无话可说，只能暗骂刘正东阴险。

再要见钱大卫的话，显然不合适，要是最后没能审出什么来，又或者出现什么意外，刘正东搞不好会把责任推到他头上。

陈正治见钱大卫确实有"暗示"的意思，现在看来是不行了。

刘正东起身泡了一杯茶递给陈正治，说："陈书记，来，喝杯茶消消气。你是县委领导，更是我们政法系统的领导，身体要紧，只有身体健康才能为人民服务。"

陈正治气哼哼地端起茶杯喝茶，茶水刚一入口就"啊哟"一声叫道："哎呀……烫……烫……"

刘正东赶紧又倒了一杯冷水过来："陈书记，来来来，喝点冷水压一压……"

陈正治赶紧喝了一口冷水含在嘴里，刚刚那一口滚水烫得他疼得厉害，把冷水吞下去后，感觉舌头和嘴唇火辣辣的疼，拿出手机照了照，舌头和嘴唇烫了几个大水泡出来。

又疼又火，他还不能冲刘正东发火，谁倒茶水不是用滚水冲？谁让他自己心不在焉。

看着陈正治嘴上的大水泡，刘正东又吃惊又好笑，赶紧打电话叫人拿药来。

才放下电话，电话铃声又响了起来，刘正东拿起话筒问道：“什么事?”

“刘局，有个事要向您汇报，刚刚有个女人来报案，说是……说是酒厂纪委书记李思文强奸了她……”

“什么？李思文?”刘正东原本没怎么在意，强奸案不出奇，但听到主角是李思文，他脑子里第一个念头就是不相信。

李思文是什么样的人，刘正东心里很清楚，李思文品性纯良，他非常欣赏此人。而且他本身也是执法人员，比普通人更有自控力，他怎么可能会做这样的事?

“李思文什么事?”

陈正治忽然听到李思文三个字，脑子里一动，连舌头上的疼都忘了，结巴着问了句。

刘正东迟疑了一下，还是告诉了陈正治实情，这件事想瞒也瞒不住，再说，他相信李思文的人品。

“有个女人来局里报案说李思文强奸了她。”

“走，去看看，去看看。”陈正治捂着嘴忍着疼兴奋地说。本来要无功而返了，没想到忽然冒出这么一件让他兴奋的事。

陈正治一脸兴奋，当先走了出去，在狮子县能让他陈正治吃瘪的人极少，即使是县委书记于清风都得给他几分面子，在狮子县，他是唯一一个敢跟县委书记叫板的人。

但是自从李思文这个异类出现后，他干的每一件事都把陈正治弄得狼狈不堪，也是因为这个人，陈正治一直以来在狮子县称王称霸的局面彻底变了，权力受到挑战不说，还江河日下，危及自身。

李思文的手段确实厉害，但他背后的于清风才是关键，这两人分开都不算什么，但是一旦结合，那就可怕了，不然也不会把陈正治搞得哑巴吃黄连，有苦说不出。

现在总算有机会了，还是对李思文的政治前途有致命威胁的事件，这让他怎能不兴奋？

难得的机会，必须抓住，给李思文致命一击。这就是陈正治的想法。

他大步流星地往楼下走去，电梯正在使用中，他第一次没等电梯而是步行下楼，以前他无论遇到多么紧急的事情都不会赶这一点时间。

刘正东一路跟在陈正治身后，到了楼下出了一身汗，可见陈正治走得多急。

办公大厅，警员看到刘正东和陈正治后，马上上前汇报："刘局，陈……陈书记，那个……报案的在询问室……"

陈正治当然知道询问室在哪儿，也不用那警员带路，径直往那边走去，步子飞快。

报案的到底是什么样的女人？事情到底是真是假？会不会是背后那帮人搞出来的名堂？

带着满肚子疑问，陈正治走到询问室大门，门是开着的，里面有两个警察，一男一女，对面坐着一个女的，陈正治也不敲门，直接闯了进去，盯着那个女的看。

女子二十三四岁的样子，穿着打扮相当时尚，相貌俏丽。

陈正治走到她对面问道："你就是报案人？"

刘正东也没见过这个女子，他刚刚进来的时候，从下属那儿拿了一份资料，知道这个女子叫朱琳琳，是李思文的前女友，之前在县城建设银行上班。

朱琳琳脸色苍白，显得楚楚可怜，见陈正治问他，又见询问室里那两个询问警察表情恭敬，看得出来，来人身份不低。

"是……是我报的案……"朱琳琳怯怯地回答。

陈正治神色肃然，大声说道：“别怕，我是县政法委书记陈正治，你有什么委屈都讲出来，我给你做主。我向你保证，不管是谁，不管他有多大的权势，我都会把他法办！”

刘正东皱着眉头道：“陈书记，我们是执法者，说这样的话不太妥当吧……”

陈正治此时也发觉自己失态了，他掩饰性地咳了两声，又安慰朱琳琳道：“你别紧张，慢慢说，这里没有人会伤害你。”

“好，我说……”朱琳琳抹着眼泪低声说了起来：“是前两天……确切地说，是周六早上九点多，我去……我去李思文的住处谈点儿事情，结果谈了半个小时，事情没谈好，我就说要走，李思文拦着我不让走，动手动脚的，还说如果我叫就打死我，我……我害怕就……就……”

朱琳琳哽咽着说不下去了，眼泪哗哗地流了出来。

陈正治一巴掌拍在办公桌上，震得黑笔乱跳，连纸都掉到桌下去了，大声道：“好你个李思文，人前文质彬彬的，背后却是个禽兽！”

刘正东却摇了摇头，凑近了盯着朱琳琳问道：“你能保证你说的都是真的？我在这里要提醒你一下，如果撒谎的话，就是诬陷，是要受到法律严惩的！”

陈正治哼了哼，斜睨着刘正东道：“刘正东，恐吓威胁报案者也是犯法的，你不懂？”

刘正东哼了一声没说话，陈正治明摆着要帮这个女人，他现在也不方便说别的，索性不如由民警按正常程序来办。

看陈正治显然不会就此罢休，他是政法委书记，是政法系统的老大，他要盯着这个女人“督促”办案，刘正东也不能横加干涉。

一旦陈正治将案子控制在手里，李思文就有大麻烦了。

陈正治招手吩咐两个询问民警：“你们好好做笔录，等笔录做完马上立案侦察，我要亲自督促这个案子，也一定要严惩以身试法者。

这个案子的影响与普通案子不同，牵扯到机关领导，对党对政府对群众的影响都极其恶劣，所以我们一定要严惩严治！”

刘正东脸色很难看，陈正治可算是抓住了这个辫子，他要借题发挥，刘正东作为下属，还真没办法。

陈正治坐在询问室的椅子上一边听朱琳琳说情况，一边思索下一步的行动。最近这段时间他一直憋屈，今天又被刘正东顶得难受，一口闷气到现在才算酣畅淋漓地喷出来了，好舒畅。

刘正东虽然不信，但他仍然没有失去一个警察应有的公正，陪着下属一起把笔录做完，然后安排人去李思文宿舍现场取证。

早上才起床，正准备做早餐的徐芷珊就接到许连城的电话，一脸笑容地说了几句就挂断了。早餐也不做了，招手叫李思文：“走，许董要见你。”

“许董要见我？”李思文还没反应过来，他一直认为许连城是看在徐芷珊的面子上敷衍他而已，他一晚都没睡着觉，正为筹资的事犯难，没想到许连城居然打电话来了。

“许董说他看了你们的资料，有投资合作的意愿，但有些细节问题要跟你面谈。”

“真的？”李思文一怔，没想到事情居然峰回路转，还真是出乎意料。

徐芷珊摊了摊手：“你觉得我是在开玩笑吗？”

“不是不是，我就是高兴，谢谢你！”李思文兴奋地抓着徐芷珊的手摇晃了几下。

徐芷珊脸一红，没有挣脱，任由李思文握着她的手。

李思文接着又问她：“那走，赶紧去，许董在哪儿？我马上去跟他谈。”

“还在上次那个农庄。”徐芷珊答完，示意放在茶几上的车钥匙，“你来开车！”

李思文开车自然没问题，他技术比徐芷珊好得多，省城的路虽然复杂，但他天生记性好，再复杂的路他只要去过一次就能记得，因此没费什么劲，就到了上次见面的农庄。还是上次的房间，不过服务员换了一个。

再次进入那个房间，见到许连城，李思文笑呵呵地迎上去跟他握了手，说：“许董，接到消息后我马上就赶来了，希望能跟许董合作愉快。”

许连城握手后指着餐桌对面的软垫椅子道：“坐，我们坐下细谈。”

“服务员，倒茶！”许连城招手叫女服务员给李思文和徐芷珊上茶，等服务员倒好茶退出去后，他才又说道：“小李，我看过你给我的酒厂资料了，我这人不喜欢转弯抹角的，就直说了。”

李思文笑着点头道：“对的，我也喜欢直来直往，许董请说。”

许连城点头道：“你的资料我看了，我对你们狮子县这个酒厂还有所了解。早年间做生意时，我招待朋友特地定了我们本省的酒品，就是你们狮子县酒神窖厂的酒神酒，那时觉得酒很好，就是这些年没落了。”

“许董对我们酒厂有感情，那是好事，如果能得到许董的投资，酒厂改革之后一定能让酒神窖焕然一新。”一听许连城本人对酒厂有了解，李思文顿时觉得对方投资的可能性更大了。

许连城喝了一口茶，说：“小李，我对酒神窖确实有些感情，但感情归感情，生意归生意，我是一个商人，商人考虑的是利益。我现在说说你们酒厂的劣势，酒厂现在是资不抵债，人心涣散，缺乏新产品，研发上没有经费投入，最严重的是腐败，因为是国企，其中的问题我就不说了。”

李思文点了点头，说：“许董，酒厂的问题您明白，我也明白。我想说的是，既然我来找您了，那就表示我们县委是真想改革，酒厂在制度管理上确实有问题，但瑕不掩瑜，酒厂欠的只是债，它有自己的优质资源，比如技术，有经验的员工，以及酒厂的牌子。只要重组后有资金投入，将这些优质资源整合起来，酒厂新生指日可待。”

许连城笑了笑，沉吟着道：“你倒是会说，好吧，我们就不要在这上面耗时间了。投资可以，不过我先讲讲我的几个条件，上次我们谈得可是火药味十足，今天就别搞得那么紧绷绷的了。”

“您说。”李思文笑了起来，摸了摸额头放松一下自己的表情。

许连城点点头，伸出一根手指说：“在我说条件之前我想确认一下，你们酒厂要重组改制，是把全部资源卖给我，还是以合作的方式进行?”

李思文想都没想就回答道：“我上次已经跟许董说过，一揽子卖掉是不可能的，县委也早就统一了意见，只能以合作的方式进行，这也是我们对酒厂未来抱有信心的表现。”

“好!”许连城很满意他的回答，“说实话，要是你们一口卖掉，我反而要考虑你们是不是只想脱手了，合作的方式我喜欢，代表了你们的诚意。现在说我的条件，第一，我要绝对控股。”

“这个不行!”

李思文毫不犹豫地摇头拒绝：“我们的合作方式在文件上已经写得很清楚了，酒厂总资产以五千万元估值计算，我们酒厂方面至少要占股百分之五十一，要控股，没有退让，这个也是县委开会统一后的认识。”

许连城一愣，李思文表情如此坚决，不像是玩虚的。但是他真是搞不懂，这是拉投资谈合作的态度吗?

想要别人的投资还如此强硬，不肯退让半步，谁还敢投资?

李思文虽然拒绝了，但马上解释道：“许董，我们坚持要控股也是有原因的。县委考虑过，酒厂是国企，又是我们狮子县以前最大最有影响力的企业，到现在工人还有几千名，改革虽然势在必行，但对普通员工我们却不能一把扔了，不能不管不顾，我们不仅要照顾几千名职工，还要考虑将他们和酒厂一起重新带上康庄大道。何况这些职工有技术有经验，都是宝啊！”

许连城听到这里也算明白了，狮子县委坚持控股，最大的原因是怕自己过去将酒厂原来的职工都裁掉啊。

这说明狮子县委心中还是以职工利益为重的，有这样负责任的政府，许连城心里也是认可的，更何况李思文说的也对，即便他要接手经营，也需要管理酒企的人才，因此酒厂职工还真不能一刀切。

话虽如此，但在生意上向来强势的许连城却放不下脸，他要的是对企业的强力管控，绝对控制，说起来他也怕对方控股之后对酒厂指手画脚，搞不好他的投资都打水漂了。

沉吟了一阵，许连城抬头望着李思文，这个年轻的纪委书记眼中依然没有丝毫退让，这实在不像一个着急拉投资的人。

许连城苦笑道：“小李，我问你几个问题，你说合作的方式是以五千万总额计算，就算我占百分之四十九的股权吧，你们占百分之五十一的股权，那就是两千五百五十万，你们哪来这么多现金？我就算答应你们的条件，我也不可能没看到你们的钱到账就答应投资啊。这是对等的，我的钱到账，你们的钱也得到账。我会派驻管理人员和财务人员，我不控股，但对财务却要百分百知情。”

李思文点点头，回答：“这是当然的。许董，这两个问题我可以回答您。第一，我们占百分之五十一的股权，是两千五百五十万，其中酒企生产线的资产和技术人员等无形资源算一千万，剩下一千五百五十万我们会在一周内筹齐，我们签订合约的时候，酒厂会新设一个企业账号，这个账号将由我们的财务人员和许董派驻的财务人员共同管理，每一笔支出都需要双方签字才生效。第二，酒厂重组的话，许董可以派相应的管理人员进驻，我们这边的管理人员将以全员公开选举的方式产生，我说的是酒厂新管理层的每一个人！”

许连城一愣，全员选举的意思他懂，跟全民选举是一个意思，大家选出来的领导就是员工的意愿。狮子县政府有这么大的魄力？

就冲着李思文这句话，许连城对他的看法又有了改观，这些年他已经很少有看得上眼的年轻人了，李思文算是例外。

李思文见许连城低头沉思，也不打扰他，扭头看了看徐芷珊，见她一脸担心，笑了笑，端起茶杯向她举了举，以示谢意。

徐芷珊轻轻抿了口茶，瞄着许连城吐了一下舌头。

许连城恰好抬头，看到徐芷珊的表情，本来还在犹豫的他忽然想起来人是徐芷珊介绍的，眉头一皱，苦笑了一下。

“小李，这个事……”许连城故作犹豫，李思文登时紧张起来，在李思文满含期待的目光中，许连城开口道：“我可以跟你们合作，五百万的支票我现在开给你，我们签个手拟的初步意向投资合同，三天后我会派几个人到你们酒厂进行现场考查，也是等你们的自筹资金到位。我给你十天时间，这三天就不算了，从下周一正式开始算时间，在这个期限内，你把一千五百五十万现金筹齐了，我们立马签订投资的正式合约。”

李思文大喜，当即站起身走到许连城跟前，握着他的手说：“许董，谢谢，真的谢谢你！”

许连城也笑着说：“不用谢，我还是那句话，我是商人，我做的是投资，在签订正式合同时，你们必须加一条附加条件，你们酒厂一旦运作失败，所有资产都将作为补偿优先赔付给我们。”

“没问题！”李思文点着头，“在这一点我有把握，酒厂的问题是管理上的，是制度上的，只要我们把这个最大的问题纠正过来，酒厂的未来一片光明！”

许连城笑笑道：“酒厂怎么样我其实不了解，我看好的是你这个人，我可是把两千四百五十万的投资押在你身上了！”

“这个……”李思文苦笑，“许董这样说我是压力山大啊，不过我保证会尽力。酒厂的新管理层要由员工公开选举，我毕竟是县委派驻的纪委书记，分工不同，不会参与酒厂的管理。关于经营，许董不用担心，职工们一定会选出最适合的管理者。”

许连城盯着李思文若有所思地道：“小李，那可不行，其他管理层就算了，但是新任厂长的位置必须是你，其他人我信不过。我说得直白一点，我之所以答应你们提出的条件，做出让步，你是重要因素。”

李思文呆了，好一阵才苦笑着摊手道：“许董，我没有你想的那么优秀，再说我也不是有经验的企业管理人才……”

“什么都不用说了，”许连城摆了摆手说道，“这是我的条件！”

说完，许连城从餐桌上拿起他的黑色公文包，从里面取出一份文件和一张已经填好了数字的支票，慢慢推到李思文面前：“小李，你直爽，我也干脆，这是五百万现金支票和预付合约，你看看，如果没问题的话，你就签了。”

李思文拿过来大概看了下，合约上的条款都是之前谈好的，五百万现金是预付，一周后李思文自筹资金，一旦筹不到资金，或者许连城提出的其他条件达不到的话，预付金全额退还，如果酒厂有单方面违规行为，预付金需三倍退还。

支票是现金支票，农行通兑，数目是五百万元整，最下面是许连城的亲笔签名。

李思文从头到尾仔细看过，确认无误后才拿笔签了自己的名字，把五百万现金支票收好。

第四章 贼喊捉贼，搬起石头砸了脚

陈正治满以为铁证如山，带领干警直扑酒厂，当着于清风和酒厂数千职工的面要带走李思文。这一手极为歹毒，既砍倒了李思文这面狮子县反腐败的大旗，撕破了于清风的脸，又阻止了酒厂反腐继续深入，可谓一石二鸟。关键时刻，纪委干部袁丽萍拿出铁证，证明李思文的清白。在职工的一片嘘声中，陈正治狼狈离开。

合约谈成了，钱拿到了，李思文尽管云里雾里的，但真的坐不住了，刚吃过饭就向许连城告辞：“许董，事不宜迟，既然合约谈成了，我得马上赶回狮子县。酒厂的事早落实，咱们也早放心。”

许连城摇头叹道：“这么急？你就不好好谢谢徐……记者？”

“谢谢徐记者？”李思文怔了怔，看着脸上飘着红晕的徐芷珊，恍然大悟：“哦，是的是的，我以后一定会好好谢谢徐记者，要不是她介绍我认识许董，怎么会有这次的合作呢。”

许连城捂着额头忍不住叹气，却没说什么。

徐芷珊俏脸绯红，听了李思文的话哼了哼说：“许……许董，不用搭理这根木头！”

李思文满心欢喜，满脑子想着赶紧回去兑现他对酒厂职工的承诺，根本没注意许连城和徐芷珊的对话，他先打电话叫袁丽萍给他改签了今天的机票，催着徐芷珊赶紧回去。

回到徐芷珊的住处后，李思文快速收拾好行李，其实也就一个小背包，装着几件换洗衣物。

徐芷珊默不作声地拿了个小塑料袋装了几瓶饮用水和一些水果，李思文知道是给他准备在路上吃的，当即接了过来，脸带歉意地道："小徐，你帮了我这么大的忙，我却没时间请你好好吃顿饭，真的很对不起，以后有机会来省城再请你！"

徐芷珊淡淡地道："算了吧，男人都这样，需要的时候当你是块宝，不需要的时候你就是根草。"

李思文呆了呆，一时没反应过来，徐芷珊说这话的语气，怎么跟怨妇一样，这话以前听朱琳琳玩笑时说过，从貌似天仙、冰清玉洁的徐芷珊嘴里说出来，感觉还真有些别扭。

呆了一下，李思文又回到自己的喜悦当中，对徐芷珊道："小徐，你这两天为了我东奔西跑的也够累了，好好休息一下吧，我自己搭车去机场，订的票是两个小时后的航班。"

"我送你吧，反正有车，方便，这个时间也不好叫车。"徐芷珊拿了车钥匙就走，都没看李思文。

一路上徐芷珊一声不吭，一路沉默，李思文心里纳闷，又不敢问，两人的关系很微妙，尽管对徐芷珊的家庭背景一无所知，但李思文对她本能地信任。

到了机场，李思文欢快地说："你回去吧，谢谢你帮忙，真心感谢！"

徐芷珊脸上一点笑意都没有，低声说道："我送送你，反正没别的事。"

李思文取了登机牌，回头见徐芷珊乖乖地提着他的背包看着他，忽然想起徐芷珊为自己做的一切，心里莫名感动。

狮子县没有机场，航班是飞往北川市的，再从北川坐车回狮子县。飞机到北川市只需一个小时，降落在北川机场不到十二点。

李思文一落地就给于清风打电话。电话通了，于清风的声音有些疲惫：“是思文啊，在省城怎么样？”

李思文兴奋地道：“于书记，谈成了，我手里有一张可以通兑的五百万现金支票，小徐记者介绍的人真的给我们投资了！”

“拿到钱了？”于清风的声音陡然高了起来，“你真拿到钱了？”

“五百万，整整五百万！”李思文没有掩饰自己的喜悦，接着说道，“这只是给我们的保证金，于书记，接下来我们还有很多工作要做。我们谈的是改组合资，我没把厂子卖出去，我谈的是合资，而且我们占股百分之五十一，对方只占股百分之四十九，总股本按五千万计算，我把酒厂技术资源计算成本作一千万，所以我们要在十天内拿出一千五百五十万元……”

于清风忍不住打断了李思文的话头，直接问道：“你现在在哪儿？”

“我在北川机场啊，才下飞机，在机场大厅出口给你打电话呢。”

“你就在那儿等着，我和王见马上开车过去接你。”于清风语气清爽多了，在电话里都能听到他招呼王见马上开车。

北川机场是个小机场，李思文在机场等了十分钟，手机就响了，于清风到。

于清风从车窗里探出手摇晃：“这里！”

李思文赶紧跑过去，于清风招呼王见：“开车，回狮子县！”

“于书记，我赶着回去，你也这么急吗？”李思文不解地看着于清风。

于清风没好气地道："我留在北川干吗，又找不到钱，来来去去像乞丐一样到处求人，却没有一个肯施舍。后来我去找徐书记想办法，徐书记倒是答应了。但事情也急不来，还得等消息。你既然拿到钱了，我们正好一起回去。酒厂可是个火药桶，不能大意。嗯，你给我说说省城的情况，钱是怎么拿到的，对方提了什么条件……"

李思文把事情经过一五一十说了，于清风听得又激动又高兴，李思文还没见于清风这么失态过。

王见也忍不住赞了一声："小李书记干得真漂亮！"

于清风兴奋了片刻，忽然冷静下来，抓着李思文的手问道："思文，你让我们这边占百分之五十一的控制权是好事，但这百分之五十一的股权可是要用真金白银兑换的，不是一句空话就行的。我们没有钱，对方就不会投钱进来，还要我们赔付他几倍的预付保证金，你签的合约里是这样说的吧？"

"对，我是这样签的。"李思文点头回答。

于清风盯着李思文沉吟起来。李思文虽然年轻，但有着远超他年龄的沉稳，但是这件事做得还是有点欠考虑。拿人家五百万，十天凑不出一千五百五十万，就得赔人家一千五百万，这个账怎么算都不值。

李思文知道于清风在担心什么，解释道："于书记，我考虑过，也有把握，酒厂数千职工再困难也不缺这千把块钱，我用诚信换他们的信任，只要能取得职工的信任，就是砸锅卖铁，他们也能把钱凑出来。"

这话于清风之前听李思文说过，不过那时他没怎么在意，现在事到临头了才想起来，到了这个时候，这一步不走也得走了。

看李思文很有把握，于清风也不愿意打击他的信心和热情。也罢，回去看李思文的方法到底行不行再说。万一行不通，他也只好厚着脸皮回北川找徐建国了。这帮天杀的蛀虫，若非他们中饱私囊，酒厂哪里会沦落到如此艰难的地步。

于清风心里很清楚，酒厂就像一个沉疴在身的病人，看病下药只是其中的一步，清除蛀虫不可懈怠。

李思文见于清风沉默不语，又说道：“于书记，我计算过了，酒厂职工每人先发一千，三千员工就是三百万，五百万还能余下两百万，我们要凑的数目实际上是一千三百五十万。”

于清风苦笑起来，李思文还真是会打算盘，这些细账也面面俱到，最终能不能让职工们拿出钱来才是最大的问题，谁也不能保证。但现在看来，这一步不得不走。

第一，一旦职工同意拿钱参股，必然能带动积极性，对于酒厂的未来具有十分重要的意义。

第二，这笔资金到位，一方面安抚了酒厂职工，树立起县委的威信，另一方面，也为李思文调查酒厂贪污腐败赢得宝贵的时间。否则职工人心惶惶，腐败分子稍微一鼓动，就能裹挟民意，做出过激的事情，还怎么办案。

李思文这个主意算是釜底抽薪，职工一旦无法煽动，他们自己就要赤膊上阵，这正是于清风希望看到的。

不怕你不露头，就怕你藏在幕后龟缩不出。但这也是一把双刃剑，一旦职工不愿意参股投资，县委的威信必然受到挑战，那些人必然会借机再次制造事端，这些都是变数。

一个小时后，于清风瞄了一眼窗外，问李思文：“思文，快到县城了，你是去跟我回县委，还是直接去酒厂？”

“于书记，你先回县委处理事务吧。我先去县农行把支票兑了，然后去酒厂。这事不能出一丁点儿差错！”

李思文一下车，就打电话给袁丽萍和谢子立，让他们通知全厂职工下午两点到厂里开职工大会。

袁丽萍的办事效率非常高，李思文兑了钱来到酒厂，才两点。酒厂园区的广场上已经人山人海了，三千多职工全都来了。

广场前还搭了一个临时的台子，就像剧院的舞台一样，别看是临时搭建的，音响都到位了。

李思文从人群走过，直奔二楼办公区。办公室里，袁丽萍、谢子立、胡东、张妍正忙着准备资料，还有一个李思文不认识的女孩，二十七八岁的样子，脸圆圆的。

袁丽萍一见李思文来了，赶紧迎过来："李主……呃，李书记，回来了啊？厂里这边都准备好了。"

谢子立等人都围了过来，李思文一边点头，一边招手叫谢子立："子立，你清查审核的是财务，对酒厂财务这块儿比较熟，我已经往酒厂财务账号上存了五百万，你赶紧配合酒厂财务室的人一起给职工发放生活费，每人一千。"

大会由袁丽萍主持："我告诉大家一个好消息，原定的三天承诺今天提前兑现，酒厂的财务组正在清点职工登记在册的工资账号，正在向各位职工的账户里打钱，数目不大，但肯定能让困难家庭度过难关。我们的纪检李书记到省城筹来了几百万现金，每位职工发放一千元现金！"

"发一千块钱？"

台下众人都听愣了，脸上全是难以置信的神色，这也是因为之前酒厂管理方失信太多次的缘故。

人群中忽然有人跳起来叫道："到……到了，我收到了，我收到到账一千块钱的短信了。"

"我也收到了……"

"我也收到了……"

台下传来此起彼伏的惊叫声。

“大家少安毋躁，听我说一句。”袁丽萍又摆手说道，“财务打款是分批进行的，预计会在两小时内全部完成，没收到钱的职工不要着急，多等一会儿就好，我保证全部职工都有。”

这时，大家说话的声音小了不少，一个个难掩内心的激动，管理层居然真的言而有信。一千块钱的数目不大，但这一千块钱的意义却不小。

袁丽萍指着她身边的李思文大声说道：“大家还记得这位吧？他就是我们酒厂新任纪检书记李思文李书记，是他到省城为大家筹集的这笔款项。我相信这笔钱不是那么容易拿到的，现在我们请李书记上台给大家讲话。”

袁丽萍口才很好，三言两语就把台下众人的热情调动了起来。

“李书记，李书记……”

大家有规律地叫着“李书记”这三个字。

李思文的情绪也被带动起来，职工们的叫声让他既亲切又感动，这就是信任，这一刻，他觉得自己这两天所受的煎熬都值了。

“大家静一下，听我说。”李思文走到讲台上，挥手说道。

人群一下子安静下来，吵吵嚷嚷的声音一下子消失了。

李思文点点头，继续说道：“谢谢大家，等一会儿县委领导要到场来宣布一些事情，在这之前我先跟大伙儿聊一聊，在这里，我们可以畅所欲言。我保证，在这里说的话，没有人会秋后算账。我先讲一讲我们酒厂的现状和今后的发展，相信这也是大家最关心的话题。”

“两天前，我和于书记分别启程，于书记去北川市，我去省城，为的就是找关系筹借钱款，兑现给大家的承诺。钱款是筹到了，但是我依然担忧，为什么呢？有些人应该已经想到了，我筹回来的钱有几百万，但分到每个职工手里只有一千块钱，这一千块钱对在场的各位都起不了太大作用。”

“我真正担忧的是，这一千块钱发给大家后，大家是等着继续要剩下的工资呢，还是想一想酒厂以后的发展?”

李思文这话一出，在场职工彻底安静了，他的话真正刺到了大家心头最痛的地方。一千块钱能干什么，又有什么作用? 厂里依然拖欠着大部分工资，也依然处于濒临倒闭的状态。等酒厂彻底倒闭，大家失业，继续跟县政府扯皮要补偿?

李思文看着表情沉重的职工，继续说道：“我知道大家对酒厂是有感情的，大家也不想酒厂垮掉，酒厂垮了对大家没有任何好处，只有酒厂重新焕发生机，大家才有工资拿，生活才会得到改善。这才是大家最想要的吧?”

“我们是不想酒厂倒闭，可是，李书记，厂子都成这样了，谁能救得了它?”台前一个年轻职工大声问着。

不是别人，正是李保玉。

“你问得好，我现在要说的就是这个问题。”李思文点头回答，“县委决定要对酒厂进行重组，至于最终的方案，还需县委领导多方面考虑后才能公布，毕竟这是事关咱们酒厂数千职工的切身利益问题。在这里，我只能跟大家保证，县委的方案一定是考虑到广大职工的利益的，是对大家最好的方案，目前我只能说这些。”

台下数千职工细细琢磨着李思文的话。

李保玉一挥手，大声叫了起来：“小李书记，我们相信你，只要是你说的，我们就相信。你给我们酒厂带来了希望，你来做厂长吧，我们拥护你!”

李保玉大声一叫，现场的人群都愣住了，很快有人醒悟过来，跟着叫道：“对，让小李书记做我们的厂长，让钱克滚蛋……”

听到这话，李思文又好笑又好气，他挥手让众人安静下来，可惜这会儿几千人都很激动，场面一度陷入混乱。

李思文无奈，不得不提高音量大声道："我谢谢大家的关爱和拥护，也请大家保持冷静。对厂里原来的风纪问题，我保证有责必究，不放过一个腐败犯罪分子，也绝不冤枉一个好人。在事情没有查清楚之前，请大家不要言语攻击任何人。另外，大伙对我的信任我很感激，但是做不做厂长可不由我说了算，要由县委统一安排，还有……"

说到这儿，李思文冲着台下的职工抱拳行了个礼，道："我这次去省城拿回来的钱不多，只够给每人发一千元，接下来我会尽我所能继续帮助大家，也希望大家能信任厂领导，信任县委。在酒厂的危难时刻，我们必须团结，只有相互信任，才能挽救酒厂，才有未来!"

"我们信任你，小李书记，我们相信你!"

大家跟着李保玉此起彼伏地喊着，这是信任和支持李思文的欢呼声。

李保玉当然不是要拆李思文的台，他每个问题都道出了酒厂职工的心声，也是厂领导、县领导不能回避的问题。

李思文的回答让他们很满意，更重要的是，李思文得到了他们的信任。

不得不说，职工的信任多少有些盲目和冲动，但也不得不承认，这信任是对酒厂接下来改革重组最好的铺垫。

听着职工们的欢呼，李思文心中多少有些沉重，腐败分子始终是压在他和县委心中的一块巨石，这块巨石一天不清除，酒厂就一天无法进入正常轨道。

正在感叹，李思文瞥见大门方向有几个人正往里边挤，最前面的人正是王见。

王见在前面开路，跟在他身后的是于清风和唐明华。李思文见两位县委领导来了，他马上对着话筒说道："请前边的职工让一让，县委于书记和唐书记来了，下面请于书记上台来给大家讲话。”

于清风上前一步，朝台下职工摆手示意了一下，说：“好，我就简单说几点，大家也不要鼓掌了。酒神窖厂子搞成今天这个样子，我很痛心，你们肯定也高兴不起来，还是直接说主题吧。”

台下数千职工听着于清风干脆的话，对于清风有了一丝好感，毕竟太多领导喜欢在酒厂端架子，说空话套话了。

李思文站在旁边，这个角度可以清晰地看见于清风的鬓角花白一片，心里忍不住一阵酸楚，别人或许不清楚，但是李思文从认识于清风那天开始，就知道这个县委书记每一天都在为狮子县殚精竭虑。

换了别的干部，知道自己即将调离工作岗位，哪会一如既往地拼命工作？得过且过，平安着陆，或者不求有功，但求无过，是不少官员的做法，恰恰是这些人的想法让公仆这个名号蒙羞！

于清风挺直身板，对着台下密密麻麻的人群说道：“我们县这个酒厂，曾是我们狮子县的骄傲，但现在它却是我们的耻辱。厂子变成这样，我这个县委书记负有不可推卸的责任。酒厂的问题大体出在两个方面，一是守旧不创新吃老本，二是管理层出现了严重的贪腐问题。这一次县委是下定决心要把酒厂的毒瘤割掉，彻底改组。思文去省城谈好了一个投资商，我在这里向大家透一个底，我们县委的底线就是，无论怎样改组，厂里的基层员工不能辞掉。至于管理干部，一律免职，全厂职工开会进行公开投票选举。这是其一，其二……”

听于清风这么说，前边一个职工忽然大声问道：“于书记，您刚刚说的底线确实是为我们普通职工考虑。但问题是，既然是人家投资，那话语权就在人家手里，他怎么可能让我们自己选自己的管理干部？我也见过国企改革，人家都是谁投资就谁当家，轮不到我们普通职工说话。”

职工的话很明显，你于清风说的是空话吧？前边的话听起来是为了普通职工，而且很感人，但一想就觉得不可能，不靠谱。

“大家别急，我要说的第二个方面就是这个问题。”于清风摆手让那职工少安毋躁，接着微笑着道：“是这样的，县委开会决定，这次酒厂改制，我们县委不打算全盘卖出去，那样就不是改制了，那叫甩包袱。我们的底线是‘合作’，酒厂以资源和人才以及部分现金入股，我们要占总股份的百分之五十一，人家投资方只占百分之四十九。思文已经跟投资方谈妥了，总股本为五千万元，对方以两千四百五十万元现金入股，占百分之四十九的股权。我们以两千五百五十万元占股百分之五十一，其中原始物资：厂房、生产线、技术人员等等抵现一千万元。也就是说，我们要自筹一千五百五十万元现金入股。县委的意思是，既然改制就要彻底，这个股份资本就由本厂的员工以现金入股，多少不论，你们自筹一千五百五十万元，你们以后就是酒厂的主人，是股东，是说话算数的股东，大家听明白了吗？”

几千职工都安静下来，于清风说得很清楚，没有哪个听不明白，但听得明白并不表示他们就同意或者愿意。

刚刚说话的那职员见众人不出声，又举手问：“于书记，既然您这么说了，那我也干脆把话挑到明处。我觉得吧，这又是一个大坑，是把我们全部职工套进去的大坑。酒厂日落西山谁都看得见，这次我们如果把钱投进去，那不是肉包子打狗，有去无回吗？”

于清风呵呵一笑，说：“你说得好，这个问题可谓说到点子上了。人家投资方可不傻，他们难道会拿两千多万现金和我们一起打水漂吗？这件事，嗯，是思文谈的，就由他来跟你们详细介绍一下情况吧。”

于清风一边说一边朝旁边的李思文招手。

李思文大步走过去，站在话筒跟前，试了下音，这才说道：“各位，我把去省城跟投资方谈的条款细节说一说，股份分配的方法于书记已经说过了，我要说的是酒厂未来的发展方向和蓝图，这才是大家最关心的。我们仔细研究过，酒厂这些年来的没落，主要问题是当年的管理层故步自封，没有危机感，在技术创新方面没有投入。前些年还好，日子一长弱势就明显了，再要赶上竞争者就难了。第二是酒厂管理层的腐败问题，这两个方面都是重点，这次县委对酒厂的反腐决心大家都看到了，我就不多说了。酒厂未来的发展需要多元化，要走精品策略，做中高档酒类。另外还可以增加新品种，比如红酒、葡萄酒之类的。还要引进新的高端的生产线，对创新和技术方面的投入要加重加大。只有技术上去了，我们在市场上才有立足之地，才有竞争力。所以我对我们酒厂的未来是很看好的。这次筹资，我作为这个项目的发起人带个头，我会把家里全部存款都拿出来入股，大约是三万块。各位愿意投多少股就投多少，不愿意投的也不勉强，一切以自愿为原则。在此我也不藏着掖着，是投资就会有风险，没有谁敢保证百分百成功，投资亏了的话，这钱就没了，当然，如果酒厂以后发展良好，上市了，那么现在投资的各位就有可能一夜间变成百万富翁、千万富翁，这是一场赌局！”

李思文的话说得很明白，也很诚恳。

台下数千职工都沉默了，这时李保玉把手一举，大声叫道：“小李书记，我投，我家投五万，不为别的，就为你。我们相信你，只要是你说的，我们一家子二话不说跟着你干！”

“好，我也投两万，保玉说得好，不为别的，就为小李书记这个人，我愿意陪他赌这一局，大不了就是亏了两万块钱而已！”

“对的，我们愿意为小李书记冒这个险，两三万块钱而已，死不了人……”

李思文见台下群情激昂，感动得眼圈都红了，虽然是李保玉起的头，但厂里几千人，大家的眼睛都是雪亮的，要不是真信任李思文这个人，他们才不会跟着别人乱投钱。

民心可用，士气可用，于清风也很激动。他没看错李思文，李思文的想法和规划虽然有些激进，但却实实在在起到了效果。归根结底，老百姓是包容、善良的，只要你一心一意为他们着想，为他们办事，他们就会用百倍千倍的信任来回报你。

李思文反腐产生的影响超乎他的想象，他也第一次真正认识到反腐在经济发展浪潮中的重大作用，绝不仅仅是保驾护航那么简单。

于清风一边拍手，一边大声说道："好，我在这里谢谢大家。另外，我宣布一个大家很想听到的任命，经过县委开会决定，决定任命酒厂纪委书记李思文同志为酒厂代理厂长，在代理厂长期间全权管理酒厂的所有事务！"

"好！"

台下人群都使劲鼓起掌来，哗哗的掌声此起彼伏。

众人的热情被一阵刺耳的警笛声打断了，警笛声音是从大门那边传过来的。于清风和李思文一眼望去，只见大门那边开过来三辆警车，人群惊乱地让出一条道。三辆警车开到台下的空地，从车里钻出七八个警察。

领头人昂首阔步，雄赳赳气昂昂。于清风和李思文看得清楚，是县委政法委书记陈正治。陈正治几大步走上台，瞄了一眼于清风，然后盯着李思文。

于清风很清楚自己和陈正治的关系，双方已经彻底撕破脸。陈正治不请自来，怕是来者不善，矛头直指李思文。以他对陈正治的了解，对方盘踞狮子县，主政政法委多年，根基很深。眼下强势而来，不会做没把握的事，一旦出手，肯定是一击致命。

李思文危险了，要命的是，偏偏赶在这个节骨眼儿上。于清风心中思绪百转千回，一时间想不出好办法。

陈正治大着嗓门，对于清风道："于书记也在啊，正好向你汇报个事情，昨天有个叫朱琳琳的女人来报案，说李思文强行奸污了她。我知道这件事影响很大，所以特别验证了报案人的言语和证据，确定她没说谎后才批准了抓捕行动。本来想事先和于书记请示一下的，但事急从权。我听说于书记正好在酒厂这边，所以就带人一起过来了。”

陈正治真是选的好时候啊！于清风脸色顿时沉了下来。

台下职工也变得鸦雀无声，眼看着职工们摩拳擦掌想跟着李思文大干一场，忽然出了这么一档子事，一个德行败坏的人，谁敢信任啊？

陈正治啊陈正治，这一刀捅得真够狠啊！果然是条老谋深算的狐狸，这一下打得于清风和李思文两人晕头转向。

之前的种种迹象表明，陈正治在酒厂的贪腐案背后扮演着十分关键的角色，这点基本上可以确定。他这次出手，可以理解为腐败集团的凶狠反扑。而作为反腐败的先锋，李思文就成为了对手除之而后快的第一人选。

除掉李思文，从某种意义上宣告了这次反腐行动的失败。

看吧，什么反腐倡廉，天天嚷嚷调查的官员都不正，这案子还有查下去的必要吗？李思文名声臭了，那一力举荐李思文的于清风，必然要背负识人不明、用人不当的领导责任，作为县委书记，他难辞其咎。

最后，酒神窖酒厂的职工经过此事，必然会被打回原形，回到以前那种得过且过的消极状态，那种状态才是腐败集团最向往的温床。于清风瞬间将陈正治出手的原因看得通透。

他痛恨陈正治的卑鄙，这个老对手既然出手了，那就说明他手里必然握有铁证。李思文真干了这么出格的事情？

于清风举棋不定，李思文是个好苗子，但他的年轻既是好事又是坏事，优点是有冲劲，干劲十足，但缺点也很明显，那就是年轻气盛，血气方刚，经验不足，保不准真干出那种事来。

李思文面对陈正治的紧逼，显得十分冷静，他身正不怕影子斜。那天朱琳琳去他的住处和他纠缠，李思文很机灵地退了出来，还安排袁丽萍和张妍去应付她。

按理说朱琳琳找不到机会，应该会知难而退才是，没想到居然把他给举报了。李思文猜朱琳琳做不出这样的事，想来背后定是有人唆使。瞧县政法委书记陈正治气势汹汹的模样，这件事不简单，到底是哪个要置他于死地呢？

李思文抬头看了看于清风，于清风的表情有些沉重。李思文心里有些难受，看来于清风对他也不是百分百信任，要真信任他，陈正治说什么他都不会相信的。

陈正治一脸胜券在握，嘿嘿冷笑着对于清风道："于书记，既然你在这儿，那我就不多说了，请于书记处理吧。"

陈正治以退为进的手法一下子将于清风逼上了风口浪尖。李思文是于清风的得力干将，这段时间被李思文等人逼得左支右绌，人仰马翻，陈正治早就憋了一肚子火。正所谓三十年河东，三十年河西，如今于清风也被自己逼着处理自己的人，报复的快感让陈正治觉得相当解气，尽管表情严肃，但心里却早乐开了花。

于清风脸色凝重，李思文也一声不吭，没为自己辩白，此时台下几千职工盯着，陈正治也在盯着。众目睽睽之下，他要怎么处理？

李思文不是不想解释，而是在这种情况下，他怎么解释都没用，说得越多，越容易让陈正治抓住把柄。今天解释不清，顶多他受点冤枉，一旦他被三千职工认为是表里不一的骗子，肯定会对酒厂产生巨大的影响。酒厂重组的事要真功亏一篑，他李思文可就是狮子县的罪人了。

李思文的沉默让于清风误以为是"默认"，这令他内心一阵难受，这小子难道真的走了歪路？

想起市委书记徐建国交代要照看好李思文这个好苗子，于清风就觉得自己有负所托，但他内心始终有一个声音在告诉他，李思文不会干这种事，他是被人冤枉的。

就在于清风内心挣扎之际，台下忽然传来一个清脆的女子的声音："慢着，于书记，我有话说！"

于清风等人向声音传来的方向望去，见台下走来两个女子，于清风认得其中一个，是李思文从县委办调用的文职干部袁丽萍，另一个年轻女孩他不认识。

于清风问道："你是小袁吧？有什么事？"

袁丽萍走上台："于书记，我要向您当面汇报，也向在场几千职工证明，小李书记是被人诬告的，我有证据！"

于清风一喜，想也不想大声道："好，你说！"

陈正治愣了一下，暗感不妙，怒道："捣什么乱？你们知不知道在这种场合瞎说也是要负刑事责任的，赶紧走，不然叫人把你们抓起来！"

袁丽萍冷冷地道："陈书记，你还没听我说，怎么就知道我是瞎说？群众的眼睛是雪亮的，你这样不分青红皂白就要把我抓起来，不晓得这是不是滥用职权？"

陈正治顿时语塞，他没想到袁丽萍的嘴皮子这么利索。

于清风又摆了摆手："小袁，你说你的。"

这时候跟陈正治斗嘴于事无补，虽说陈正治有点被动，但这不足以帮李思文解围。

"陈书记，我想问一下，朱琳琳去公安局报案，说李书记强奸她，她是怎么描述的？"

陈正治当然不会跟着袁丽萍的节奏走，脸一黑，冷喝道："你有什么资格问我这个政法委书记？赶紧下去，影响了我们正常工作你可负不起责任!”

“哎……”于清风见陈正治冲袁丽萍发威，当即说道，“老陈，她虽然职位低，但我看不像是胡闹。你先说说情况，看她怎么说，如果她说不出个所以然来，再罚她不迟。”

陈正治表情一滞，于清风分明是在给袁丽萍撑腰，但县委书记已经表态了，他只能服从，否则就是不尊重上级。

还好，在公安局朱琳琳报案后，陈正治曾专门向朱琳琳仔细询问过整个过程，他觉得无懈可击才进行下一步。尽管他很想整治李思文，进而推倒于清风，但他也明白，拿子虚乌有的东西陷害，最后只会坑自己。

陈正治绷着脸说道：“朱琳琳上周六早上九点多去李思文的住处机关小区，去的原因是李思文约她去的，说是要谈点什么事，具体什么事李思文事先并没有说明。进房后，李思文跟她聊了半小时后就动手动脚，威胁并侮辱了她，李思文随后离开小区。事情经过就是这样。”

袁丽萍点了点头，意味深长地问道：“陈书记，您是公安系统的老领导，是个有经验的刑侦人员，应该知道偏听不足信，证据要讲究全面。这事您不会只听朱琳琳一个人的话就把案子定性了吧?”

陈正治心里咯噔一下，但脸上依然不动声色：“你什么意思?第一，你不是公安系统的人，我们怎么定案与你无关。第二，你不是上级领导，无权指责我们的办案方法。作为局外人，如果你有什么证据，可以拿出来配合我们办案，否则，请你从哪里来就回哪里去!”

陈正治这话说得很不客气，就差当面让袁丽萍滚蛋了。

袁丽萍见陈正治丝毫没有退却的意思，也不再兜圈子，认真地道：“那好，既然陈书记这么说，我就亮证据了。”

袁丽萍一边说一边把手中的挎包打开，从里面取出了一盒录像带，扬了扬，大声说道：“各位，我这里记录着当天发生在机关小区的真相。从录像中可以看到，李书记的前女友朱琳琳是早上九点十六进小区的，李书记从他的房间里出来，离开小区的时间是九点二十五分。也就是说，从朱琳琳进李书记的房间到李书记出来，中间只有短短九分钟。按朱琳琳的说法，她是进去后跟李书记谈了半个小时，李书记才对她动手动脚进行强奸的。这也就是说，朱琳琳在撒谎。监控录像是做不了假的，稍后专家一验便知。李书记从他房间出来后，一整天没回过机关小区。他离开四十分钟后，我跟我身边这位派出所的女民警张妍同志应李书记的要求，曾一起去过他的住所。原因是朱琳琳在李书记那儿，要求李书记帮他做一件违反原则的事情，李书记一口回绝了。谁料朱琳琳撒泼不走，还脱衣脱裤子威胁李书记，叫喊李书记强奸她，李书记一怒之下只好离开住所。因为觉得女人之间交流方便些，所以才叫我跟张妍去他家会一会朱琳琳。我当时就去小区监控室调取了录像，原本是想了解整个事件的始末，没想到，这个小小的录像带却成了这起诬告案的重要证据，真可谓天网恢恢，疏而不漏，朱琳琳不起害人之心，我这监控录像还真就无用武之地了。”

于清风一听袁丽萍的话顿时喜笑颜开，高昂着头，大声说道：“好好好，小袁，你拿着录像带跟我和陈书记去楼上办公室看一看。咱们用事实说话，李思文如果品行不端，我们绝不轻饶，但如果有人想诬陷李思文，我这个县委书记第一个不答应。做人要清清白白，做官同样也要清清白白。走，去看录像!”

陈正治脑子里已经乱成了一锅粥，他还真没想到原本已经板上钉钉的事，居然在关键时刻还能再起波澜。

也不能说他大意，实际上李思文清不清白，都不在陈正治的考虑范围之内，只要这盆污水泼下去，在大庭广众之下带走李思文，哪怕事后查明李思文是冤枉的，那也是他陈正治的胜利。

酒厂改革如火如荼，狮子县反腐势如破竹，在他们人心高昂的时刻，突然给他一记沉重的打击，之前的大好形势都将变成梦幻泡影。陈正治这段时间从来没这么狼狈过，他迫不及待想要挽回局面，既是为了给自己一点喘息时间，也是为了稳住盟友。

然而正是因为他的迫不及待，急于反击，让他不管不顾地押上筹码，没想到这次的反击刚刚开始，就遭到了袁丽萍这个局外人的迎头一击。

袁丽萍话一说完，陈正治就明白他这次栽了，他怎么就没想到小区里还有监控录像呢?

自己还是太急躁了，陈正治满脑子后悔，让他恐惧的是，朱琳琳诬陷李思文的背后还有隐情，隐情偏偏是他不知道的。那帮人这是把他推出来当枪使了。连他都被利用，是不是意味着那帮人已经把他从圈子中踢出去了？陈正治已经不敢想下去了。

虽然恨极了李思文，但陈正治知道今天他是动不得李思文了，继续在这条道上走下去，他就得把自己填进去。

他警醒过来，当即抢上几步，拉着于清风说道："于书记，我看……这事不简单，之前的推断还是有点草率。这样吧，让小……小袁马上复制一份录像送到公安局来，我立刻回局里突审朱琳琳，诬陷干部那还了得？尤其是像李思文这样年轻有为的干部，我得马上回去加紧审讯!"

陈正治变脸极快，看他义愤填膺的模样，就像对诬陷李思文的人恨得咬牙切齿，这与他之前那副要将李思文绳之以法的样子简直判若两人。

于清风对陈正治的行为洞若观火，但他不想纠缠这些细节，李思文的清白最重要。

陈正治招呼着跟他一起来的下属匆忙离开，比起来时的气势汹汹，走的时候可谓灰头土脸。

于清风转头瞧了瞧脸色平静的李思文，忽然有点惭愧。

明明对李思文的为人心知肚明，但陈正治来抓人的时候，他心里还是动摇了，这一动摇差点把李思文推入万劫不复的深渊。好在有袁丽萍这样聪明睿智的下属，不然于清风和李思文这次就被动了。

再次面对台下数千职工，于清风张口想说什么，却发现有些哽咽，怎么也说不出话来。

台下数千职工一直非常安静，突然，不知道谁鼓起掌来，接着是第二个，第三个……片刻后掌声如雷，几千职工们都发自内心地为李思文鼓起掌来。

于清风和李思文对视一眼，从对方眼里看到了如释重负的微笑。

陈正治今天特别恼火，原本万无一失的计划最后却成了竹篮打水一场空，计划失败不说，还差点把自己给搭进去。

他带着几个下属气冲冲地直奔公安局，他要把心里窝着的一团火撒在报案的朱琳琳头上！

“小川，你去安排人把朱琳琳给我提出来速审！”

一进办公室，陈正治就吩咐跟他一起去酒厂的副手黄小川。

黄小川舔了舔嘴唇，有些为难地低声说道：“陈书记，回来的时候我在车上已经打电话问了，刘……刘代局长早通知了，要提审朱琳琳必须他亲自签字才行，没他的命令我们谁也见不到朱琳琳……”

“哼……”

陈正治气得牙痒痒，之前他用这种方法硬是拦着李思文不能探监，如今刘正东用这一招来对付他，真可谓现世报。

换做以前，陈正治有一百种方法收拾刘正东，但是现在不行了。他最近诸事不顺，连战连败。被撤掉公安局长职位之后，情况急转直下，刚刚还差点跳进自己挖的坑。陈正治心里很清楚，自己已经到了危险的边缘，造成这一切的罪魁祸首，就是县委书记于清风！

在于清风这个县委书记的“授意”下，刘正东跟他顶着干，李思文跟他顶着干，连袁丽萍、张妍这样的小丫头都跟他对着干，他怎么也想不明白，以往看着闷声不响，低调的于清风，发起威来居然这么势不可挡。

人倒霉了当真是喝水都塞牙缝，烦心事一件接一件。

陈正治沉着脸，他和于清风已经到了水火不容的地步，坐以待毙不是他的性格。看来还是要找一个恰当的点进行反击，眼下只有以攻代守，或许能换来晚年安稳。

至于升迁，从他儿子参与鹰嘴镇贪腐案爆发之后，他就再没指望。他能全身而退就不错了。要不，去求下那帮人？

不行，一想起那帮人的狡猾狠辣，连陈正治这样久经宦海的人也感到不寒而栗。之前他与对方还处于那种隐秘的半合作状态，有主次之分。

自己一旦靠过去，性质可就完全不一样了，联想到朱琳琳事件的蹊跷，陈正治更不敢动了，万一对方打的就是利用自己吸引火力的算盘，那自己靠过去求援，可真就是羊入虎口，万劫不复了。

眼下他还有什么办法挽回败局呢？向市里求援？市里已经在操作了，算算日子也该发动了，怎么还没动静，真是急死人了！

陈正治如同热锅上的蚂蚁，这口恶气实在憋得他万分难受，正在坐立难安的时候，衣袋里的手机忽然响了起来。

陈正治赶紧掏出手机来，来电显示是“俞安”，俞安是他的秘书。

“喂，是我，说！”陈正治按了接听键，冷静的声音如同以往一样带着威严。

“老……板，有个大……大好消息……”秘书俞安的声音发颤，一反以往的沉稳。

陈正治一愣，能让俞安都沉不住气的消息到底是什么消息？

“有话慢慢说，别毛毛躁躁的！”

也就是他的秘书他才这么调教，换了别人他就直接训斥了。

俞安喘了口气，缓了几秒后才说道：“书记，刚刚有消息来，是北川的消息，我已经从于……于清风秘书王见那儿确认了，是北川市组织部的调令，于清风被调走了！”

“调走了？是……是真的？”

这一下连陈正治自己都无法冷静了，多少个煎熬的日子，他一直盼着于清风能被调走，他成功上位。但是这几年的明争暗斗，他虽然不落下风，但也没有明显的优势，尤其是最近一段日子，他节节败退，被步步紧逼。陈正治所面临的巨大压力无人能体会。

秘书俞安的这个电话让他有种守得云开见月明的感觉。

第五章　老谋深算，逼走强敌除异己

于清风终于调走了，陈正治松了一口气，他得意地想，当务之急要做两件事：首先，将于清风的势力连根拔起，拿回狮子县的掌控权；其次，争取拿下县委书记的位子，今后他就可以在狮子县为所欲为。狮子县将成为他针插不进水泼不进的坚固堡垒。

这是天大的喜讯啊！看来市里那位终于出手了，选的正是于清风踌躇满志的时候，哈哈，这阵及时雨来得真是时候。

于清风啊于清风，不管你手腕有多高多硬，终究也逃不脱如来佛的手掌心！原本压制他陈正治的一系列雷霆手段，随着于清风调离，都将变得毫无意义，并随着他的离任而烟消云散。

陈正治心里更高兴的是，随着于清风离任，空出来了县委书记的位置。

有于清风在一天，陈正治对那个职位就不敢有一点念想，但是于清风一走，原本被他压下的欲望又开始死灰复燃。

儿子犯的错，已经用他的生命做了抵偿，不应该连累他。他陈正治这些年在狮子县，就算没有功劳也有苦劳吧，这点组织上不会不考虑。再说了，这些年空降的县委书记走了好几个，都无法把握狮子县的局面，上面是不是也该考虑换一个成熟稳重的本地人出任一把手？

在狮子县本地论资历、论政绩，谁还能比得上他陈正治！

背靠大树好乘凉，市里那位不会不帮他尽点力。就算退一步，当不了县委书记，谢学会接任一把手，他陈正治接任县长一职，不算过分吧。这可是副处到正处的升华，搞不好自己再坚持个两三年，到退休的时候还能混个副厅级待遇呢。

一想到这个，陈正治的心里就火热起来。

哈哈，我看以后这狮子县还有谁敢跟我陈正治斗！

陈正治把电话挂了，扫了一眼跟前的几个下属，黄小川几人紧盯着他，脸上尽是关切之色。

这些都是他的心腹，正所谓一荣俱荣一损俱损。以前陈正治的行事作风非常霸道，横冲直撞，而现在却处处碰壁，大家都意识到这位老领导处境不妙。

今天跟于清风的正面碰撞如此狼狈，黄小川心里感叹江河日下，虽然他身为县公安局刑警中队长，职务不低，但在代局长刘正东的管制下，他根本就是有名无权的闲人。陈正治处境艰难，他们几个也跟着惶惶不安。

看着众人的表情，陈正治脸上露出笑容，气定神闲地道："小川，你们几个就在县局等着，什么都不要干，我回县委去了，放心，刘正东也蹦跶不了几天了，等我给你们好消息。"

黄小川几个人盯着一脸笑容的陈正治发愣，这是什么意思？

陈正治这时候自然不会把话跟黄小川他们说透，他还要赶回县委去证实一下于清风调走的情况，如果属实，他接下来要打点准备的事情可就多了。

县委大楼。

陈正治胡乱找了个停车位，直奔三楼办公室。

秘书俞安正在办公室，看到他进去，马上站起来迎接，低声说道："老板，消息都确认了，于清风已经在收拾他办公室的个人物品，组织部的通知是三日内到北川市财政局赴任，听说那边的安排……是副职。"

陈正治抑制不住内心的狂喜，他点点头，吩咐俞安道："俞安，你马上去小金安订个包间，再把吴青云和周榆接过去，我等会儿开车过去，今天我们要好好聚一聚，聊一聊。"

"好的，我马上去安排。"俞安一边点头，一边拿起手机。

对陈正治，他从来都是以"老板"称呼，陈正治似乎对这称谓挺享受。

陈正治高升，他这个秘书也自然前途光明，这一点，俞安深信不疑。

最近陈正治处境艰难，跟吴青云、周榆两位副县长的铁三角关系也摇摇晃晃的，联系少了许多。俞安看在眼里，急在心里。今天于清风的调令可真是个绝好的消息。

陈正治召集两人也是为了重新组织县委常委的铁三角，助他上位，如果能拿下县委书记的职位当然最好，万一不行，退而求其次能拿下狮子县县长的职务也不错。按照常理，县委书记有一半的概率会从狮子县常委中选拔，有这个资历的只有三个人，一是县长谢学会，二是县委副书记张允学，三就是他这个政法委书记了。

按理说，县长谢学会的资历最高，但他们拼的并不仅仅是资历，还有人脉。他能不能上位，还是要看他背后那人的能量。

强敌的败退让陈正治莫名兴奋，死灰复燃的雄心蠢蠢欲动，要不说野心是贪婪的原动力，之前儿子出事，被于清风狙击的时候，他哪敢有这种不切实际的念头。

陈正治拿起办公桌上的电话就想往市里打，想了想又放下了，他觉得这个时候不能大意，更不能随意，凡事要三思而行，以免马失前蹄。最近吃的一系列亏让陈正治谨慎了许多。

觉得口渴，陈正治顺手把办公桌上的茶杯端起来喝了一大口，这是昨天的茶水，本来极为讲究的他也不计较。

等兴奋的心情逐渐平复下来后，陈正治这才拿起电话，只是还没按完号码，衣袋里的手机就响了起来。

陈正治摸出手机一瞄，正准备扔在边上不理，这时他可不想被一些闲杂人等骚扰。

忽然，陈正治的身体抖了一下，手机上的号码非常熟悉，不对，陈正治仿佛触电般连忙抓起手机，手都有些抖，好不容易才按下接听键。

“喂，是……是老领导吗？哎……我是正治啊……”

“嗯，正治啊，想必你也知道于清风要调走了吧？我怕你沉不住气胡乱行事，考虑再三，还是想着先给你打个电话透个底。”

陈正治又是紧张又是期待地说：“您说，我在听！”

“你的事我记着呢，于清风调走后，想上这个位置的人多得很，不仅仅是你们狮子县内部，我们市委也一样，大家都有各自的人选，最终到底谁出任，还要看组织上的安排。不过按资历，按工作情况来看，目前最有可能上这个位置的是狮子县县长谢学会。”

“……”

听了老领导的话，陈正治顿时像被泼了一盆冷水，从头凉到脚。

老领导似乎知道陈正治的感觉，嘿嘿一笑，又沉着声音道：“你也别气馁，正所谓有失必有得，好事不能占尽。他们拿了书记，我们拿县长，各取所需。再者说了，谢学会资历级别比你高，要是你上县委书记，那他往哪里摆？更何况那样对你今后开展工作也不好。这次要不是我硬顶着，以你儿子之前出的纰漏，你连县长的位置都别想。也怪于清风自己贪功冒进，以为一个人就能把酒神窖酒厂多年的积弊一扫而空，他也不想想，他若能一力摆平，岂不意味着其他人都是酒囊饭袋。眼下的结果挺好，要是不依不饶，等组织上空降一个县委书记过去，那大家都傻眼，你说是不是？”

陈正治怔了怔，老领导说得在理，但他心里多少还是有些失落。不过转念一想也就释然了，如果最终能当上县长，他好歹也算政府的一把手，正处级干部了，政治生涯也算是迎来第二春了。

要搁前几天，他还真不敢想象还能有再进一步的一天。

“沉住气，正治，目光放远一些，能上县级正职，也是你的运气和福气。”

“是是是……我是在琢磨问题，不是觉得这个职务低。老领导，我知道您老是为我着想，能上这个职务也是领导一力举荐的结果，我陈正治您还不知道吗？今后领导您一句话，我陈正治上刀山下火海没二话。嘿嘿，抽个时间我单独去市里跟领导您汇报汇报工作……”

“少来这套虚的，就你的性子，我还不了解，这事眼下可没尘埃落定，一切以组织部正式行文为准。我最后提醒你一句，有些事要适可而止，给人一点空间就是给自己一条退路，具体行事你自己掂量。好了，就这样。”

“好的好的，我知道了，请您放心，我知道该怎么做。”陈正治满心欢喜地挂了电话，陷入了沉思。

老领导的电话既带给了他惊喜，也给了他一份沉重的压力。县长职位是对他多年工作的赞赏，但其中也隐含着一丝警告。这些年陈正治连续逼走了两任县委书记，在组织眼里，他飞扬跋扈的印象怕是甩不了了。

所谓做人留一线，日后好相见，意思是让他陈正治适当学会退让，不要太咄咄逼人。

陈正治只有苦笑，于清风等人步步紧逼，一副不死不休的架势，他哪里敢有丝毫放松，更谈不上退让了，退一步搞不好就是身败名裂。

尽管眼下很可能断了以后向上的道路，但至少保全了自身，也顺势上了一个台阶，至于以后的事，以后再说了。

同样的消息，陈正治是兴奋，李思文则是失落，虽然他早知道于清风终有离开狮子县的一天，也有一定心理准备，但这一天当真到来，他还是非常失落。

今天发生的事就像过山车一样起起伏伏，酒厂正逢改制喜讯的关键时刻，碰上上门抓人的陈正治，幸好袁丽萍和张妍早有准备，让李思文绝处逢生，否则后果不堪设想。

原以为过了一难，前路多少平顺一些，没想到于清风的调令在这个时候下来了。失去了于清风这个雷厉风行的领头羊，他李思文的反腐路线还能否执行下去？酒厂的革新是否会再起波澜？原本就虎视眈眈的陈正治等人岂会善罢甘休。

想到这里，李思文的心中犹如压了一块重石，压得他喘不过气来。

办公室里静悄悄的，李思文给自己倒了一杯水，外边的工作间，袁丽萍几人细声说着话。

经过这次风波，纪检小组的成员对工作倒是更有信心了，不过李思文似乎没有了以往的激情，躲在办公室里已经好久没出来了，这让他们觉得有些反常。李思文是他们这组人的主心骨，如果李思文心情不好，无疑会影响他们的工作热情。

袁丽萍多少了解一些情况，她正打算去办公室看看李思文的情况，不料人刚站起来，放在办公桌上的手机就“呜呜”地震动起来，有人打电话来了。

来电显示是“阿静”，这是袁丽萍县委办的一个同事，只是两人并不在一间办公室办公，平时关系相当好，不知道她打电话来干什么。

“静姐，有什么事啊？”袁丽萍随口问了一句。

“丽萍，不晓得你听到消息没有？县里来调令了，是于书记的……”

“于书记的调令？”袁丽萍好一会儿才反应过来，赶紧问道：“静姐，你说什么？于书记的调令？于书记调哪儿了？”

袁丽萍心里明白，李思文是她们纪检组的顶梁柱，于清风是李思文的支柱，于清风在这个关键时刻调走可不是好事。

阿静压低声音说：“听说于书记是被平级调到北川市财政局任副局长……”

袁丽萍倒抽了一口凉气，忽然明白了李思文为什么关在办公室不出来，为什么情绪低落了。

于清风调走对狮子县各方面来说都不是好事，都说一朝天子一朝臣，他一走，李思文这边肯定会受极大影响，狮子县展开的反腐自检行动也必将受到影响。

阿静见袁丽萍没出声，又低声说道：“丽萍，我知道你跟李思文关系好，你要多注意一下。我在县委听到不少消息，现在很多人都盯着县委书记的位置呢……”

袁丽萍沉吟了一阵才回答：“好的，我知道了，谢谢静姐，有时间我请你吃饭。”

挂了电话，袁丽萍陷入沉思，于书记调走无疑会令目前的狮子县委陷入混乱，她最担心陈正治上位，如果陈正治当上了县委书记，对李思文来说就是一场灾难。

袁丽萍犹豫起来，想着要不要去安慰李思文一下，尽管她知道李思文是个行事果决的聪明人，劝不劝其实意义不大。

就在袁丽萍犹豫不决时，办公室的门开了，李思文走了出来，朝大门走去，他一路上都在想事情。

袁丽萍张口想问问，又忍住了，眼看着李思文从面前走过，消失在门口。

李思文从办公楼下来，直奔县委，他要去见于清风，他有一肚子话要跟于清风说。等他急匆匆赶到于清风办公室，发现办公室里只有秘书王见一个人在收拾东西。

王见一见李思文，停下手里的活说：“小李书记，你来了？于书记走的时候让我交代你几句话，他说你该咋干咋干，别受影响，继续工作。”

李思文怔了怔才问：“于书记去哪了？我想跟于书记聊聊……”

王见双手一摊，苦笑道：“我也不知道于书记去哪儿了，他电话关机，谁都找不到。走的时候让我帮他把办公室的私人用品收拾一下打好包，等他通知再邮寄给他……”

李思文不甘心地拿出手机给于清风拨打电话，电话拨出后，传来嘟嘟嘟的忙音，再拨就是“您拨打的电话已关机”。

很多人都“关心”的于清风早已离开了狮子县，目前正在前往北川市的大巴上。

这次的调动已经无法更改，于清风纵然有再多无奈和不甘也没办法，反过来想想反而释然了，人力不可胜天，何况他这个小小的县委书记。以前放不下就是顾虑太多，离了他地球照样转，要相信党，要相信组织，该怎么样就怎么样。他离开后，狮子县的工作自然会有别人跟上，上级领导会考虑到他正进行的工作。

原本千头万绪的脑子在看到窗外公路边的美丽风景后渐渐平静下来，心一静，多日来的疲惫顿时涌上心头，眼皮很快沉了起来。

这一觉睡得无比香甜，直到司机把他叫醒，于清风才发现大巴已经进了北川汽车站，此时的车上除了他和司机，其他乘客早已下车。

于清风这才惊觉，他跟司机道了声谢，这才拎包起身下车，一边走一边揉了揉睡疼了的腰。

以前忘我工作也不觉得累，这一松懈下来后才觉得疲到了极点，一睡下去就不想醒来。

从汽车站出来，于清风直奔市政府。

北川市政府坐落在城区中心偏南，市区面积约十几平方公里，下辖五个县，北川地形是东西狭长，南北窄，因为百分之七十的地区是山区，所以面积比较大，东西方向长约两百多公里，南北方向宽约六十公里。

整个北川人口约有三百五十万，狮子县占北川市总人口五分之一，约七十万，人口不算少，但却是最穷的县。

市政府大门有武警守卫，门亭里的保安对下辖几个县的书记和县长大体上还是认识的。于清风一到门口，那保安就笑着从窗口探头出来道："哦，于书记来市里开会了？"

于清风苦笑，说："不是开会，是去市组织部走一趟，以后也别叫我于书记了，我已经调到市财政局了。"

那保安一怔，随即笑道："一样，去了财政局也是领导，呵呵……"

于清风也懒得跟他解释，点了点头径直进去了。

于清风从小门进去没多远，后边的大门缓缓打开，他听到响声转身一看，见一辆黑色轿车从门外驶进来，他很熟悉这辆车，是狮子县的牌照。

车子驶到于清风身边停了下来，车窗放下，陈正治的笑脸露了出来："哟，于书记，你也来了啊？你来怎么不跟我说一声呢，一起来嘛。你也没开车来，坐车多不方便……"

于清风笑道："没什么方便不方便的，再说我已经不是狮子县的书记了，也不能再用县里的车了。"

陈正治嘿嘿一笑，又说道："那也是，于书记一贯是讲原则的人，我听说你调任市财政局了，还是个副职，我就不明白了，怎么会是个副职呢?"

陈正治这话明显带着讽刺的意味，他哪能不知道原因？看他趾高气扬的得意劲，于清风心里居然没有生气。陈正治一向飞扬跋扈，他迟早有一天会栽个大跟头。

"副职就副职吧，到哪里都是为人民服务，职务虽然不同，本质上却是一样的，无所谓高低……"

"你这是……嘿嘿……"陈正治终是忍不住得意起来，心想：于清风啊于清风，前段时间你不是还威风凛凛吗，这会儿也虎落平阳了吧？当初把老子逼得快狗急跳墙了，没想到风水轮流转，三十年河东三十年河西。

此时的两人，一个从县委书记掉到市财政局当个管不了事的副职，一个从政法委书记升任县长，其中际遇，一眼可望高下。

"那……我先去见市委领导，晚上请老于喝一杯，庆……呵呵，喝一杯，喝一杯……"

于清风看陈正治一脸春风得意，依然波澜不惊，摆手道："算了吧，我晚上还有点儿事，以后找机会请你喝酒吧。"

陈正治当然只是客套，正所谓夜长梦多，他这么着急赶到市里就是为了找领导好好商量一下，把县长这事情办妥当，落实了。昔日的对手今天落魄了，要炫耀要得意，但只有他正式就任县长之后才能踏实。

两人都是来市政府，但目的不一样，境况也不一样，陈正治开着他的配车得意洋洋，于清风却被调了职。在陈正治看来，于清风已经不是他的对手了，凡是被他踩在脚下的人都不配称之为对手。从今以后，他的对手就是新任狮子县县委书记，目前看来，这个人八成就是原县长谢学会。

陈正治的车子在市政大院的林荫道上扬长而去，看着车轮卷起的树叶翻滚到一边，于清风叹息一声。跟陈正治谈不上大仇，主要还是政见不同，陈正治太看重权力，太看重利益，而忽略了他应该担负的领导责任，这种人就算得意一时，也绝对长久不了。

组织部办公室。于清风进去后，见办公室里只有三四个女工作人员，他进去了也没人理，走到近前问最前边那女子："你好，我找一下洪部长。"

几个女人抬头瞄了他一眼，见于清风其貌不扬，又穿得朴素，风尘仆仆的样儿，也没怎么在意，那女人淡淡地道："洪部长不在，你是干什么的？这里是市委组织部，与工作职务调动无关的事都不在这处理，你去市政大楼那边的政务大厅办去……"

于清风点点头回答："我不是来办政务的，我来组织部报个到，你们可以查下，我的调令刚下，是到市财政局的。"

"哦……"几个女人愣了一下，说话的那个赶紧在电脑里查了一下，问道："你是……狮子县的县委书记于清风吧？调任市财政局任党委副书记兼副局长的于清风？"

于清风点点头："是的，我是于清风。"

"哦……调令确实已经下了。你其实不需要到组织部报到的，打个电话说你哪天去财政局上班就可以了。组织部到时会安排人去财政局那边开赴任会的。"

"好的，谢谢你，那就麻烦你向洪部长、秦副部长汇报一下，就说我明天上班时间去财政局报到。"于清风道一声谢，转身出去了。市委组织部的洪光涛部长不在，秦贵民副部长也不在，他也没必要耗在这里，明天直接去财政局报到就行了。

出了组织部办公室，于清风在市委大院的停车坪停下，仰头望了望天空，夕阳西下，大地一片金黄，眼看快到下班时间了。

“明天又是一个好天气。”于清风喃喃地念了一声，缓缓走向大门。

就在这时，迎面走来几个人，擦身而过时，其中一人忽然停下脚步，转过来问道：“你……是于清风于书记吗？”

于清风一愣，转身看了看，发现是个三十岁出头的男人，一副精明干练的模样，于清风觉得这人有些眼熟，好半天才想起来，讶然道：“你是……你是方……方秘书？”

“方小安！”那人呵呵一笑，走上来跟于清风握了握手，说：“又见面了，于书记，上次一别有好几个月了吧？”

“三个月。”于清风回答，此人正是北川市委书记徐建国的秘书方小安。

遇到方小安让于清风很意外，之前他原本想去市委找徐建国汇报一下工作，怕徐建国误会所以才没去，没想到在这里与方小安碰上了。

方小安回头与同行的人挥了挥手说：“你们先忙，我还有点事。”

于清风停下来等方小安，他之前跟方小安没什么交集，只见过一次，就是在徐建国下狮子县视察的时候。

方小安转回身向于清风发出邀请：“于书记，请跟我来，徐书记前几天就交代我了，等你到了市里，务必请你到市委一趟，他要和你谈谈。我之前查过，今天组织部下发了你的调令，不过我怎么也打不通你的电话，与狮子县联系也找不到你，我正着急呢，没想到你已经到北川了。”

于清风怔了怔，尴尬地笑道：“我从狮子县离开后就关了手机，没想到上级领导会在这时候跟我联系，不好意思。”

“走，跟我去办公室，徐书记还没走，你来得正好。”方小安笑着招呼于清风跟他去市委大楼。

虽然已经临近下班，但市委大楼里还是相当安静，方小安领着于清风乘电梯直上五楼，这里是徐建国的办公室。

徐建国的办公室在五楼靠南第一间，尽管来市里开过不少会，但于清风与市委书记单独会面却是第一次。

方小安在门上轻轻敲了敲，说了一声：“徐书记!”

“是小安吗？进来!”

方小安笑着回头向于清风招了招手，领着于清风推门走了进去。

书记办公室不大，进门正对着一张长方形办公桌，徐建国正在伏在桌上写着什么，没抬头。方小安是他的秘书，他自然不用客气。

方小安向于清风打了个手势，示意他到沙发上先坐一会儿。于清风轻声到办公桌右边的沙发上坐了下来，然后打量着徐建国的办公室，房间不大，应该是按照规定建的。

办公桌上摆放着一台电脑显示器，左边插了一面小小的五星红旗，边上放着一个黑色的笔筒，笔筒里有四五支笔。

在办公桌旁边有一个文件柜，上面摆满了各种文件，这就是一个市委书记的办公室，干净简约。

徐建国在纸上写了几个字，皱起眉头沉思了半晌，似乎遇到了为难的事，好一会才抬起头，一眼看见坐在沙发上的于清风，怔了一下，随即起身道：“于清风？你……几时来的?”

于清风连忙起身走过去和徐建国握了握手，微笑着道：“徐书记，我也是刚从市委组织部出来，本想报完到明天就去财政局上班的，没想到碰见了方秘书，就跟着他来徐书记这儿了……”

徐建国听完点着头道：“好，人来了就好……小安，你去办公大厅那边盯一会儿，我要跟清风同志谈事，要是有人来你替我挡下。”

“好!”方小安起身出去，轻轻带上办公室的门。

“坐，坐下慢慢说。”等方小安出去后，徐建国和善地摆手招呼于清风坐下。

于清风跟徐建国接触不多，仅有的印象还是在狮子县，其他时间就是平时开会碰个面，私底下并没有深交。他知道徐建国叫自己来肯定是有事，不过他多少有些不解，他已经不是狮子县县委书记了，如果是谈狮子县以后的工作，那也不应该叫他来啊。如果是财政局的工作，那就更说不通了，虽然财政局是市委市政府的管家，对北川市至关重要，但他毕竟只是个即将上任的外来户，还是个副手，也不搭边啊？

徐建国似乎看出了于清风的想法，微笑着道：“清风，放松点，别那么严肃，我就是跟你谈谈心，聊聊天。”

“哦……”听了徐建国的话于清风多少松了一口气。

徐建国在茶几上轻轻叩着，沉吟了好一会儿才说道：“清风，虽然是谈心，但话题总是会扯到工作上来，我也就不多说客套话了，开门见山吧。我知道你对这次的工作调动有想法，有想法可以说出来嘛。”

于清风苦笑：“徐书记多虑了，我没有太多想法。财政局也挺好，我会在新的工作岗位上尽职尽责。只是我对财务方面的工作不太熟悉，可能需要一段适应。”

“尽力就好。”徐建国摆摆手，肃然道：“清风，我想问你，你觉得我们的政府工作中，哪方面的工作最重要？需要摆在第一位？”

于清风沉默了，徐建国作为一市的书记，北川市的一把手，哪能不知道什么工作是最重要的？

不过具体到每个干部身上，可能看法不同。

有的干部为权，有的干部为利，有的干部为民，有的干部为公，怎么想的都有，在公开场合问，没有几个干部会说真心话，说出来的都是场面话。

徐建国怎么会问这个问题?

于清风沉吟了一阵才回答:“徐书记,这个问题我也不晓得该怎么回答,我只能代表我个人。”

徐建国笑笑道:“可以,就随便谈谈你的看法。”

于清风点点头,一边想一边说:“徐书记,那我就说说我的看法。如果徐书记半年前问我的话,我的答案和现在完全不同,经过这段时间,尤其是这几个月的经历和一些干部对我的影响,我的思想发生了根本的变化。我个人认为,我们政府领导干部工作的重中之重不是如何去工作,不是怎么干好工作,而是要先竖立一个统一的正确的思想指导方针,只有统一了思想,才能进一步培养出符合党和国家、人民需要,素质过硬的好干部,有了这样的好干部,才能将具体工作落实到实处。”

“如果思想品质不过关,人再多也干不出事来,相反还会起到反作用。统一了思想方针,工作就会落实在人头上,我们只要把好关,将他们放到各个岗位上去,各司其职,运转良好。一个地方具备了认真负责的政府干部,工作认真的警察,负责任的城管,兢兢业业的税务员,热爱工作的教师,这个地方就会和谐稳定地发展,人民就能安居乐业。”

徐建国盯着于清风的脸看了半天,表情古怪,沉吟良久才道:“从思想方针的统一到素质过硬人才的培养,到最后的岗位输送,你这个答案有些出乎我的意料。我曾问过好几个人,他们回答的各不相同,不过基本上大同小异,都是以工作成绩为重点,有的偏向农业经济,有的偏向工业经济,有的偏向城镇建设,都是以政绩为重中之重,只有你是站在一个全新的角度发表看法。”

于清风讪讪地笑了笑,说:“徐书记,我都说了这是我个人的看法，代表不了别人。我说的也未必就正确。一百个人看红楼有一百种解释，呵呵……”

“我不是说你的想法不好，我想……”徐建国笑呵呵地看着于清风道，“你这种想法可能是受了某些人的影响吧？”

于清风讪讪一笑，毫不掩饰地点头回答：“是的，我是受了一个人的影响，这个人徐书记也见过，就是我们狮子县的年轻干部，李思文同志。”

徐建国笑着点头：“我猜就是李思文，在狮子县第一次见到他我就觉得这个小伙子是个可造之才。这几个月我一直暗中关注李思文。老实说，我十分欣赏他。小伙子虽然才干出众，但还是年轻了些，还需要多磨炼，年轻是他最大的本钱，相信经过风霜磨炼的他，未来前途一定不可限量。”

于清风点了点头，随即脸上露出惋惜的表情，良久才道：“磨炼，但对李思文来说多少有些残酷。别看他年轻，他最近经历的远比我们大多数干部多得多，说是出生入死也不为过。我担心他在工作上难以为继，更担心他的人身安全。狮子县现在的情况……不容乐观。徐书记，我不是不相信组织，不相信上级，我只是担心新书记会转移工作重点，那样很可能会导致我们前期的工作都白做了，我……我更担心他的心态，这段时间对他，我可能有些拔苗助长了……”

徐建国也沉吟着，半晌才敲着茶几道：“清风，你说的这些，组织上会通盘考虑，你就不要想这么多了。明天去财政局报道。至于李思文，他也不是小孩子，经历了许多磨难，如果他连这点难处都迈不过去，也从侧面说明了他身上有硬伤和缺点。一个有能力的干部就像是荒野中的领头羊，在任何恶劣的环境下都能带领羊群克服困难，生存自如。不然也无法成为一个优秀的领导者。”

于清风听出徐建国对李思文相当看好，否则也不会下狠劲磨炼李思文，但他还是有些糊涂，徐建国跟他说这些干吗？一个领导干部对工作的看法？一个年轻干部的培养和锻炼，和他有什么关系？

这时，徐建国拿笔在小纸片上写了个电话号码，递给他，说道："清风，这个号码是我的私人专线，你以后有什么迈不过去的坎儿，可以直接跟我联系。"

"谢谢徐书记。"于清风郑重地接过写了电话号码的纸片，揣进衣袋里，脑子里还是不明白，徐建国不是最讨厌别人跟他私下里搞关系的吗？主动给他私人联系电话是什么意思？

今天和徐建国的谈话也莫明其妙，徐建国看重李思文，他当然很高兴，他也希望在恰当的时机，为李思文取得更有力的支持。毕竟狮子县情况复杂，需要李思文这样一心为公、为民的廉政干部。

偏偏徐建国刚才的意思是不会伸手"帮"李思文，放他独自锻炼，把一只羊放进狼群里去，这羊要是能活下来，那他就不是羊了，那是一只比狼还狼的羊。李思文能过得了这个坎儿？

"好了，清风，你先回去休息吧，明天还要去财政局报到，我也就不多留你了，有事我会跟你联系。嗯，就这样吧。"

徐建国一边说话，一边揉着额头，于清风也感觉到徐书记很疲劳，马上站起身告辞："那我就先走了，有机会我再跟您汇报工作。徐书记，您可要注意休息，注意身体啊。"

清晨的北川市泛着朦胧的雾气，看不清，闻着很是清新。

在楼下的花园慢跑了一圈，于清风擦擦汗，看看手表，七点半了。一大早他就醒了，忙的时候睡不着觉，突然闲下来依然睡不着觉，天生劳碌命。

回到屋里，老伴摆好了早餐，稀饭和油条，这是于清风最喜欢的早餐。

老伴递上筷子，一边给他盛稀饭一边唠叨："早就跟你说了，做人不能太认真，有些事能不管就别管，现在好了，得罪人了吧，这官儿也降了，调财政局还是个管不了事的副职，我真不知道你做这个官儿有什么意思！"

于清风喝了一口白米粥，浓淡适宜，大米熬得格外清香，"老婆子，你这是庸人自扰，眼下日子多好啊。人家说人家的，我们过我们的，我不贪不拿，过得清闲自在，管人家说什么。"

老伴哼哼道："你真那么清闲吗？"

于清风把一碗白米粥扒完，放下碗笑道："你还不知足？以前这个时候电话都不知道响了多少遍了，今儿个安静了吧？这就叫清闲。"

老伴又哼哼着说："这叫清闲？这叫人走茶凉，这叫世态炎凉！"

于清风摆了摆手："得了得了，你文化水平高，还能蹦几个词出来。莫生气，我去上班了。"

县委书记调任，按规矩应该有市一级组织部领导陪同赴任。于清风今天上任，既没有领导来，也没有车送，一个人步行十五分钟走到市财政局。

这是一栋六层楼的半旧房子，右侧是车辆出入的大门，左面是市财政办公大厅，左面的立柱上挂着"北川市财政局"的牌子。办公大厅比较冷清，市政大楼为简化工作程序，把所有职能部门都安排在市政大厅办公，市财政局在市政办公厅有一个办事窗口。

相对来说，财政局在市政大厅的工作比较清闲，财政局的工作主要是面对市下属各个国家机关单位，核实，拨款。

市财政权并不在财政局局长手里，而是在市委书记和市长手中，财政局不过是市委书记和市长的财政管家而已，往哪儿拨款，给哪儿支付，都需要领导点头签字，财政局没有权力。

但给哪个单位拨款，卡卡脖子、拖拖时间倒是没问题。

每个地方的财政情况基本都差不多，都是入不敷出，毕竟要花钱的地方太多，基建、民生、项目等等，一百块钱要当一百五十块钱用，所以财政局手中还有先后大小的权力。比如市长给某个单位批了一千万款项，但财政局只有八百万现金，等着拿钱的还有好些个单位，这就要排个先后顺序，即使市委书记和市长也没话说。

于清风在门口还没进去，身后一辆丰田汉兰达就开了过来，在大门按了一下喇叭，保安赶紧开了电动门，跑出来敬礼，恭敬地说：“雷局长早!”

于清风一听就知道开车的人是财政局局长雷树生，从驾驶室半开的车窗可以看到，雷树生瞄都没瞄保安一眼就开车进去了。

倒是有些“唯我独尊”的霸气，于清风皱了皱眉，不过很快又摇了摇头，他已经不是县委书记了，这里也不是狮子县，人家是局长，他只是副职，是人家的手下。

深呼吸了几下，于清风走进办公大厅，一楼没什么人，他上了二楼。

二楼各个办公室门上都有牌子，有“人事科”、“预算科”、“国库支付中心”、“市财政金融服务科”、“市政采购监督管理办公室”各职能部门。

于清风左右看了看，径直向人事科办公室走去，敲了敲门，推门进去。

办公室有四张电脑桌，看位置有四个人，不过现在只有一个人，是个三十岁左右的女子，身材高挑，打扮入时，一边开电脑，一边看手机，头也不抬地问：“做什么?”

于清风嗯了一声回答：“报道的，来上班。”

“报道?”那女人怔了怔，这才抬头看了看，感觉于清风这么大年纪的人还报道上班，太少见了。

其实于清风年纪并不大，才五十出头，只是工作劳累，头发白得多，像六十出头。

“这是我的身份证、工作调派证明。”于清风把身份证和调派令递过去。

那女子接过去一看，眉头一动，表情认真起来，微笑着起身招呼：“哦，是于……于副局长上任啊，请坐请坐，我这就办理入职手续。”

于清风点点头，坐在旁边的空位上等着。

那女人一边等电脑开机，一边给于清风倒了杯清水：“于副局长，我姓李，叫李俏，是人事科的科长，昨天雷局打过招呼，说于副局可能会来报道，我真没想到……”

于清风笑笑道：“没想到我这么老吧？呵呵，我的确老了，人不服老不行啊。”

李俏赔着笑脸，看得出来表情比较淡，于清风并不介意，他一个失势下放的副局长而已，人家当然没必要毕恭毕敬。

谁让他上任这么云淡风轻。

电脑开机用了四五分钟，李俏摊手自嘲：“这破电脑，开个机要五六分钟，又不给换新的，只能将就了。”

办理入职手续倒是很快，也就是登记一下，办理工作证，因为于清风没带一寸照片来，所以工作证还得以后办，不过入职手续已经办妥了。

“于副局长，办公室在三楼，您具体负责的工作要由雷局安排，您可以去雷局办公室了。”

于清风点头：“好的，谢谢小李。”

于清风的办公室在三楼，雷树生的办公室在五楼，他没去自己办公室，而是乘电梯上了五楼，先去雷树生的办公室。

雷树生这个人，于清风也有过接触，狮子县的财政拨款都得经过雷树生，这些年没少卡脖子，于清风跟他的关系谈不上多融洽。

狮子县的经济在北川所有县是靠后的，是个爹不疼娘不爱的“拖油瓶”，于清风本人又是个极讲原则的人，为了狮子县的款项还跟雷树生脸红脖子粗地拍过桌子。

雷树生的办公室在五楼最前面，位置和光线都是最佳的，窗口朝南。

于清风在门上轻轻敲了一下，半晌才听到里面传出声音：“进来!”

于清风推门进去，雷树生正低头拨电话，没抬头看于清风。

电话一通，雷树生就把手机贴在耳朵上道：“老伍，你那笔款子到了，晚上……”正说话，一眼瞄到站在办公桌前的于清风，不禁抖了一下，赶紧说道，“好好好，我现在有事，晚点儿再说。”

雷树生不容分说地挂断了手机，瞄着于清风，脸上堆起不自然的笑容：“哟，这不是于……于大书记吗，来来来，坐，坐!”

于清风坐在旁边的沙发上，淡淡地道：“雷局长，咱们就别客套了，你也不是不知道我调来的事儿。嗯，给我安排工作吧，既然我来报道上班了，那该干的活儿还是要干的。”

“这个……工作安排啊……”雷树生沉吟着，摸了摸下巴笑着说，“具体安排恐怕得到下周了，局里杨副书记和柴副局长都不在，一个下县调研，一个去省里开会，缺人可开不了会。这样吧，你先负责市政办公窗口那边的事吧，有些单位来要钱，各个脾气都很大，我也是巧妇难为无米之炊。就有劳于副局长去处理一下。”

知道雷树生不会给他安排什么有实权又清闲的好差事，但于清风也没想到雷树生上来就让他去市政窗口那边当“灭火器”，去那边按程序办事的单位都是没后台的，火气大的，雷树生表明了没钱给，那他去做什么工作?

对于职能安排，说开会决定都是虚的，基本上都是由雷树生决定。于清风是个失势下派的副职，上级谁都不想再“捧”他，以免引火烧身，雷树生才会这么毫无顾忌。

雷树生很早就想调任地方当县委书记了，只有在地方上做出“政绩”，才有升实权职务的可能。于清风那个县委书记，几年前他也争取过，但失败了。于清风调离后，他又想争取，但跟他关系比较好的一个市委领导明白地告诉他，这个职务市委已经有人选了，改变不了。

雷树生很窝火，他在财政局干了八年了，今年五十五岁了，如果再争取不到下地方的机会，他就注定只能在财政局长这个位置上终老退休了。

看看于清风，虽然失势落魄，但到底曾经执掌过一县大权，曾经在他雷树生想要又得不到的职位上风光过，他还真是羡慕嫉妒恨。以前这个他百般羡慕的人如今落到了他手底下，就怪不得他不客气了。

雷树生想看于清风在他面前暴跳如雷大发脾气的样，那能给他带来快感，但雷树生失望了。

于清风平静地点了点头说：“好，我马上去市政窗口那边，能处理则处理，处理不了的我再向雷局长汇报。”

雷树生一愣，于清风的反应出乎他的意料，印象中于清风是个脾气火爆不低头的人，怎么现在变得这么冷静了？

让他有一种一拳打在棉花上的感觉，雷树生怔了片刻瞄着于清风平静的脸，突然明白了，在其位才有其势，他现在落魄了，失势了，哪还摆得起威风？

人在屋檐下，不得不低头啊！

雷树生见于清风‘服软’，心里憋着的一口气一下子散了，没了继续打击于清风的念头，摆了摆手道：“好好好，你去处理吧。”

就在于清风走出办公室之前，雷树生又叫住了他：“等等，老于，无论你怎么处理怎么应付，我给你交个底，财政这边的答复就是‘没钱’！”

于清风苦笑着点头：“知道了。”

第一天上任跟他想的一样，雷树生不放权是肯定的，反正他现在也没有一丝一毫争权的意思，能尽职尽力做好分派的本职工作就好。

市财政局离市政办公大楼也就十分钟的路程，于清风走了过去。

走得比较快，还没到十分钟就到了，市政办公大厅，民政和城建工作很忙，于清风轻松找到了财政办公窗口。

在财政窗口办工的有两个人，两个女的，一个是办事员蒋丽，一个是综合事务科长汪雪华。

于清风从办公区域小门进入财政窗口小屋，见汪雪华正跟几个人争执。

“我们县教育局的扶贫拨款都快半年了，钱硬是拨不下来，到底是什么情况?”

“我们工资都俩月没发了，就发基本伙食费，这样下去谁也撑不住。你们财政领导让我们找窗口，窗口这边又让我们到财政局去找领导，这是把我们当球啊！不行，今天这个钱不拨，我们就不回去了……”

于清风一听就知道是怎么回事了，狮子县的拨款也一直难批，市财政局对基本工资一般不会拖延，但很多地方都把工资挪用到别的项目上去了，这一挪，财政工资就出了窟窿，下面职工等不及就会上来自己要。

财政局自然不给钱，找领导也没用，因为工资已经下拨了，至于工资以外的项目拨款就得看各自的关系和能力了。

窗口办公桌上有办公人员的职务和姓名，于清风走过去对汪雪华介绍道：“汪科长，我是新上任的于清风，雷局长安排我过来这边办公。”

汪雪华怔了怔，一时没反应过来：“于清风……哦哦，我知道了……”

局里要来一名副局长的事早就传开了，昨天雷树生还特别在局里通报了一下，狮子县原县委书记于清风即将调来财政局任副局长。

雷树生虽然没明说，但谁都知道，县委书记和财政局一把手是同级，但在实权和前途上，县委书记远比财政局好得多。于清风调任财政局任副局长，明显就是被贬，一个失势的官员基本上等于仕途已经完结了。

看着争执不休的几人，汪雪华忽然醒悟过来，赶紧对那几个人说道：“你们别吵了，这位是我们财政局的于副局长，可以做主，你们的事跟他谈吧，该怎样就怎样。”

汪雪华倒是不简单，马上就把麻烦扔给他了。

明知这是麻烦，于清风也没法推脱，苦笑着招呼那几个人：“大家坐下慢慢说，这是市政大厅，吵闹影响不好，有什么问题我们可以商量解决。”

于清风到底是做过县委书记的，是由基层干部一步一步走上来，大小场面见得多了，也有经验，没花什么工夫就安抚了那些人，但让他们安静些不等于解决问题，解决问题的根本还是“钱”，这偏偏是于清风解决不了的。

直到下午五点半，市政大厅关门停止办工，于清风才松了一口气，要钱的人准备明天再来，毕竟他们不能跟着于清风去他家里，又不是他私人欠的债，公事公办。

于清风也没觉得多累，只是费了番口舌，远没有以前他在狮子县工作累，那时候他考虑问题必须统筹全局，还要考虑问题的解决办法，以及这个方法会带来的利弊后果。

比起在狮子县工作，他真觉得现在无比清闲。

反倒是汪雪华和蒋丽好像累得快散架了般，只盼着赶紧下班。

下班后，于清风刚走到办公楼前的路口，就见一辆白色的迈锐宝从停车场开出来停在于清风跟前，车窗放下，是汪雪华："于副局长，你住哪儿？我载你一程吧？"

于清风摆手道："不用不用，我这把老骨头最缺的就是锻炼，离家也不算远，走着回去更好，顺便还能去菜市场给家里买点菜。"

汪雪华点点头应道："那好，我先走了。"

于清风摆手挥别，等汪雪华车子消失在车流中，这才转身准备回家，又一辆车在他身边停下，一个熟悉的声音响起："第一天上班的感觉如何？"

于清风一怔，侧身一看，竟然是北川市委书记徐建国！

徐建国开着一辆黑色的大众帕萨特，一脸笑容地看着他。

"徐……书记，你……"

"上车！"徐建国示意了一下身旁的位置，让于清风上车。

对徐建国，于清风就不能像对汪雪华一样了，他没有迟疑地上了车。

徐建国开车后也没说话，于清风注意到，方向是城外郊区，他心里犯嘀咕，徐书记这是要带自己去哪？

第六章 引蛇出洞，布大局天罗地网

满腔悲愤的李思文去找于清风，这才得知，省纪委书记徐建国在全省布下了一张反腐大网，于清风降职调离不过是徐建国以退为进的一着妙棋。这一招引蛇出洞，以表面撤退诱惑腐败分子猖狂进攻，自露马脚，到时候再杀他一个回马枪，一举剪除腐败的毒瘤。

徐建国沿着滨江大道一路急行，一直开到没有住宅的郊区。车在河边停了下来，熄火后徐建国在储物格里取出一包烟，抽了一支递给于清风，自己也拿了一支，吸了一口后才说话："清风，河边清静，我们去河边走走。"

于清风狠抽了几口，跟着下车了。

徐建国在前，于清风在后，两人一前一后走到河边，拣了两块比较干净的石头坐下。

"清风，今天第一天在财政局上班感觉怎么样?"

于清风苦笑道："还能怎么样？挺好啊，没有在狮子县那么累。徐书记，说句不中听的话，我这一天就等着下班走人了。"

徐建国呵呵一笑，停了一会儿才说："是啊，你是不累了，可我们的领导干部如果都这样的话，那还谈什么为人民服务？还谈什么国富民强？”

“唉，什么雄心壮志，什么目标理想，都成过眼云烟明日黄花了。”于清风无可奈何地叹气道，“徐书记，我一直跌跌撞撞地前进，但人力终归是有限的，我也是心有余而力不足啊。现在，我就像一个做一天和尚撞一天钟的老头，挨到退休就算解脱了。”

“严冬不肃杀，何以见阳春。你看你，满肚子的怨气！”徐建国看着于清风说，“有个词我很喜欢，但换个顺序的话就变成我很讨厌的了，这个词叫‘屡败屡战’，换个顺序就变成‘屡战屡败’。”

于清风自嘲：“是啊，我们中国文化博大精深，同样的字都有不同的意思，呵呵，只苦了外文翻译者，有些意思无论怎么翻译都难以表达它的真实含义。”

徐建国又递了一支烟给于清风，说：“来，抽支烟。现在可是无管制时间，回了家老婆子可是一点情面都不给。”

于清风呵呵笑着点点头，大家都一样。

徐建国抽了一口烟又说：“清风，作为一个国家干部，作为一个共产党员，我个人特别讨厌拉帮结派组小圈子，一旦一个党员心中有了‘山头’，有了内外，那么他行事必然会从切身利益出发，如此，国家利益就被他抛之脑后了，人民利益也视若无睹了，最终受害的将是我们的祖国。在这里，我想跟你强调的是，我徐建国哪个派系都不是，我就是一名共产党员！”

徐建国忽然说这种话，令于清风有些动容，现在的官员哪个不找靠山？

徐建国这么说，于清风打心眼里赞同，但若是没有上级领导帮衬，基层官员能干成什么？

徐建国声音低沉，眼神肃然：“清风，从你开始进入我的视线，我就对你不太满意，起因自然是狮子县落后的经济，以及各方面不起眼的政绩。作为一县的县委书记，领头羊，无法带领本县的人民走上发家致富的道路，即便有种种原因，但你的领导责任也不可推卸。”

“徐书记，您批评得对。我这个县委书记确实不称职。”于清风惭愧地低下头，这几年尽管他因狮子县的发展殚精竭虑，但确实收效甚微，因此对于徐建国的批评他虚心接受。

“呵呵，先别急着认错。之后，随着我对你加深了解，对你的印象有了改观。第一件事，是李思文这个小伙子，我很欣赏他。你做事稳重，考虑事情比较周全，但缺少李思文的热血和冲劲，你们两个人若是互补，是一对天衣无缝的搭档。”

这两天市委书记都在夸赞李思文，于清风打心眼儿里为李思文高兴，感到与有荣焉，因为李思文是他挖掘出来的人才。

“思文啊？他确实是个人才。徐书记，我怕思文人单力孤，承受不住狮子县的风暴啊！”于清风一脸担心地道。

“这第二件事，则跟你最近在酒神窖酒厂掀起的反贪风暴有关，你的铁面无私令我赞叹，李思文受伤令人扼腕，不过那人的无法无天更让我震惊。人在做，天在看，你不要以为我这个市委书记是个摆设，瞎子，狮子县的情况我知道的不比你少。清风，知道我最欣赏你和李思文的地方是什么吗？”

于清风听徐建国居然对他最近的工作一清二楚，内心一阵感动，作为市委书记，徐建国能在百忙当中关注狮子县，关注他于清风，这是一份沉甸甸的信任和看重。

他沉吟着回答：“徐书记刚刚不是说过了吗，思文年轻热血有冲劲，我考虑事情比他长远周全吧。”

“不是！”徐建国摇了摇头道，“我们干部数量不少，最不缺的就是人才，找一个有才干有能力的人不难。我最看重你们的不是这些，而是……”说到这儿，徐建国停了停才沉声吐出了两个令人振聋发聩的字："正直！"

"一个好官与污吏的区别就在这里，再能干的官儿做不到这两个字，顶多称之为能吏。这两个字包含太多内容，其身正，才能以身作则，才能令行禁止。一个正直的人，必然心底无私，胸怀坦荡，由此才能做得到为人民服务，才能处事公正廉洁。我们政府机关不缺人才，缺的是一批党性坚定，刚直不阿的干部。有这样一批干部，本身就能起到警示震慑作用！"

徐建国说到这里又停了下来，深吸了一口气，说："清风，你说呢？"

于清风怔了片刻才肃然道："徐书记，您说得很对，我们的机关单位中，人才比比皆是，但权力金钱美色诱惑太多，大多数人不知不觉沦陷了。纪委王书记说得好，我们需要建立一个完善的监督警示机制，我们需要拿出铁血的手腕和办法，要让官员干部从不敢腐转化为不能腐化，直至不想腐化！"

徐建国欣然点头："你明白就好。"说完把烟头扔到地上，用脚踩灭，抬头望着于清风认真地道："清风，我要调走了！"

"调走？"

于清风内心一动，徐建国这句话不亚于一场地震，他手指都忍不住颤抖起来："徐书记，你……要调去哪儿？"

他自己虽然刚从狮子县县委书记的职位上下来，但于清风并没感觉到是世界末日，因为北川还有徐建国这个正直的书记在，狮子县再乱，还在北川市市委的监督掌控之中，陈正治等人就算再有能耐，也不敢翻天。但要是徐建国这个北川市的定海神针调走了，那……

瞬间，于清风脑子里冒出来的念头就是：北川市要变天了！

徐建国是北川市的市委书记，是北川市的一号人物，他要是调走的话，那北川会成什么样子？

徐建国站起身轻轻拍了拍于清风的肩膀，沉声道：“清风，我知道你在想什么，事情没你想的那么糟，世上正直无私的干部也不是只有你和李思文两个，还有千千万万个在默默付出的党员干部，我调走也不是坏事。”

于清风怔了半天才问道：“徐书记，能告诉我你要调去哪里吗？”

“我就是来跟你谈这个的。”徐建国背着手走到河边，于清风赶紧起身跟了过去。

北川这条河并不清澈，河水半蓝半黑，风吹得河面上波浪起伏，岸边的草木摇摆倾斜，沙沙声响个不停。

“起风了，天变了，暴风雨要来了！”徐建国低低地念着。

于清风感觉徐建国一语双关，话中隐含深意。

过了好一会儿，徐建国才说道：“经省委领导推荐，组织部批准决定，我将调任南江省纪委书记！”

“省纪委书记？”于清风呆了呆，真是出乎他的意料，徐建国主政北川市也就是一年多吧，这么快就调动，又是纪委书记这么敏感的位置，难不成背后真酝酿着一场大风暴？

于清风思忖着，心里多少有些惋惜，徐建国上任时间虽然短，但他独特的经济发展观以及刚正不阿的处事风格已经给整个北川市留下了清晰的烙印。

这样一位一心为民的父母官要走，不能不说是北川市的损失。

但反过来一想，徐建国上调省纪委，也是南江省的幸事，有这样一位铁面无私的领导监督全省，可以预见，整个南江省干部的作风必将焕然一新。

调走一个徐建国，却可以换来千百个徐建国，这是一件天大的好事。

瞧着沉思不语的于清风，徐建国捋了捋被风吹乱的头发，说道：

“清风，今天还要跟你谈一件很重要的事。”

于清风心里咚地一跳，赶紧问：“徐书记，什么事？”

“南江省经济这些年增幅下跌，群体事件层出不穷，社会矛盾愈发激烈。有些人认为这是改革发展过程的阵痛，是必须要付出的代价。但我不这么认为，这些冲突中，多数是因利益分配不均导致的，在主导利益分配的过程中，我们政府官员往往扮演着至关重要的角色。一些官员为了自身利益，频频利用手中职权，官商勾结，不惜拿国家和人民利益做牺牲品，有利益自己拿，出问题政府背黑锅。清风，你知道南江省问题的症结所在了吗？”徐建国说到这里，突然转头看着于清风。

于清风沉吟片刻，抬头直视徐建国的双眼，感叹道：“内心的堕落才是滋生腐败的温床啊！”

“你果然知道，我曾做过无数次假设，如果我们有无数作风素质过硬的干部，如果我们能严于律己，严于修身，如果我们面对问题时，能设身处地地站在人民的角度，那么，我们的国家、人民所经受的阵痛是不是可以减少，甚至消失……”

于清风内心震动，他没想到，一向给人强硬刚直印象的徐书记，内心也有如此柔软的一面，更想不到徐建国也有如此异想天开的想法。

减少阵痛，消灭腐败吗？于清风震惊于徐建国的完美理想，也自叹不如，或许实现这个理想千难万难，但不能否认，徐建国一直坚定不移地走在这条反腐大道上。

“我调任省纪委后，当务之急就是整顿省纪委机关，之后会逐渐面向全省。作为曾经的北川市委书记，我对北川有着非同一般的感情。正因为如此，我才不能容忍某些人肆无忌惮，利用手中职权，做侵害北川人民利益的事。”徐建国说到这里，话锋一转，言辞变得激烈起来。“我会持续关注北川，同时我想起用几个正直且党性坚定的干部来整顿北川的作风，给你透个底，你和李思文都是我选中的人。”

“我？”于清风一脸讶然，徐建国这是给他明示，要把他调入纪委系统。

徐建国点点头，拍了拍于清风的肩膀，语重心长地道：“清风，我的意思是，今后由你来主持北川市纪委的工作，思文可以主持狮子县纪委的工作，为了工作需要和保密，你们目前不会接到正式任命。至于北川原纪委书记，我会把他调到省机关学习，再安排几个信得过的工作人员暗中辅助你工作。呵呵，某些人觉得自己手眼通天，哪里知道法网已在暗中朝他们张开，一时的退让，不过是为了更好地进攻罢了。清风，回马枪我已经递到你们手里了，是否能抓住机会，给对手一枪封喉，就看你们的本事了。”

“徐书记，原来……一切你都安排好了！”于清风听了徐建国的话，顿时瞪大了眼睛，一脸的难以置信，如果说徐建国调任让他震惊，刚刚这番话简直让他全身颤抖。

瞬间，他什么都明白了。为什么在硬撼陈正治的常委会上，徐建国会对于清风这个没见过几次面的下属伸出援手，敲打众常委。

为什么徐建国一而再再而三地提及李思文，并对李思文的现状了如指掌。

为什么在自己与陈正治的交锋中，会突然一败涂地，并且调到北川财政局任副局长。

为什么在自己遭受冷遇时，徐建国会接二连三地召见自己，倾心畅谈。

原来，这一切都是徐建国早就布好的局。他知道狮子县的腐败黑洞，他知道于清风举步维艰，强敌环伺，他也知道李思文做了哪些工作。

正因为知道，他才布下这个局，当陈正治团伙步步紧逼时，将于清风这个最大的阻力搬走，会造成什么后果？

首先，陈正治一伙会以为自己胜利了，再无后患。得意之后，必是嚣张，变得更加肆无忌惮，想抓对方的破绽易如反掌。

其次，于清风的离去等于由明转暗，按照徐建国的说法，隐藏起来的于清风将执掌纪委大权，陈正治就在他眼皮底下，攻守瞬间转换。

最后，失去于清风这个高压强敌的威慑，狮子县利益集团内部必然会松懈，内部矛盾加剧，也给了于清风等人出手的机会。

有徐建国统筹全局，有于清风由明转暗蛰伏，整个狮子县尽在眼中。想通这一点的于清风，对徐建国心服口服。

“哈哈，倒是让你、思文受委屈了。”徐建国看着震惊的于清风，露出笑容，道：“如果仅仅是狮子县的问题，不过是癣疥之患。据我得到的消息，背后不简单，牵连甚广，因此我才慎之又慎。原本想等一切水落石出之后再收网，可惜调令来了。你调查的时候务必多长一个心眼，必要的时候可以直接向我汇报。”

“是，徐书记，我一定竭尽全力。”于清风肃然答道。徐建国是一个强悍的领导，他暂露一角的缜密思维和谨慎态度让于清风叹为观止。

“我这里动动嘴皮子容易，但你们真动起手来却难。我相信，等你和李思文公开身份，这帮贪腐蛀虫也就走到头了。他们将受到法律的严惩。对于目前的你，我赠你四个字：邪不胜正！”

狮子县。

李思文正在酒厂开会，因为于清风调走了，他的精神状态并不好，但工作总得继续下去。

原本如丧家之犬般的陈正治陡然被松了套，于清风突然被调任市财政局，明眼人一看就知道陈正治胳膊比较粗，斗跑了于清风，现在狮子县谁不知道陈正治这个“书记杀手”啊。

于清风一倒，在一些人眼里，就代表着政治前途完结。最大的阻力一去，陈正治的问题也就烟消云散了，那些想提供证据的人再次缩了回去。

这次去北川市，陈正治收获很大，不出意外，他县长的位置板上钉钉，更令人高兴的是，老领导得到最新消息，北川市委书记徐建国工作要调动。他这一走，无疑给北川政坛留下了真空，这个真空将给陈正治原本已经到顶的仕途带来巨大的变数，他原本毫无希望的狮子县委书记，有了三成希望，难怪陈正治欣喜若狂。

老领导叮嘱他：对李思文的打压不必急在一时，目前最紧要的不是对付他，而是尽可能争取县委书记的职位。在这种情况下，他不能表现得太强势，要表现得“亲和”一些，多拉关系，一旦正式上位，那时再开刀立威也不迟。

如果上级不安排人员空降的话，目前陈正治登上县委书记的最大对手就是县长谢学会。以前他跟谢学会基本上没有正面冲突，但自从他和于清风站在同一个阵营之后，陈正治的日子就不好过了。三国相争陈正治还游刃有余，但两强联手之后，他就彻底被压制了。

现在于清风倒了，这是他的机会。尽管谢学会是县长，但他来狮子县的时间并不长，哪比得上在狮子县经营十几年的陈正治。

短短几天，狮子县风云变幻，这种变化对李思文来说很难说是好是坏。他的当务之急是尽量把自己承诺职工的事一一落实到位。酒厂到今天，倾注了他和众人的心血。虽然他的想法美好，但实际情况却往往由不得他。

这天一大早，李思文提前来到酒厂，在车间巡视了一圈，回到办公室已经九点半了，刚要进门，人事部的女孩小戴就过来跟他汇报：

“小李书记，县委那边打电话过来，说让你赶紧回县委开紧急会议。”

“开会?”李思文一愣，于清风刚调走，县里那几个领导都在忙着钩心斗角，忙着拉小圈子，这时候怎么会有闲工夫开紧急会议?

“是哪个领导通知的?”沉吟了一下，李思文一边走一边问小戴。

小戴摇摇头道：“没说，只说是县委办公室通知的，让你十点准时到县委开会。”

“知道了!”李思文点点头，看看时间还有二十分钟，来得及。

匆匆赶到县委，李思文打算先去县委办，询问这次紧急会议的主要内容，以免毫无准备措手不及。

县委办公室有三个人，三个女的，两个认识，一个不认识，认识的是黄群，另一个让李思文很意外，居然是曾美丽。

曾美丽是陈正治的妻侄女，之前因为擅自处理信访信件，被李思文辞退，没想到又回来了。李思文本能地想到，这件事肯定和陈正治脱不开关系。

这会儿，曾美丽看李思文的眼光都是斜着的，竟似在向他示威：你不是很牛吗?你看我现在不照样回来了?

黄群脸上堆着笑道：“哎呀，是小李书记啊，你是来开会的吧?”

李思文点头道：“是啊，接到通知我就马上赶来了，到底是什么会这么急?”

黄群笑道：“是这样的，是陈书记让我们通知你到县委来开会的，不过他太忙了，原本十点召开的会议已经提前开始了。”

“我这就去会议室。”李思文眉头一皱，感觉不对劲。陈正治既然已经定好了开会时间，人员没到齐怎么就开始了呢，这不符合陈正治霸道的性格啊！心里嘀咕着，脚步没停。

“小李书记，等等。”黄群眼见李思文要走，连忙一把拦住。看着李思文疑惑的眼神，黄群解释道：“小李书记，开会前，陈书记吩咐我，他说这个紧急会议你可以不必参加，他有更重要的事情让你去办。县教育、水利几个局有几笔款项一直卡在市财政局没发下来，陈书记的意思是让你直接去市财政局催催这几笔款子。”

李思文听到这里，恍然大悟，好你个陈正治，分明是嫌自己在狮子县碍手碍脚，故意找了个不是理由的理由，把他打发到北川市，眼不见为净。

为了让他上钩，还特意编了个紧急会议，把他从酒厂骗过来。为了支开李思文这个绊脚石，他也算是煞费苦心。

陈正治这么做显然是要有大动作，搬走了于清风，他陈正治要还是战战兢兢，那就不是他了。

陈正治的野心和手腕，李思文深有体会。尽管没有直接证据，但李思文心里有数，狮子县腐败的幕后，陈正治即便不是最大的黑手，也是重要角色。

胳膊拧不过大腿，李思文有心想待在酒厂，奈何官大一级压死人，陈正治的理由他无法拒绝。不过也好，去市里见见于书记，顺便聊聊，看看他对现在的狮子县有什么看法。

黄群见李思文脸色难看，在心里叹了一口气，小李书记以后的日子难过了。她好意提醒：“小李书记，车票记得留下来报销。”

李思文点点头，走到门口时隐约听曾美丽冷笑着说：“牛气什么？现在让你往东你还敢往西不成。早知如此，何必当初呢！”

李思文没工夫跟曾美丽计较，也不会跟她一般见识，但他心里总觉得憋了一团火，烧得难受。

想了想，李思文决定先去找唐明华谈一谈，说到底，他对狮子县目前的状况很担心。

平时唐明华很忙，不打电话预约，几乎见不到他的人。但今天李思文刚敲了唐明华办公室的门，就听见里边传来唐明华中气十足的声音：“请进！”

推开门后，就见唐明华手支着下巴在办公桌前怔怔出神，也不知道在想什么，抬头看到李思文，脸上表情舒缓了些，起身从办公桌后走出来，一边招呼一边说：“思文啊，来来来，坐，坐，正好有话跟你聊聊。”

“我也有事想跟唐书记汇报。”

李思文皱着眉头，揉了揉拳头，有些恼怒又有些无奈地说：“唐书记，这工作真没法儿开展了，我这刚把工作梳理开，上面马上又让你弄这弄那。唉，我算是明白了，这什么招都比不上釜底抽薪来得厉害！”

在下属面前，李思文是克制和忍耐的，但在于清风和唐明华这两个信任的老领导面前，他却像个小孩子，忍不住将内心的酸楚一股脑倒了出来。

唐明华摆摆手，沉默了一会儿才说道：“思文，你该怎样还怎样，工作要没有困难那还叫什么工作？一帆风顺的事谁不会干？你啊，还要有一颗百折不挠、不动如山的心才行。”

李思文叹了口气，好一阵子才说：“唐书记，我不是诉苦，也不是遇到挫折就灰心丧气打退堂鼓，我是想跟唐书记聊一聊，怎么应对现在的局面。”

听了这话，唐明华神色肃然，站起身背着手来回踱着步子陷入沉思，许久他才对李思文道：“思文，我这里也没有什么灵丹妙药能解你的困局，我只对你说两点，一，你的工作照常继续，坚决服从上级安排，不能有抵触情绪。第二，一定要相信组织！”

停了停，唐明华又补充一句：“一切见机行事。”

李思文点了点头，唐明华的意思他懂，做个正直的好官不等于做一个迂腐不知变通的傻子，唐明华是暗示他在工作中要学会见机行事，保护自己。

唐明华劝慰李思文，但他自己眉宇间的忧愁却一直没有消失，这种局面，对李思文来说是一种煎熬，对唐明华来讲何尝不是一种考验。

想了想，李思文又说道："唐书记，陈正治以开紧急会议为由，把我从酒厂调回县委，我连他的面都没见着，又被他打发去市里，说派我向北川市财政局要钱，你说这不就是要把我调开吗？"

唐明华眉头锁得更深，沉吟着道："他是要支开你，免得你给他添乱。思文，接下来我告诉你的话，或许能给你一点儿动力，当然我希望你做好直面一切的思想准备。根据我刚得到的最新消息，现在不仅仅是我们狮子县反腐形势严峻，就连北川市，甚至整个南江省都不容乐观。改革开放这些年，国家在各个方面的发展都取得了举世瞩目的成就，相应的，我们的一些党员干部在思想精神上也放松了，有些人私心膨胀，有些人手脚不净，有些人耽于安乐、沉迷于权力所带来的快感。鉴于一些党员干部腐化带来的危害，上级领导决定加强纪委系统的纠风肃纪工作。我们熟悉的北川市委徐书记经过上级纪委领导的甄选，脱颖而出，将被任命为新任南江省纪委书记。"

"徐书记上调省纪委书记？"李思文一惊，他想象力再丰富，也想不到曾经和自己有过短暂接触的市委书记徐建国居然上调省委了，而且还是纪委系统。

"很惊讶是不是？你可能不了解，徐书记在来北川市之前，曾经担任过市级纪委部门的一把手，他一手经办的贪腐大案虽然不多，但个个都是有名的硬骨头，一堆强势的贪腐官员接连在他手中落马，'徐黑面'的威名让很多贪腐分子胆战心惊。我有预感，随着这次徐书记上调省纪委，我们南江省必将掀起一轮全新的反腐风暴！"听得出来，唐明华对这样一位纪委系统的老领导敬服有加。

李思文逐渐消化着这个震撼的消息，他有些兴奋也有些沮丧，兴奋的是，有徐书记这样一位公正无私的省纪委书记，是南江省人民的福气。沮丧的是，徐书记这一高升，管的就是整个南江省了，他不太可能，也没有精力关注狮子县了，这不能不说是一种遗憾。

“还有……”唐明华叹了口气，对李思文叮嘱道，“你去市里正好顺便看看于书记，他心里恐怕也不好受，唉……”

“我知道。”即便没有唐明华的嘱咐，李思文原本也打算去北川市看于清风的。

“好，你去吧。”本来他还想叮嘱李思文小心些，但想到陈正治故意将李思文支开，说明对方至少目前还没打算对他下黑手，这样的话，他也就放心了。

市政大楼的职能跟县里差不多，只是办公大厅更大，职能更多，人更多。

李思文在大厅找到窗口，里面只有两个工作人员，正在收拾办公桌上的东西。

李思文赶紧上去问：“你好，我是狮子县政府派来的，问一下我们县的财政拨款几时能打过去?”

里面的女人皱了皱眉道：“你问我，我问哪个啊？你要去找我们财政局的领导，窗口只办手续，批不批款，可不是我们说了算。”

这倒是大实话，李思文苦笑。

那女子又说道：“马上就十二点了，你等一下，我们这有个领导在，上洗手间了，你等会儿可以问问他。”

“好的，谢谢!”李思文谢了一声，转身去大厅的等候区坐着，他打算等这里的事办完再去找于清风。

虽然明知这趟是无用功，是陈正治随意支开自己寻的借口，但李思文仍然一丝不苟地按照程序完成任务，万一自己真能要回拨款，也算给狮子县办了件实事不是。

大厅正上方挂的大石英钟逐渐指向十二点整。窗口没有人来办事了，那两个女工作人员也都走了，走之前连看都没看他一眼。

李思文眼见没等到所谓的拨款领导，打算先出去吃个便饭再回来等，不料刚站起来，就听到一个熟悉的声音：“思文，你怎么来了？”

“于……书记，您怎么在这儿？”李思文抬头看去，见于清风一脸诧异地走过来。于清风这几天瘦了，但眼神依然沉稳而坚定，完全没受调职的影响。

于清风看了看表，指了指外边，说：“来得早不如来得巧，思文，走，跟我出去找个地方聊聊，我正好有两个朋友要介绍给你认识。”

李思文听于清风语气轻快，表情如常，心里放松了些，他之前还担心于清风会因这次的挫折而颓废。

一边走，于清风一边摸出手机打了个电话。很快，一辆黑色的大众车驶来，开车的是一个三十岁左右的男子，副驾上坐了个女人，也是三十出头的样子，短发，看起来精明干练。

于清风左右看了看，招呼李思文上车：“思文，我给你介绍一下，这两位是北川市纪委的干事，文欣，申永洪。”

申永洪在开车，没回头，但嘴里还是客气地说了一声：“李书记好。”

坐副驾座的女人伸手过来笑着对李思文道：“李书记，久仰大名。我是文欣，很高兴认识你。”

都是市纪委的？李思文心里奇怪，跟文欣握了握手，客气地回答：“文姐叫我小李吧，李书记叫得我很别扭。”

“哈哈……”文欣顺口就接了过去，“好，我也觉得别扭，叫你小李可顺口多了。”

于清风笑着说道："都别客气了，思文，出于保密原则，下面这些话你听完要严格保密。一，我现在已经接手北川市纪委的工作，正进行秘密调查。第二，关于下一步纪委的行动……"

说到这里，于清风见李思文一脸震惊，心想难得见到这小子不淡定的模样。

李思文确实被于清风的话吓到了，他明明被调到财政局了，怎么突然变成市纪委书记了？如果是上级组织部门的安排，于清风难道事先就知情？那先前在狮子县黯然退场是在演戏？

如果这一切都是演戏，那戏是演给谁看的？想到于清风强调的保密，李思文眼睛亮了起来，他看着于清风期待的眼神，赶紧点头道："于书记，您继续说！"

于清风笑了笑，伸手拍了拍李思文的肩膀，这才说道："思文，我接手北川市纪委之后，第一个就要动狮子县，酒神窖酒厂的问题首当其冲。酒厂的职工已经拖不了了，我想到的第一个人就是你。怎么样，你想不想加入我们纪委？"

李思文愣了一下，跟着就涨红了脸，挺直身板激动地答道："于书记，我愿意，随时等待组织的召唤。"

李思文做梦都想把陈正治等人绳之以法，可惜一来他权限不够，二来他没有机会。

于清风点点头，眼神深沉，意味深长地道："思文，我知道你的想法，但目前你只能暗中调查，搜集证据，这事务必保密，避免打草惊蛇。虽然我无法在狮子县给你提供助力，但敌明我暗，陈正治现在一心顾着自己的私事，无暇顾及你，这是我们最好的机会！"

李思文一边点头一边思考，情况是这样，但……

"于书记，唐书记那儿……也不告知？"

于清风笑着摆手说："明华是个好同志，但他不是个好演员，书上都说了，有人唱白脸，就得有人扮红脸。明华是个心里有事脸上藏不住的人，不通知他比较好。有他在狮子县着急，那些人才能又高兴又放心。”

“对呀！”李思文一拍手，还是于清风考虑周到。

于清风又道：“稍后我还得回市政窗口那边上班，你来北川也要跟财政局打交道，一同去，咱们公事公办。下班后你跟我去家里，尝一尝我老伴做的菜。也不用去宾馆开房了，我女儿上学了，房间一直空着，你将就住几天！”

“好！”

李思文心里十分清楚，于清风这一系列保密措施背后，必然酝酿着惊天的行动，想到自己能亲身参与这个行动，就热血沸腾，充满干劲。

第七章　猛龙过江，利益面前你死我活

赵晋是省委副书记赵大海之子，他和省公安厅副厅长朱洪春之子朱亮秘密赶往北川，准备抢先拿下南江省经济圈的核心地段——北川价值数十亿的夏恒钢铁厂千亩地皮。然而北川本地利益集团代表、政法委书记郭立功面对这块巨大的蛋糕也是垂涎欲滴。双方你争我夺、寸步不让，展开了激烈交锋。

在北川市中心，说起金公主KTV，无人不知无人不晓，这个占地八千平方米的KTV，被誉为北川市最大的销金窟。此刻，KTV的豪华包厢里，坐着四个二十七八岁的男子。

坐在最外边的板寸男正对穿红色制服的女服务生说话："按照你们这里最高标准的套餐上菜，叫最漂亮的小姐过来，另外，别上假酒，上假酒我就砸了你们的店。"

这话说得牛气十足，一般开店的人都有背景，敢开店就不怕有人闹事。

四个男人中，另外三个有两个一脸傲色，拿眼瞄着女服务生，只有坐在最里边的男人面色如常，不像另外两人那般嚣张。

女服务生赔着笑脸道："哪敢呀，我们的酒肯定是真的，罗总可是这里的熟客，他最清楚了，我去叫杨姐过来。”

一会儿一个穿着黑裙套装，长相妩媚，年纪三十岁左右的女子进了包厢，她一进来就端了一杯女服务生倒好的酒笑盈盈地说道：“哟，罗总，你朋友啊？来来来，我敬大家一杯！”

女子没等几人说话就端酒一仰头喝了个干净，豪爽干脆。

“罗总”哈哈一笑，伸手在她脸蛋上拧了一把，说：“杨姐，我给你说，我这几位朋友可是贵客，把最漂亮的小姐叫来。”

杨姐端起酒对另外三个男人展颜问道：“我姓杨，名字叫真真，三位老板怎么称呼？”

两个冷傲的男人见了笑脸相迎的杨真真，脸上也解冻了，端了酒一边打量她一边说：“我姓许，他姓朱，那位……”

姓“许”的男人眼光掠向最里边那位，正要介绍，却见对方冷冷扫了他一眼，许姓男子顿时表情一滞，尴尬地一笑，打住了话头。

“罗总”赶紧笑着打圆场：“杨姐，别废话了，赶紧把最漂亮的小姐叫来，我这几位朋友眼光高得很，普通货色你也别带来献丑了！”

杨真真笑道：“罗总放心，我马上安排最好的进来，你们挑。”

不到三分钟，杨真真就带了十几个身材高挑，穿着暴露的女子进了门，一排小姐站得整整齐齐的，向众人鞠了一躬，挨个报名：“您好，湖北张艳……”

“您好，江西黄丽……”

……

“罗总”等十几个女子报完名，侧头问三个同伴：“晋少，亮哥，许总，有看中的没有？”

“这个，还有第五个。”挨着罗总的男子伸手一指，挑了两个。

另外一个男人也挑了一个，罗总看向最里边的男人问：“晋少，你看……”

“晋少”淡淡一笑，不经意地摇了摇头。

罗总当即对杨真真道：“不行，再换!”

后面一连换了两批人，“亮哥”又叫了一个，罗总自己也叫了两个，唯独那“晋少”仍是一个都没看中。

杨真真实在忍不住了，问道：“这……晋少，这么多漂亮的，一个都没看中？最好的都叫来了哦……”

罗总嘿嘿一笑，说：“晋少可是省城来的大人物，庸脂俗粉他可看不上，再换!”

杨真真皱了一下眉头，脸上依然带着笑意说道：“哟，这个……又不是找老……嗯嗯嗯，好好，我马上再找人……”

本来她是想说又不是找老婆，不必过于挑剔，她话还没说出来，就见罗总狠狠瞪了她一眼，杨真真心头一跳，赶紧改了口，罗总可是她们这里的老主顾，大金主，她可不敢得罪。

杨真真站起身犹豫了一下，然后对罗总说道：“罗总，要不我……叫秦妃丽吧，就是她的台费高一些……”

罗总拉开桌上的手包，取出一大沓百元钞票往茶几上一甩，道：“钱在桌上，多少钱你自个儿拿，侍候好了后面还有赏!”

杨真真看到罗总扔出来那一大沓钞票，银行扎的封带还在，给她和那些小姐的小费足够了，脸上马上堆起笑容，眼里放光，笑呵呵地说：“好的好的，罗总爽快，我马上安排，包你们满意!”

罗总转头对“晋少”低笑着说：“晋少，秦妃丽我见过，一个字，美，两个字，漂亮，你肯定满意。”

晋少淡淡地道：“看看再说吧。”

“罗总”就是罗杰，“许总”叫许如勋，是北川市骏发房地产老板许兴国的儿子，罗杰进军北川市，当然要拜一拜北川市的码头，不然很多项目不会那么顺利。凭他的背景和关系还不足以与北川的商业大佬分庭抗礼，充其量也就是跟在他们后边跑跑腿，人家吃肉跟着喝点汤。

许兴国就是罗杰想巴结的北川地产大佬，他跟许兴国还不好直接打交道，但他儿子许如勋就容易多了，许如勋还请到了两个“大人物”，令罗杰喜出望外。

这两个从省城来的“大人物”，一个是省城天都市公安局局长兼省公安厅副厅长朱洪春的儿子朱亮，一个是省委副书记赵大海的儿子赵晋。

这两个人可是罗杰想靠都靠不上的大人物，机缘巧合，赵晋和朱亮从内部消息得知南江省将开发涂江河经济长廊，涂江河经过北川市，赵晋和朱亮这才悄然来到北川筹备。恰好北川当地的地头蛇许如勋跟他们在省城有过交集，相互认识，于是就找上了他。

许兴国在北川的背景还是相当深的，他姐夫就是北川市长严武德，据说市委书记徐建国调省里后，新市委书记呼声最高的就是严武德，所以许如勋更傲气了。赵晋和朱亮来北川市经营，也是看中了对方的背景，有很大概率升任市委书记的严武德现在可是炙手可热。

杨真真出去五六分钟，再进来时身后跟了一个化着淡妆，穿着米色长裙的女孩。女孩身高一米七左右，挎了个小包，披肩发，有种在校学生的清纯。

罗杰瞄了一眼赵晋，见他眼睛一亮，心想总算满意了。

杨真真最会看人了，把那女孩往赵晋那边轻轻一推，故意嗔道：“几位老总，妃丽可是我们这的一枝花，要是连她你们都看不中，那我也无能为力了。”

女孩有些羞涩，隔了一段距离坐在晋少身边，端了一杯酒怯生生地对晋少道：“大哥，我敬你一杯。”

晋少一改之前的面无表情，端了杯跟她一碰，一口喝干了。

秦妃丽一杯啤酒停了几下才喝完，还有些咳，看起来她并不擅长喝酒。

晋少瞄了瞄她，见秦妃丽要继续倒酒，伸手拦下了，说："算了，我看你也不像能喝酒的，不能喝就别喝了，喝白水吧，我喝酒，你喝水。"

秦妃丽一怔，感激地望了晋少一眼，在这种场所，只有逼她喝酒的，还从没遇到过不让她喝酒的。

"谢谢!"秦妃丽低低谢了一声。

罗杰对杨真真招手道："杨姐，还有没有漂亮的？再给晋少弄一个来，你看我们都是左右护法，晋少一个玩不开心，你再叫一个来……"

杨真真脸上露出为难的表情，晋少不是一般挑，之前有不少她认为过得去的，晋少硬是没看中，好不容易有一个秦妃丽撑场面，只是秦妃丽只有一个，她上哪找第二个啊？

正为难，就见晋少摆了摆手道："不用了，秦小姐一个好了。"

杨真真顿时松了一口气，满面笑容，不忘拍了一下马屁："晋少可真有识人之明，妃丽这样的美女我找一个都难，哪里还能再找一个出来？"

罗杰哈哈一笑，吩咐打歌的公主道："晋少满意，你也算立了一功，哈哈，放音乐，点歌唱歌了。"

总算让这帮公子哥满意了，罗杰刚松一口气，就听见"咣"的一声响，房门被人一脚踢开，西服革履，梳着大背头的青年站在门口往里看，看到秦妃丽，脸色一沉，大声喝道："秦妃丽，我叫你，你说今天不能来，别人叫你，马上就来了，你是瞧不起我咋的？赶紧出来，今儿个你要不陪我，老子就弄死你!"

秦妃丽吓得脸色雪白，挨着她的晋少面色一沉，侧头瞄了瞄罗杰。

罗杰不认识这男人，望了望许如勋，许如勋是北川的，他可能认识。

许如勋还真认得这个男人，这人名叫魏洋，跟他一样是个富二代。这些年南江省发展最快，最赚钱的行业就数地产业，许如勋自己干这行就不用说了，魏洋的老子魏中华，也是北川数一数二的地产大鳄。

在北川，魏家跟许家，无论是势力还是财力，两家都差不多，魏家背后的力量也很强，许如勋知道北川政法委书记郭立功和魏家关系不错，尽管他不能百分百确定郭立功就是魏家背后的人，但魏洋长期和郭立功的儿子郭阳混在一起是事实。

郭阳和魏洋两人基本上是焦不离孟，孟不离焦，魏洋在这儿，郭阳肯定也在。

许如勋不怕魏洋，但他却不敢跟郭阳硬碰，他背后虽然有严市长的关系，但要跟郭立功硬碰，搞不好会成炮灰。

当然，这事要是在以前，许如勋没准就退一步和气收场了，但现在不同，后边还有两个有来头的角色呢。

今日正好借势杀一杀郭阳这小子的威风!

许如勋有了计较，伸手一拍茶几，冲着魏洋恼道："你小子撒野也不看看地方，秦小姐陪的是我的朋友，你赶紧给我滚蛋，否则别怪我不客气!"

魏洋早看到许如勋了，也没怕他，两人经常碰碰磕磕，谁也奈何不了谁，谁也不想在场面上输了面子。

一听许如勋说话比以往冲，魏洋一下子就火了，他踏前两步，双手一叉腰吼了起来："许如勋，老子认识你也不是一天两天了，怎么的，你还想在老子头上撒尿不成？有本事你倒是给老子撒一个看看!"

许如勋刷一下就站了起来，拧了个酒瓶阴恻恻地道："魏洋，你扫我的面子也就算了，但你扫我朋友的面子可不行。我再说一次，你现在退出去，我就当什么事儿都没发生过，你要再在我这儿搞事，那就别怪我手中的家伙不长眼!”

魏洋把头往许如勋那儿一伸，伸手点着自己的脑袋说：“许如勋，你狗日的今天不砸老子头，你就是我儿子，来，你砸，砸……”

“砰……”

朱亮跳出来一把抢过许如勋手中的酒瓶朝魏洋的头狠狠地砸了下去，魏洋应声倒地，捂着头在地上惨叫。

朱亮才不管他被打成什么样，冷冷地道：“你让砸的，老子要不砸都对不起你。怎么样，老子砸得还算到位吧?”

许如勋被朱亮的凶狠吓住了，他虽然想借朱亮和晋少的势力敲打一下魏洋、郭阳，但要说跟他们真的撕破脸，打得头破血流，还真不至于。毕竟他们两家都在北川市，平时也是抬头不见低头见的，真把关系弄僵了，对双方都没好处。

朱亮脾气火爆，上来就伤人，这下子双方想不掐起来都难了。

魏洋哀嚎几声爬起来，满头满脸的血，他抹了一把脸，发现手上全是血。魏洋害怕了，一边退一边叫道：“你们还真敢动手，都给老子等着，一会儿……一会儿……”

朱亮抓起一只空酒瓶又朝他扔了过去，魏洋一闪，这下没砸到，瓶子撞在墙上弹到地上，啪一声碎了。

魏洋踉跄两步退出房间，他势单力孤，必须找帮手才能找回场子。

许如勋和罗杰瞄了瞄晋少，他脸色如常地坐着，朱亮仍大大咧咧的，一手端了杯酒，一手搂着小姐的腰跟她喝酒，好像刚刚什么事儿都没发生一样。

几个小姐吓得脸色惨白，尤其是秦妃丽，全身都抖了起来。魏洋是她惹不起的人，自己现在把对方得罪透了，唉，也不知道以后该怎么收场。

杨真真也脸色雪白，抖着手儿溜出去给经理打电话。她知道许如勋的身份，也知道魏洋的背景，他们这种人闹起来，店方帮哪一边都不合适，所谓神仙打架凡人遭殃，唯一的办法就是两不相帮，然后找人解决。

经理接到杨真真的电话吓了一跳，赶紧给高层打电话汇报，随即KTV背后的大股东想了一个办法，就是通知他们各自背后的人，让他们自己处理。

KTV这边，魏洋逃回他的包厢跟同伴一说，一起来的四五个人顿时吆喝起来，一群人抄起酒瓶、椅子一涌而出，直奔罗杰的包厢。

为首的人自然是郭阳，他的铁哥们魏洋刚刚被人开瓢了，他要是不帮着出头，他也不用在北川混了。

郭阳刚刚也问过魏洋，除了许如勋之外，其余三个都是陌生人。对许如勋他还留点情面，其他三个他打定主意今晚要好好“招待”一番。

“就是他们!”魏洋一伙嚷嚷着冲进罗杰等人的包间，除了罗杰心惊胆战之外，其他几人都很淡定。

朱亮虽然满不在乎，但晋少还是拿眼瞟了一下许如勋。

许如勋知道他的意思，晋少和朱亮虽然背景不凡，但终归身份不好公开。魏洋等人气势汹汹地杀过来，可别真把两人给打了，那可真是哑巴吃黄连了。

指望魏洋他们手下留情更不可能，眼见一群人要冲过来，许如勋额头上顿时冒出一层汗，一急还真想出一个办法来，赶紧掏出手机给父亲打电话。

许兴国是个游离于黑白两道的商人，跟市长严武德有很深的关系，一听儿子的电话，也吓了一跳。

如果只是郭阳和许如勋之间争斗，和小孩过家家一样，根本不用在意，关键牵扯到赵晋和朱亮这两个惹不得的人物。儿子通过自己的关系拉了一张关系网，本来是好事，但要是让这张关系网的重要人物受损，搞不好就是祸事了。

许兴国沉吟半晌，赶紧给市长严武德打电话说了这事。

严武德这几天忙得焦头烂额，原市委书记徐建国一走，他就成了北川市职位最高的人，北川市一系列政务理所当然都堆到了他头上。

忽然接到许兴国的电话，惊了半天，赶紧给北川市政法委书记郭立功打电话，眼下正是竞选市委书记的紧要关头，严武德如果指挥若定，安定北川，在上级眼里，严武德自然会给领导留下精明强干的印象，搞不好组织就会安排他顺势接任市委书记。

眼下的北川，他维稳还来不及，偏偏在这种关键时刻出了这么件烂事，他想不管都不行。对着电话另一头的郭立功，严武德噼里啪啦就发了一顿火。

“郭立功，郭书记，你儿子在金公主 KTV 大发神威打人呢，我可提醒你，他打的人当中有两个身份特殊的人，一个是省委赵副书记的儿子赵晋，另一个是省城公安局朱局长的儿子朱亮。我提前跟你说一声，谁惹的祸谁去收拾!”

“什么?”郭立功跳了起来，没等他问详细情况，严武德已经挂断了电话。

郭立功心急如焚，一边叫下属马上备车赶往金公主，一边拨打他儿子的手机。

此刻罗杰包厢里，郭阳等人和许如勋双方剑拔弩张。许如勋着急地捏着手机，他老子还没回电话。

郭阳突然踏前一步，抓着手中的啤酒瓶，在手里扬了扬，大声叫道：“是哪个打伤我兄弟的？格老子的自己滚出来!”

对面，赵晋一把没拉住，朱亮也抓了一支酒瓶站起来吼道：“是老子砸的，你想咋样？”

这时，郭阳裤兜里的手机响了，他哪里顾得上是谁打电话，见朱亮如此嚣张，顿时怒火大盛，抡起酒瓶就冲了过去，没头没脸地跟朱亮对砸起来。

郭阳跟朱亮都是公子哥儿，平时被人众星捧月，哪里有人敢动手打他们，论打架的经验和本事，其实都差得很。

郭阳一瓶子砸在朱亮头上，当即开花喷血。朱亮的酒瓶砸过去，郭阳闪了一下，砸在肩膀上，也碎了，锋利的玻璃碴划过郭阳的脸，破了一道小口子，伴随飞溅的酒水，伤口顿时传来一阵痛楚。

郭阳恼怒中将握在手里的半截酒瓶没头没脑一阵乱戳，朱亮啊呀啊呀几声倒了下去。

几个小姐吓得缩到角落尖叫发抖，不知所措，就连原本还算镇定的赵晋也变了脸色。

郭阳乱捅几下，暴怒中感觉原本生猛的对手忽然软了下去，这才停下来，一看，对方软倒在地，一身上下都是血，心里顿时跳了一下。

“停，都别打了！”郭阳赶紧吆喝了一声，把几个同伴喝停，然后才拿眼扫视倒在地上的朱亮。

罗杰和许如勋吓得够呛，哆嗦着不知所措，只有赵晋还算冷静，冲上前蹲着检查朱亮的伤口。

血是从朱亮肚子的三个地方冒出来的，赵晋没敢细看，马上掏出手机打120急救电话，打完后扭头叫许如勋和罗杰：“你们两个还愣着干吗？赶紧找人，把朱亮送医院急救，要是他有个三长两短，后果就不用我说了吧？”

“是是是……马上……马上找……”

许如勋一个劲点头答应，摸出手机来打电话的时候哆嗦得差点把手机摔了。

朱亮没力气站起来，眼睛瞪着郭阳发着狠：“这……这狗日的，晋哥，老子……老子要弄死他……”

赵晋点着头安抚他：“行行行，你要怎么弄死他都行，我向你保证，但是现在别动，等医生来。”

郭阳见朱亮虽然满身是血，但说话还有力，伤得虽不轻，但估计没有生命危险，心里松了一大口气，只要没弄死人就好说，大不了赔点钱，谅这家伙也不敢怎么样。许如勋那混蛋也不想把事闹大，那样大家脸都不好看，只要没死人，这事就好压下去。

赵晋的话还是刺到了郭阳，这几个家伙真是死鸭子嘴硬，都吃瘪到这个地步了，嘴上还不示弱，算了，反正自己占了上风。

“你出去找经理调几个保安过来守在这里，这事没处理好之前谁都不能放走!”郭阳扭头吩咐同伴，扎伤人了，事还得处理好，自己有权又有钱，这个世界上就没有摆不平的事。他此时依然没意识到自己已经捅了大娄子。

他的同伴点头出去，不过很快又溜了进来，悄悄对郭阳说：“阳少，不用去了，他们有二十几个保安守在这里。”

郭阳点点头，心里大定，娱乐场所的老板有哪个不认识他这个北川市政法委书记兼公安局局长郭立功的儿子郭阳的?

许如勋虽然有严市长的背景，但俗话说得好，县官不如现管，严市长的名头和他父亲的职位对这些娱乐场所来说，显然警察的威力更大。

郭阳身为北川市政法界一号人物郭立功的独子，自然是这些人拉拢的对象，被这些人众星捧月让郭阳越发骄横跋扈。

看场面在他的控制下，郭阳转身蹲在赵晋和朱亮面前，嘿嘿一笑，撩了一下头发才说：“我现在给你们一个忠告，别再折腾了，医药费我出，再补偿你五万块钱，拿了钱马上给我消失，要是我在北川再看到你，嘿嘿，那就别怪我不客气!”

赵晋瞄了他一眼，阴森森地道：“等你老子来了再说吧，小子，别目中无人，送你一句话：人上有人，天外有天，别搬起石头砸自己的脚!”

郭阳嘿嘿一笑，站起来双手叉腰，眼睛斜睨着赵晋冷冷地道：“你是要跟老子硬抗到底？你知不知道这个世界上有很多是你得罪不起的？你知不知道这个世界上还有很多是你想都想不到的？”

许如勋好容易打通了电话，叫市人民医院的救护人员赶过来，但在门口被金公主的保安经理吴彪拦了下来，说有纠纷还没处理好，等处理好后才能进去。

吴彪虽然知道许如勋也有背景，但眼下这事确实不好处理，他无能为力，有郭阳在场，他只能硬着头顶着，等郭阳自己把事情处理好。

许如勋赶紧把情况对赵晋说了，赵晋脸一沉，眼里射出冷光，沉吟了一下，摸出手机给他父亲的秘书打电话，他原本想将事情控制在一定范围之内，因为郭阳和朱亮两人的冲动，加上许如勋有意识地隐瞒赵晋等人的身份，这才导致阴差阳错，事情发展到眼下这个骑虎难下的地步。

这事往小了说，是几个官二代打架斗殴，只要没出人命，各自转头就当翻篇了。但往大了说，却是省里的过江龙和北川的地头蛇交锋。

赵晋、朱亮下北川考察联系业务，却在北川被人收拾了，这传出去，不但他们俩面子没地方放，他们老子也丢不起脸，连自家孩子都护不住，是不是说明他们的影响力不够呢？

到了这个地步，就是郭阳等人想大事化小，小事化无，他也不能答应。眼下解决的最好方式，莫过于亮明身份，摆明车马，否则谁把你当回事？

要说急，这会儿谁都没有北川市政法委书记郭立功急。

从接到那个电话起他就带人赶往金公主，半路上一直给儿子郭阳打电话，但郭阳始终没接，郭立功心里祈祷他儿子可千万别惹出什么祸事来，小摩擦就算了。

倒不是说郭立功真的怕了赵晋等人，而是眼下北川市政局相当诡异，市委书记突然调走，纪委书记去省里学习了，郭立功总感觉不对劲。他背后也有省里关系，他们猜省里对北川市的领导班子有想法，但具体是什么想法，没人说得清楚。

这些年他身为北川政法一把手，多少知道一些内幕，因此这段时间能多老实就多老实，能不惹事就尽量不惹事，就是想看清楚眼下的迷局。可惜他不惹事，儿子郭阳却不是安分的主。

当他赶到金公主，见大门口有十几个保安守着，人员基本上是只出不进，医院的急救车也停在边上。

郭立功一见这个场面心里就紧张起来。

来的时候就想着这事能私了就私了，千万别闹出去，眼下正在要紧关头，他还想再进一步呢，要是在这个节骨眼儿闹出丑闻，真不好下台，这个圈子都相互盯着呢。

郭立功带的人都是他信得过的下属，这事敏感，所以他们穿的都是便衣，金公主门口守着的保安拦着不让他们进。

郭立功一示意，他的得力下属掏出证件亮了亮，低声喝道："我们是市公安局的，让开!"

那保安本来不肯让他们进，但对方亮证的时候故意撩了衣服下摆，露出腰间的手枪套，可把保安吓了一跳，想不到这伙人真是警察，当下不再敢拦，赶紧给经理吴彪打电话。

吴彪一接到电话就出来了，与郭立功等人撞了个正着，看到为首之人，顿时喜上眉梢，上前说道："是张队长啊，你们总算来了……"

吴彪满脸堆笑，张队长却不理会，反而看向身旁之人，吴彪跟着转头一看，顿时吓了一跳，这不是市里政法系统一把手郭立功郭书记吗？

“郭……郭书记……您，您怎么也来了？”

“废话！”郭立功低喝一声，问他，“里边什么情况？”

吴彪紧跟在他身后往里走，一边走一边说：“郭……阳少捅伤了对方一个人，我封锁了现场，在阳少没谈妥之前不会放人出去……”

“混账！”

当真是怕什么来什么，郭立功忍不住骂了一声，吴彪还封锁了现场，捅伤的人还不给送医院，要是出了问题，那就是大问题。

吴彪还以为郭立功是在骂跟他儿子角力的对手，赶紧拍马屁道：“郭书记放心，这事只要花点钱就能解决，包在我身上。”

郭立功恨不得骂娘，不知道儿子捅伤的是哪个，但愿不是省里来的那两个大少就好，要是捅伤的是那两位中的一个，那这事可就不是花钱那么简单了！

吴彪见郭立功黑着脸往里边走，也不回答他，还以为他是护子心切呢，哈巴狗一样跟在他身后。

终于到了那间包厢门口，十几个拿着铁棍的保安把门口守得水泄不通，吴彪赶紧吼道：“让开让开，郭……郭老板来了，赶紧让开！”

吴彪本来想说“郭书记”的，一想到郭立功等人都穿着便衣，肯定不想外人知道，马上改口叫“郭老板”了。

那些保安自然唯吴彪口令是从，听他一叫，马上闪身让出道。

郭立功一言不发走了进去，偌大的包厢里，儿子郭阳正背对着他跟对方说话：“这五万你是拿也得拿，不拿也得拿，知道我是谁吗？我爸就是北川市的政法委书记，是北川市公安局局长。我跟你们说，除了医药费，另外给你五万块钱那是我心善，惹火了我，人照收拾，钱一分不给，你们还得给我从北川消失，懂吗?”

郭立功气得呼呼直喘气，伸手把儿子往旁边一拨。

郭阳正说得有劲儿，忽然给人一下拨拉到一边，差点摔了一跤，火得一边骂一边转身：“格老子的，是哪个不长眼睛……哎，爸，你怎么来了?”

郭阳见面前的人是他老子，顿时吓得把话吞了回去。

他在外面鬼混的事当然不想让他父亲知道，像今天这事他本想私下里拿钱压下去，不让他老子知道，谁知道他老子忽然跑这里来了。

郭立功把儿子拨开就是想看一下被儿子捅伤的人是谁。

赵晋他不认识，但朱亮他是认识的，有几次在省城开会去过公安局局长朱洪春家里，见过朱亮。

朱洪春是局长兼任省公安厅副厅长，级别正厅，是郭立功的上司，但凡去省城公干，基本上都会见到这位。

朱亮身上全是血，半搂半扶着他的赵晋身上也沾了不少血，样子看起来很惨烈。

郭立功一见到脸色雪白又一身是血的朱亮，心里就“轰”一下炸开了，儿子惹祸了!

“张队长，马上叫医院的医生把担架抬进来，你负责送到医院，在医院看护!”郭立功虽然心乱如麻，还是赶紧命令下属把朱亮送到医院去。

张队长很清楚郭立功安排他护送到医院并留守医院“看护”的用意，就是不能让人接触，不能把这件事情透出去。

郭阳以为他父亲还不知道情况，赶紧说道：“爸，现在还不能把他放走，我还没谈……还没谈妥……”

“谈什么?”郭立功扭头瞪着儿子，见他一副理直气壮的样子，顿时就气不打一处来，伸手狠狠地扇了他几个耳光，一边打一边骂道：

“你个混账东西，尽给老子惹祸，你就不能本分点？”

这几巴掌用了很大力气，郭阳半边脸顿时肿了起来，连嘴巴都给扇出血来了。

赵晋这时才知道跟朱亮动手的竟然是郭立功的儿子，忍不住瞟了一眼许如勋，难不成这家伙阴了自己一道？

许如勋被吓到了，脸色惨白，浑身哆嗦，看他的表情肯定是认识郭阳的，既然如此，许如勋多半是想借自己和朱亮的身份打压郭阳。

说到底，郭阳与许如勋代表着北川本地两大利益集团，两人同在北川这个屋檐下，是竞争对手。赵晋是个聪明人，转念一想就明白了背后的原委，顿时哭笑不得，争风吃醋的小事背后，看来也是波谲云诡啊！

郭立功既然来了，这事显然不会继续发酵了，他倒要看看对方怎么处理这事。至于许如勋，自己有的是机会找他算账。

赵晋打算静观其变，郭立功靠近朱亮，把声音放得很柔，问道：“小朱，你感觉怎么样？我马上安排人送你去医院，好好治病养伤，我替我那不成气的儿子跟你道歉，请你务必原谅！”

郭阳本来还想跟父亲理论一下，他捂着火辣辣的脸见父亲低三下四地问朱亮，心里暗觉不妙。

这个被他捅伤的人是谁？

医院的医生进来后，给朱亮检查了一下身体和伤口，给他做了紧急的外伤处理，然后把他扶到担架上。

郭立功低声问那医生：“他的伤势怎么样？”

那医生点点头回答：“一共有三个伤口，都在肚子上，其中两个伤口不深，好处理，有一个伤口刺穿了腹皮，有没有伤到内脏还需要回医院检查后才知道。血流得不少，要尽快输血，眼下看来，只要处理得及时，没生命危险，但再迟些就难说了。”

郭立功一摆手："好，赶紧送医院治疗。"

没有生命危险就是不幸中的大幸，朱亮受了伤，这个梁子算是结下了，更难的是，现在要如何善后？一想到这个，郭立功就感到一阵头痛。

赵晋见朱亮得到救治，知道自己该出场了，这件事表面上看就是争女人引发的打架斗殴，这种事在北川每天都在发生。

但背后，牵扯到他们来北川的目的。

首先，北川市委书记徐建国上调，空出的书记位置，有不少人惦记着，其中就包括朱亮的父亲朱洪春，朱洪春一直任职于公安系统，如果他要往上走，主政一方的资历尤为重要。一旦朱洪春成为北川市委书记，赵晋一方必将获得巨大利益。

朱洪春儿子朱亮出了事，赵晋必须出面，必须要管。

何况，北川的商业地产一直是铁板一块，赵晋虽是过江龙，但也必定会引起本地利益集团的反弹，这次如果力压郭阳、魏洋，那以后在北川的利益划分上，他们是不是可以占得先机？

北川这段时间暗流涌动，与原市委书记徐建国上调有关。徐建国铁面无私，雷厉风行，北川政局稳中求进，他这一走，各路牛鬼蛇神都跳了出来。

赵晋作为省委副书记赵大海的公子，远非其他官二代富二代能比，在智商上，也是最高的。

眨眼间，赵晋就将背后的关系脉络梳理完毕，敲定了下一步行动方案。

看了一眼捂着脸发愣的郭阳，赵晋没理睬，而是转身对郭立功说道："郭书记是吧？我们第一次来北川，这里的治安还真够可以的，不知道郭书记准备对行凶者怎么处理？"

赵晋话中带刺，郭立功怎么会听不出来？赵晋他不认识，但赵晋的父亲他认得。

省委副书记赵大海，省里排名第二的副书记，听说下一届省长候选呼声最高的就是他。

要是没有这件事，赵晋说的话郭立功完全可以不理会，毕竟对方不是省委副书记本人，郭立功自己也是一方大员，没必要对一个官二代卑躬屈膝。

但眼下他有错在先，姿态必须放低，只要退一步，让赵晋两人把气出了，他相信赵晋等人会息事宁人的，毕竟事闹大了，他们父母的脸面也不好看。

郭立功瞧着赵晋，心似明镜似的，扭头招了招手，叫过来两个下属："你们把他带回局里去，家有家规，国有国法，该怎么处理就怎么处理，一切按制度办事，谁徇私枉法，我就拿谁是问！"

"郭书记果然大公无私，朱亮的事情我会在朱局长面前为你斡旋，不过郭书记也要表现出诚意啊……"赵晋心里冷笑，不管郭立功如何变着法地维护郭阳，郭立功的低姿态，已经达到了赵晋的预期效果，原本他还头痛如何插足北川地产呢，以权压人可能会有反弹，朱亮的事正好让他找到了合适的契机，还要感谢郭阳和朱亮的"配合"，接下来就是谈条件的时候了。

客厅里，于清风一脸严肃："思文，我手边人手严重不足，你在北川暂时也没什么事，要不你帮文欣去调查一件事。"

李思文听于清风说得郑重，也认真起来："于书记，什么事？"

"昨晚在市区金公主 KTV 发生了严重的斗殴事件，除了罗杰之外，还有两个本市很有名的人牵扯其中，一个是市政法委书记郭立功的儿子郭阳，另一个是市长严武德的亲戚许如勋，这两人都是纪委重点关注的对象。他们是北川地面上有名的纨绔子弟，我们怀疑他们背后潜藏着一个庞大的利益链。但奇怪的是，金公主那边矢口否认发生过这样的事，一切风平浪静，拿不到任何证据!”

李思文听出于清风话里的意思，既然事情发生了，怎么会查不到任何消息，只有两个可能。

一是有人造谣，二是确有其事，但有人消除了所有证据，遮盖了事实。造谣的话，一般是有利害冲突才会有人造谣。金公主不是个普通的娱乐场所，事件中的两个当事人身份非同小可，没有几个人有胆子造这样的谣。

这事多半是真的。市长严武德或者政法委书记兼公安局长郭立功出面，抹去这件事轻而易举，也解释得通。但能让两位大佬出面抹去痕迹，是不是间接说明这起事件背后隐藏着惊人的东西。

想到罗杰的背景，李思文恍然大悟。看来北川这帮人上下串联，规模当真不小。于清风显然也意识到了这一点，打算将这次事件作为北川纪委反腐的切入点。

这事很难查，首先是当事人因为共同利益大事化无。更重要的是，于清风目前还在暗处，他的任命尽管通过了高层组织程序，但限于特殊原因，眼下还不能公开，所以他们也不能公开去查。

另外，像金公主这种有黑白势力背景的产业，想要从中挖出点消息来，势必难如登天。

于清风瞧着沉思的李思文，缓缓问道：“思文，你有什么想法?”

李思文抬头笑笑说：“于书记，难度很大，不过苍蝇不叮无缝的蛋，任何事情都不可能做到万无一失，只要我们用心调查，一定可以找到漏洞。目前看来，严市长和郭书记直接参与的可能性不大，否则我们就要向上级申请调查批准了。”

“这倒是!”于清风点点头，如果有严市长和郭立功这样身份的官员参与其中，事情的严重性、复杂性就要大很多。

沉吟一阵，于清风慎重地道：“我觉得，这件事背后一定隐藏着什么秘密，查清这件事，搞不好我们就能撬开北川这个巨大利益链条的一环。等到时机成熟，我们就可以将狮子县的问题一起解决。思文，你当过派出所所长，调查这个案子，你觉得应该从哪个地方入手?”

文欣去查过，但碰了钉子。一方面是因为一开始思路就错了，总想着在几个当事人身上打开突破口，却忘了这些人背景深，随便问问不起作用，问得深了又怕打草惊蛇。另一方面是因为文欣之前一直在机关工作，应对特殊情况缺乏经验。于清风一直想把李思文借来介入调查，李思文有基层警察工作经验，本人又有他人难以企及的敏捷思维和毅力，他天生就是这块料。在之前狮子县的一系列事件中，李思文已经证明了自己的能力。

李思文摸着下巴想了半天，这才对于清风说道：“于书记，这事表面看起来很难查，那是因为我们将目标直接锁定在许如勋和郭阳这些背景深厚的人身上。换个思路下手，或许有奇效，比如金公主。娱乐场所通常都有黑白背景，龙蛇混杂，我们得知这件事。也是因为这个，这也说明他们内部并非铁板一块!”

于清风皱着眉头道：“你想从金公主下手，怕是有难度。我们目前无权查看监控，就算他们配合，记录也会被人销毁。我们不可能从他们身上得到任何有用的东西。”

“于书记，我倒不这么认为。”李思文笑了笑说，“或许金公主的管理层是铁板一块，但里面的服务员呢？陪唱的小姐呢？她们都是金公主最底层的人，这些人不太可能事事站在金公主一边。我们可以和私底下跟郭阳、许如勋接触过的服务员、陪唱女孩接触一下……”

“还真是!”于清风一拍大腿，“思文出马果然不一样，之前金公主事件的消息我们也是从一个金公主常客那里听到的，但他并不清楚具体发生了什么事，也怪我大意了，幸亏你提醒!”

于清风拿起手机给文欣打电话，叫她出来跟李思文会合，两人一起去查线索。

金公主地处闹市，从外面看是一幢独立的三层楼。楼门前有一个保安亭，一个三十来岁穿着制服的保安昏昏欲睡，对进出的人根本就不搭理。

李思文先去路边的便利店买了一包二十块钱的硬盒玉溪，打开后自己先叼了一支，然后才慢慢走到保安亭。保安伏在台子上睡得正香，口水流了一摊。

李思文在玻璃窗上笃笃一阵敲，那保安一惊，身体弹了起来，见是个不认识的人，顿时有些着恼，问：“干什么?”

李思文笑着递了一支烟过去，又将打着火的火机伸过去，那保安脸色顿时缓和了些，接过烟凑到火机上点燃，抽了一口又问道：“你想应聘保安?”

通常进出的人可不会来保安亭，只有应聘保安的人才会来细问，刚好这几天物业在招聘。

李思文摇摇头道：“我不是来应聘保安的，我是跟客户吃饭经过这儿，有几个朋友晚上想乐一下，顺便过来问一问，金公主这里应该不错吧?”

那保安一听咧嘴就笑了，兴趣也来了，坐直了身体，比了比大拇指说道：“呵呵，你可算问对人了，我们北川的娱乐场所啊，要说金公主排第二，还没哪家敢排第一。你想玩什么乐子都有，好几个妈咪给我留了电话。这样吧，你给我留个电话，上班点儿过来，我让妈咪给你留好房间，再给你叫最漂亮的小姐，怎么样?”

李思文哈哈一笑，登时来了兴趣：“那敢情好，大哥，谢谢你。

不过我有个客户来得早，等不及晚上，你有没有好的，介绍一下？”

那保安一拍胸脯道：“没问题，很多小姐的电话也留给我了，介绍肯定没问题，不过呢……”

李思文知道他的意思，当即掏出一百块钱，连同刚买的那包烟一起放进窗口。那保安呵呵一笑，左右瞄了瞄，见没人，把烟和钱一把抓起来藏在下边。

李思文以前做过派出所所长，很清楚物业保安与娱乐场所的勾当，保安拉皮条，妈咪或者小姐给回扣，保安在有纠纷的时候给予相应的帮助。

这时，李思文话锋一变，凑近了些，低声神秘地问：“哎，大哥，这安不安全啊？我可听说金公主昨晚就出了事……”

那保安撇了撇嘴道：“昨晚是发生了点事，但与安全可扯不上边，先不说我们物业老板背景深，就说金公主的老板，那也是厉害人物，跟公安局都是通的，知道市公安局局长郭立功吗？”

说到这儿，那保安也把声音压低了，嘿嘿笑着说：“郭立功的儿子郭阳在金公主就有干股，我这么说，你明白了么？可别出去乱说啊，你知道就行。”

李思文“哦”了一声，点头道：“哦，难怪，关系这么硬啊，那我就放心了。大哥，我那客户特有钱，又特喜欢漂亮的，我听说郭阳他们来都喜欢叫一个女孩，叫什么……”

“秦妃丽！”

见李思文记不起名字苦思冥想的样子，那保安忍不住说了出来。

“对对对，就是秦妃丽。”李思文赶紧附和，终于套出一个有用的人名，在这个秦妃丽身上，或许可以找出点有用的线索。

那保安虽然说出这个名字，但脸上却有些难色：“这……昨晚的事情发生后，秦妃丽受了惊吓，郭少让她先避……避几天再说，如果想找她，可有些难……”

“一般姑娘我们还看不上呢，兄弟帮帮忙！”李思文又摸出一百块钱塞了过去，那保安捏了捏钱，迅速塞到下边藏了起来，拿出手机，一边翻电话簿，一边悄悄地说：“你别出去说啊，我这有她的电话号码，是我上次从杨真真那儿偷记下来的。听说秦妃丽是北川民族学院的学生，你可以打她电话私下联系，看她答不答应，不过……”

说到这儿，那保安又叮嘱了一句：“你可千万不能说是我给你的电话号码哦！”

李思文一口答应下来：“你放心，我绝不会说出去的，我朋友都是守规矩的生意人，多花钱无所谓，但绝对不会干违法的事……”

那保安跟李思文对视一眼，两人都“嘿嘿”一笑，各自心怀鬼胎。

从保安亭出来，拐了个弯，李思文见文欣正探头往这边看。

等他走过去后，文欣赶紧低声问他：“小李，问到什么没有？”

李思文扬了扬手，低声笑道：“有收获，可以确定，确实发生了斗殴事件，我从保安那儿还拿到了事发时出台小姐秦妃丽的电话号码……”

“真的？”文欣一愣，又欣喜又佩服，小李还真有些能耐，她之前来过这里，也问过保安，可是她不但没从保安那得到什么有用的信息，还差点被对方怀疑。不知道李思文用什么办法问出来的。

李思文指了指汽车，笑笑说：“车上说，先去个地方。”

文欣见李思文卖关子，哼哼着走了，上了车才嗔道：“你赶紧说吧，到底怎么回事？我们现在要去哪儿？”

李思文收起笑容，表情有些凝重，看着手机刚存下来的号码说：“我们先去北川民族学院，秦妃丽的号码是要到了，但我估计问不出什么来，但这个关键人物我们一定要拿下！”

“还是个学生？”文欣怔了怔，一边开车一边皱着眉头道：“现在的女孩儿啊，就是不知道自重，贪图物质享受，好好的书不念，干这事，要是给她父母家人知道了，得伤心成什么样!”

两人开车去了民族大学。文欣先找到了也在民族大学上学的表妹文静，一打听才知道，秦妃丽竟是校花，在学校的知名度颇高。文静在路上问了几个同学，就一路找到了正在校门口的秦妃丽。

李思文刚要上前，就见一辆黑色的奥迪轿车缓缓开来，停在秦妃丽身前。车里的人跟秦妃丽说了几句话，声音很低，李思文和文欣因为距离较远，什么都没听到。

秦妃丽神色有些犹豫，最后还是拉开车门坐了进去。

奥迪车调头时，李思文看到开车人是一个二十七八岁穿着浅色西服的男子，戴着墨镜，看穿着气质显然是个有身份的人。

李思文和文欣眼睁睁看着奥迪车带着女孩驶出视线。

第八章　贪心不足，吞下鱼饵连着钩

在赵晋的斡旋下，朱洪春空降北川担任北川市委书记。常委会上，朱洪春推波助澜，翻云覆雨，将市长严武德与郭立功玩弄于股掌之上。郭立功迫于压力，只能屈服，但最终方案还是由他控制的鹏程地产重组夏恒钢铁。虽然蛋糕失而复得，但郭立功却忧心忡忡，因为他知道，自己彻底暴露了，肯定被列入了纪委的黑名单。

北川市南门鹏程小区，在市政法委书记兼公安局长郭立功家的书房里坐了两个人，一老一少，老的是五十出头的郭立功，少的是个二十七八岁的男子，正是赵晋。

赵晋轻松地背靠沙发，跷着二郎腿，看着面无表情的郭立功，说："郭书记，事情你也知道，压下去，风平浪静，传出来，对大家都不好。我出现在这里，本身就是一种诚意。朱亮伤势不算严重，这是不幸中的万幸，想必郭书记也清楚，朱亮伤了，朱局长那里怎么也得有个交代。郭书记想息事宁人，又想保住你儿子，这件事情难办啊！"

面对赵晋的强势，郭立功没有慌乱，更没有丝毫要低头的意思。他淡淡地回答："不知道朱局长和赵公子要我郭某人给个怎样的交代？我有点不明白，赵公子能否说得明白些？"

赵晋嘿嘿一笑，说："郭书记说笑了，咱们明人不说暗话，我索性摊开了说。郭书记，我希望郭阳退出夏恒钢铁的收购重组项目！"

郭立功眼睛顿时眯了起来，心里犹如惊雷炸响，赵晋果然是冲着夏恒钢铁来的！

夏恒钢铁曾经是北川市最重要的国有企业之一，也曾辉煌，但最近几年业绩下滑。从去年开始，因为国内外经济形势改变，导致夏恒钢铁亏损加剧，整个钢铁市场下行，企业已经资不抵债，曾经的明星企业现在已经变成了政府的包袱。

夏恒钢铁下辖过万职工，市政府也不能说扔就扔，过万职工的生计不解决，就算夏恒钢铁想进入破产重组的程序都不行。

在这种时候，北川市的明星地产企业鹏程地产递出了一个重组计划，以接手夏恒钢铁全员职工为前提重组夏恒钢铁。

这个计划还称不上"收购"，是零条件接管，表面上看，鹏程地产是在替政府接盘。夏恒钢铁现有资产大约二十亿，但债务却高达四十亿，看起来，无论是谁家接手，都是个坑。

但知道底细的人却晓得，夏恒钢铁虽资不抵债，但夏恒钢铁的资产中并没有计算它所占的上千亩地皮。

之所以没计算这一块，原因很多，最主要的原因是，这块地是属于政府的。夏恒钢铁成立初期，市里将这块偏远土地批给了夏恒钢铁，在大建钢铁的年代修建了大批厂房住房，房子花了钱，生产设备花了钱，但地块没花钱。这部分用地一直是属于政府的，并没有明确手续划归夏恒钢铁。

当年成立夏恒钢铁的时候，选址较偏，最近几年北川发展太快，城市不断扩张，现在已经扩张到了夏恒钢铁附近。

城市扩张，必然带动人口产业发展，坐拥上千亩土地资源的夏恒钢铁，就成为了某些人眼中的肥肉。只要解决了夏恒钢铁的职工生计问题，再搞定政府关系，这块肥肉就是有心人的囊中之物。这块地皮的实际价值远比很多人表面估算的高得多……

郭立功此时很痛苦，儿子惹的祸让他措手不及，处处被动。朱亮不是他能动的人，此时跟他面谈的赵晋更是个了不得的狠角色。金公主发生了那件事，郭立功就清楚很难善了，没想到赵晋隔天就亲自登门，他郭立功几时被一个后生逼到这种地步？

虽说是他儿子惹出的这场祸事，但郭立功知道，背后离不开许家的推波助澜，要不然怎么会无巧不巧的，赵晋、朱亮和许如勋一起出现在金公主，如果不是朱亮确实受伤住院，搞不好郭立功就要怀疑赵晋几人是事先预谋好给他挖坑了。

郭阳一出事，坑的就是老爹郭立功。作为副厅级实权干部，郭立功背后也有背景，如果是平时，他完全可以不理会赵晋和朱亮，这是他为官多年的底气。可是这事出在这种关键时刻，影响还不小。更重要的是，赵晋显然已经摸清了他的底细，鹏程地产的老总明面上是魏中华，但实际最大的股东是隐形的郭阳，郭阳靠的是什么？还不是他这个老子！

徐建国走后，在北川，郭立功最忌惮的人就是市长严武德，严武德的妻弟许兴国是北川第二大房产商骏发地产的老板。两家都眼红夏恒钢铁的地皮，郭立功想拿下来，许兴国也想拿下来，在之前的较量中，郭立功略占上风。

市长严武德一直没插手这件事。郭立功则比较强硬，他不相信严武德会置之不理，不过因为考虑到严武德的态度，他才没有硬上，想找一个合适的时机试探一下严武德的态度。

鹏程地产一直在积极准备收购重组方案，并且已经准备完毕，正要提交市政府进行评估。只要郭立功这边利用政府关系疏通一下，加上方案的可行性，一旦政府会议通过，就能造成既定事实。

从双方谋取这块地皮的进度上看，鹏程地产无疑占了先机。

谁知形势突然逆转，赵晋借着儿子刺伤朱亮的事逼上门来，直接开口让他退出夏恒钢铁的收购重组，这是要他将到嘴的肥肉吐出来啊！

不答应吧，赵晋肯定会把这事捅到上头，且不说赵晋的父亲赵大海会怎么样，朱亮的父亲朱洪春肯定不会轻易罢手，换了是他郭立功的儿子被人打成那样，他能放过？

朱洪春是省城公安局长，兼着省公安厅副厅长，是郭立功名义上的上司，官大一级压死人，要给他小鞋穿不难。

当然，这事郭立功也可以置之不理，但官场有自己的规则，郭立功身在其中，当然要遵守，否则就会被踢出局，后果他承受不起。

要是答应，将夏恒钢铁即将到手的巨大利益拱手让人？郭立功想起来就觉得心疼，省里的风不是只有赵晋、朱亮他们才听得到，郭立功一样有所耳闻。

郭立功隐约听过关于赵晋的传闻，知道赵晋外表看着像个公子哥儿，但手段和见识可都是一等一的，换个毛头小子哪有与他平起平坐谈条件的资格。

犹豫半晌，郭立功抬头看着不慌不忙的赵晋道：“小……赵，我是政府干部，绝不会插手生意场上的事。我的家属个个都是遵纪守法的公民，不该碰的他们绝不会碰。至于夏恒钢铁的事，要是在我的职责范围之内，我会秉公办理！”

赵晋一愣，郭立功的话听起来像是打太极，推卸责任，但往细一想，其实郭立功已经向他隐晦地说明，他放弃夏恒钢铁了。

这个老狐狸！

说的比唱的还好听，还说不会插手生意场的事，不知道底细人的人肯定会被他这种“大义凛然”所蒙蔽。赵晋清楚得很，在北川市，郭立功就是个草头王，黑白通吃。

本来赵晋等人来北川最好的合作方其实是郭立功，强龙地头蛇的结合是最完美的。但郭立功胃口太大，心也黑，针插不进，水泼不进。赵晋曾经找人暗中试探过，被郭立功一口回绝了。

无奈之下，他才退而求其次和许兴国合作，机缘巧合，郭立功的儿子居然把朱亮给捅伤了，朱亮伤值得，如果用钱来折算的话，至少过亿。

郭立功退让得太爽快了，赵晋心念电转，莫不是这老家伙又在挖坑让他跳?

赵晋不信任郭立功，郭立功也不信任赵晋，两个人一番话中有话的谈话终于结束了，虽然郭立功退让了，但赵晋还是不踏实，他沉吟着又丢出了一颗“炸弹”。

“郭书记，差点忘了，我这有个消息要告诉你。我也是偶然听到的，你也别当真。我听说朱洪春朱局长即将调任北川任市委书记!”

“什么?”

赵晋的话如一道晴天霹雳在郭立功头上炸响，震得他心肝都颤抖起来。

以赵晋的身份，这个消息的可信性很高，假消息的概率几乎等于零，他老爹就是省委副书记。

如果这个消息是真的，毒，太毒了，好一招釜底抽薪，好一招敲山震虎。

赵晋这一手真可谓一石数鸟，狠辣无比。

郭立功脸上灰一阵白一阵。首先，徐建国的调离，市委书记职位是空缺的，郭立功最不想看到的是市长严武德被提升为市委书记，但他又想严武德上去，他就能顺理成章地成为代市长，踏上正厅之职。如果严武德不动的话，那他市长的职位就不会空缺出来，郭立功想跃过市长直接上市委书记，几乎不可能。

郭立功升迁的美梦彻底醒了。朱洪春空降市委书记，是对郭立功最大的震慑，有朱洪春压制，郭立功再有能耐也要忌惮三分。赵晋这是赤裸裸地炫耀，当面打郭立功的脸。

其次，夏恒钢铁是省市无数人盯着的香饽饽，郭立功表面退让，难保不会暗地里使绊子，有了朱洪春，郭立功敢动一下试试?

最后，朱洪春的升迁也是一招杀手锏，如果郭立功寸步不让，一旦朱洪春空降，等待他的将是市委书记的怒火，正好新账老账一起算。

比起赵晋的老神在在，郭立功就算心里有千种打算，也挡不住赵晋这一招。他心里明白，赵大海出手了，一出手就让他难以招架。

看来他还是低估了夏恒钢铁的巨大价值。

眼下郭立功最头疼的不是夏恒钢铁的问题，而是如何对待朱洪春，他是朱亮的父亲，朱亮跟他儿子有仇，朱洪春会善罢甘休吗?

郭立功没来由地从心底生出一丝怯意，形势比人强，他沉吟着是不是对赵晋服个软，又觉得在赵晋这个年轻人面前低头太掉面，开不了这个口。

赵晋此时笑嘻嘻站起来伸手道：“郭书记，我还有事要办，就不打扰你了。”

“在家吃个便饭吧?”郭立功顺口挽留。

赵晋哪里不知道这是句客套话，摇摇头道：“不了，有机会再来叨扰郭书记。”

市政府。

市长严武德正在开会，会议是由他主持的针对夏恒钢铁的研讨会，市政府原本准备出个具体方案后再汇报给市委书记，目前市委书记空缺，徐建国已经到省城赴任，市委书记的职权暂由严武德代理，直到新市委书记上任。

所以说，市政府的会议也算是直通车，会议的最终决定就是最终方案。

市政府官员有四个人，市长严武德，市政府秘书长蒋长安，分管经济的常务副市长方进云，分管工业的副市长邹大军。

其中邹大军算是最有发言权的，他是分管北川工业的副市长，夏恒钢铁在他分管范围内，他对夏恒钢铁的情况也最熟悉。

严武德也没多闲话，对邹大军摆手示意："大军，你说说目前的情况和方案。"

邹大军点点头，在开口之前先叹了一口气，这才说道："严市长，夏恒钢铁的情况，大家心里都清楚，钢铁市场下行，加上夏恒钢铁在同行业中技术和资金都不占优势，应对措施只有两个，一个是破产，一个是重组。"

严武德脸色凝重，沉吟片刻后问邹大军："你再讲讲这两个措施的利弊！"

"宣布破产当然是无奈之举，是下策。"邹大军脸色难看，"但如今夏恒钢铁是个烫手山芋，资不抵债，主要体现在现有设备落后陈旧，新产品缺乏竞争力，再加上万名职工这个巨大负担，因此没有哪家同类企业愿意并购重组。对于夏恒钢铁的重组，我们政府这边的意思是，零费用出让重组，前提是不得遣散任何一名员工，参与的企业必须接受夏恒钢铁的全部职员和债务，债务也可以实行分段分批式偿还，政府做指导。"

"现在有哪些企业有意向参与重组？"严武德问邹大军。

邹大军苦笑道："严市长，对于重组的企业，我们原来的准入门槛是，必须是同类型企业，对企业的资产规模和级别也有要求，企业资产必须达二十亿人民币以上。但自推出重组计划后，同类企业没有愿意参与重组的，倒是有几家民营地产企业递交了重组方案意向书。”

一听说是“地产企业”，严武德眉头一皱，沉声问道：“是哪些企业?”

邹大军看了看蒋长安和方进云，然后又瞄了瞄严武德，欲言又止。

严武德脸色一沉，声音也大了：“我们这是讨论会，是市政府的工作会议，我们都是政府官员，大道理我就不讲了，但该有的就得有，我一贯的工作方针就是不讲私情，公是公，私是私，不能混为一谈。邹副市长，你说!”

听市长连“邹副市长”都喊出来了，邹大军脸色一变，挺了挺身，坐直了，然后回答道：“是，严市长。递交重组意向书的有四家，全是地产企业，其中国有企业一家，民营企业三家，国有企业不是我们本省企业，三家民营的都是南江省的企业，其中一家因为资产总规模达不到二十亿被排除，另两家一个是鹏程地产，一个是骏发地产。鹏程地产的总资产规模是四十二亿，骏发地产的总资产规模是三十亿，资产是达标了，但不属于钢铁同类型企业……”

严武德沉吟着，这两家地产企业他是知道的，难怪邹大军说话有顾虑了，骏发地产是他老婆许慧兰的弟弟许兴国的企业，另一家鹏程地产老板魏中华听说跟市政法委书记郭立功关系密切，至于有没有关系，他也不确定，只是听说。

看来不是碍于他严武德就是碍于郭立功，难怪邹大军支支吾吾的。

严武德的手指在桌上轻轻叩动，想了想后才问邹大军：“没有同类型企业参与重组，其他类型企业参与重组也无妨，但必须要达到我们的两个要求，要解决钢铁职工的出路，毕竟我们亟待解决的是职工问题，不是夏恒钢铁能不能新生的问题，你说呢?”

“问题就在这儿!”邹大军双手一摊，一脸苦相地说：“地产企业无论规模多大，也不需要钢铁企业那么多一线员工，现在的企业都倾向于科技化，企业员工贵精不贵多。夏恒钢铁的问题不是一朝一夕形成的，是企业许多年来各方面问题积累起来的。根据骏发地产提交的重组方案，他们预计用三千万补偿员工，因为他们能吸收的员工大约只有百分之十，还有百分之九十的员工将被遣散，这三千万就是用来补偿百分之九十被遣散员工的。三千万也不是一次性补偿，他们的计划是分三个时段给予相应的补助，第一年每人补偿一千二百元，第二年补偿一千元，第三年补偿八百元，相当于第一年每月补偿一百元，第二年月补偿八十元，第三年月补偿六十元左右。鹏程地产提交的方案与骏发类似，区别是补偿金多出两千万，但要分五年兑现。”

严武德越听眉头皱得越紧，夏恒钢铁的问题每一届市长都头疼，他也不例外。现在这个年代，一百块钱能有什么作用，补偿还不是一次性的，这不是扯淡吗？

不同类型的企业参与重组，严武德不反对，但对夏恒钢铁过万员工的处理问题必须慎之又慎。刚刚提到的两个补偿方案分明就是儿戏，他几乎可以看到方案实施后会引发的恶性后果！

半晌，严武德才抬起头问邹大军：“大军，你的意见呢？”

邹大军嘿嘿一声干笑，瞄了瞄蒋长安和方进云，说：“严市长，我能有什么意见？这是大事，我只是将事情跟上级作个汇报，至于具体怎么处理，还得严市长你们来定！”

严武德眉头深锁，没再问邹大军，转而问蒋长安和方进云：“蒋秘书长，方副市长，你们有什么看法？”

蒋长安摇摇头苦笑道：“我们能怎么办？要我说，夏恒钢铁就是个不能碰的炸药桶麻烦堆，谁碰谁倒霉！”

严武德叹了口气，摆了摆手，又摇了摇头：“这个问题延后研究，就这样吧！”

邹大军又问了一句：“严市长，那骏发地产和鹏程地产的方案……”

“不靠谱!”严武德毫不犹豫地否定了，“他们如果真想重组夏恒钢铁，叫他们拿出个有诚意的方案。就这样吧，散会!”

“太阳当头照，花儿对我笑，小鸟说早早早，你为什么背上小书包……”

一大早，于清风出门上班，在小区门口看到一对母女，母亲在后边，女儿在前边，小女孩大约四五岁，背着个粉色的小书包在前边又跳又唱。

好有朝气的祖国小花朵。于清风爱怜地瞧着小女孩，又看了看天。

天空碧蓝，东边初升的太阳不刺眼，是个好天气。好天气有好心情，在看到小女孩的时候，于清风才感觉自己老了，这把老骨头不知道还能坚持几个年头，但愿不枉这一生。

距离李思文开始调查金公主娱乐城事件已经过去三天了，于清风今天没去市政大厅，而是去了财政局。

上班时间是八点半，他到财政局时刚八点过十分，他今天来是找局长雷树生的，但对方还没到，于清风就站在财政局大门口等着。

这一等足足等到九点四十三分，雷树生的丰田霸道才出现，保安赶紧跑出来鞠躬敬礼。于清风当即跟了过去，到停车场边上的大楼后门等着，那是雷树生的必经之路。

一会儿，雷树生摇摇晃晃地过来了，一身逼人的酒气，看到于清风在门口问道：“不是安排你在市政大厅那边值班吗，怎么来局里了?”

于清风微皱眉头，淡淡地道：“雷局长，我有事情跟你谈，先去办公室吧。”

雷树生有些不悦地问道：“有什么事？于副局长，你这样搞是不行的，工作要负责，要坚守岗位，没跟我打招呼，又没有我的调派，你怎么能随便离岗呢?”

于清风嘿嘿一笑，没有说话，与雷树生一起上楼到他办公室。

雷树生一进办公室就往真皮沙发上一躺，打电话叫人帮他冲一杯咖啡，做完这些后才瞧了瞧于清风，一撇嘴道：“于副局长，有什么事你说吧，在说之前我得提醒你一下，工作态度要端正，你现在是财政局的副局长，不能把你以前的散漫作风带到这里来！”

于清风哼了一声，说：“雷局长，你这话说得让人好笑，你安排我去市政大厅值班，我认真执行，何曾散漫不听调派了？反倒是财政局这边，你看看你，你身为局长，却没有以身作则，九点多快十点了才来上班，还半醉不醒地开车，有你这样的领导，难怪下属效仿了。我在门口等你来的这一个多小时，至少有二十六个财政局工作人员迟到。”

雷树生顿时跳了起来，满面怒色地冲着于清风吼道：“于清风，你是不是有点太自以为是了？我是局长，还是你是局长？别以为你是个副局长，告诉你，这是我的一亩三分地，在我这儿你就得按我的规矩做事，我喝酒开车，我上班迟到，关你什么事？你是公安局长还是纪委书记？轮得到你来纠风肃纪？”

于清风瞧着满嘴唾沫的雷树生，一脸平静地道：“真不好意思，雷局长，说了这一通，忘了跟你说正事了。我接到省委组织部通知，今天到纪委赴新履职，等下我会和省委市委组织部的同志一起到纪委赴职，走之前来和你交接一下工作。”

“什么？到纪委……”雷树生一愣，随即用难以置信的语气询问道，“你调纪委哪个部门？”

于清风淡淡地道：“不是哪个部门，而是新任北川市纪委书记！”

“那不可能，你扯吧你……”雷树生脱口而出，他当然不相信于清风的空口白话，他来财政局还不到一个月，就被擢升为市纪委书记？开国际玩笑！

“笃笃笃……”

办公室门响了，雷树生叫道：“进来!”

进来的人叫谢兰，刚才冲咖啡的也是她。

“什么事?”刚才于清风的话惹得雷树生很不爽，所以此时语气不善。

谢兰瞄了瞄平静的于清风，畏惧地低声道：“雷局，是……是市里发了通知，于……于副局长的调令，于副局长调任北川市委常委，市纪委书记……”

“什么?”

雷树生如遭晴天霹雳，是真的，雷树生心里浮想联翩，想起之前自己对于清风的态度，加上刚刚两人的谈话。都说新官上任三把火，新任纪委书记不会是盯上自己的财政局了吧?

雷树生想到这里，顿时打了个哆嗦，赶紧捧起茶几上的咖啡放到于清风面前，堆着笑容道：“于……于书记，这咖啡还是热的，趁热喝吧。”

他不相信于清风，但他的下属不会说假话。

把咖啡摆到于清风面前后，雷树生又冲谢兰一声吼：“你也是，怎么不早说?好了好了，赶紧出去上班做事!”

谢兰很委屈地出去了，她也才接到通知，怎么早说?

雷树生强颜欢笑，心里又惊又惧，无论如何他都想不到于清风会突然调去纪委。

这些日子在于清风面前，雷树生那叫一个肆无忌惮，虽然扯不上贪腐问题，但违反风纪确凿无疑。上班不守时，喝酒开车，下属纪律松散，这些都在纪委的稽查范围之内。

更让雷树生揪心的是，从于清风到财政局开始，他在于清风面前就表现得特别嚣张，这会不会成为自己的祸源?

让雷树生搞不懂的是，于清风明明是犯事被边缘化的人，怎么忽然又上纪委去了？

在于清风落魄，受他管辖的时候，雷树生压根儿没觉得财政局这些事是事。于清风忽然变成纪委书记了，这些原本他认为不是事的事忽然变得要命了！

雷树害怕这些小事会引发纪委对他的关注，小事也会生出大事，就算查不出别的问题，光眼下纪律松散的问题也够他喝一壶了。

这分明就是于清风版的无间道！

妈的，这么倒霉的事怎么就落在他雷树生头上了！

于清风冷眼瞧着前倨后恭的雷树生，把咖啡杯轻轻一推，淡淡地道："我不喝咖啡。雷局长，财政局上上下下这样的工作态度可不行。你是国家干部，财政局不是你的一亩三分地，也不是你家开的小卖部，你这种随心所欲的工作态度可不好啊！"

雷树生额头上顿时冒出汗来，他一边擦一边堆着笑脸说："呵呵，于……于书记，这……我马上改正，马上改正，我们财政局在纪律上的确有些松散，但大毛病没有，我马上严肃纠正……"

雷树生显然在避重就轻，于清风也没吱声，以他的经验判断，像雷树生这种官僚作风严重的人不可能没有其他问题，但纪委讲的是证据，不能捕风捉影。眼下雷树生出现的只是风纪问题，他于清风就只能给雷树生敲敲鼓，警示一下。

于清风沉吟了一下才说："我去市里报道了。雷局长，财政局纪律松散，希望你能彻底检查并改正这些问题，相关人员的检讨结果你递交一份文件送到纪委。很快纪委就会展开一次对全市所有机关单位的纠风肃纪行动。希望你能积极配合。"

"一定一定！"雷树生连连点头答应，但给于清风的感觉却是满满的敷衍！

出去的时候，雷树生说要开车送于清风，于清风看着他，雷树生一激灵，冷汗都冒出来了，赶紧闭嘴不提了。

公车私用也是违规的，雷树生忽然想起来，他平时干的事没几样是不违反纪律的，所谓习惯成自然，突然改正这些问题，事事都觉得别扭。

但眼下不注意是不行了。于清风突然上任，难道北川的天要变了？

李思文详细汇报了金公主事件的调查过程，在于清风的要求下，他回到了狮子县。

回去先到县委报个到，县里这几天气氛出奇得好，个个喜气洋洋春风满面的，李思文没说别的，市里的任命要下来了，也到了于清风收网的时候。

于清风调离后，县委书记职位一直悬空，前一天任命终于下来了，原县长兼副书记谢学会升任县委书记，原政法委书记陈正治任县委副书记，代县长。

没有意外的话，代县长走一次选举过场，就可以顺利成为县长了。因此，这个任命也就意味着陈正治的县长一职已经板上钉钉。

陈正治当然高兴，他一大早就到县委上班，跟谢学会聊了一会儿，办事员正在搬他和谢学会的办公室物品，谢学会搬到县委书记办公室，陈正治的物品则搬到县长办公室。

办公室的办公用具一件不动，换的只是谢学会和陈正治的私人用品。

陈正治坐在谢学会曾经坐过的办公椅上，心里百感交集，十几年了，做梦都想坐的位置如今终于坐上了，心中五味杂陈。

一会儿，李思文来报道。

陈正治“咳咳”两声，对李思文和颜悦色地道：“小李啊，去市里办的事情怎么样？”

李思文面有难色地回答："陈书记，在市里待了一个多星期，款子没要到，我想着再待下去也没用，所以就回来了。"

陈正治摆摆手，大度地说道："没事，那款子原本就难批，你去县委办准备准备，谢书记和我各自履任，等会儿市里有领导下来开会宣布。"

"好！"李思文点头答应，刚要出去。

"等等……"陈正治又招手叫住李思文，"要遵守规则，以后按职务称呼。"

李思文怔了一下才说了一声："是，陈……县长。"

陈正治脸上终于露出满足的表情，挥挥手："去准备吧，别误了事！"

是啊，今天可是两场任命一起宣布，县里同时宣布县委书记和县长任命，这在狮子县还真没有过。

人逢喜事精神爽，陈正治今天心情好，难得对眼中钉李思文也没发脾气。不过并不意味着他会放过李思文，他只等过了今天，找个机会狠狠收拾李思文，排除异己，顺他者昌，逆他者亡，这是他一贯的作风！

十点半，千盼万盼，市里领导终于到了，来的是市委副书记朱烈和市委组织部副部长谢光祥。

狮子县委一干领导依顺序一一握手，朱烈跟谢学会、陈正治握了握手说："等得急了吧？呵呵，先到会场吧，市里还有一位领导要来，不过要迟一些，我们进会场吧。"

陈正治一边走一边想，还有一位领导？

看朱烈和谢光祥的表情，陈正治估计后来那人的职位比他们低。市里没来一个正职领导，说明狮子县的地位不高，要是来的是市长严武德，或者组织部长洪光涛，那他们今天这个任命会就光彩了。

会议在县委办公楼最大的会议室召开，县里大大小小的干部基本都到场了，恭请朱烈和谢光详到主位，谢学会和陈正治依次在旁边的正副位坐下，端茶倒水的是县委办的几个女工作人员。

看看时间，陈正治笑吟吟地低声问谢学会："老谢……谢书记，呵呵，我看可以讲了吧？"

谢学会点点头，笑着对朱烈和谢光祥道："朱副书记，谢副部长，还是你们先开始吧！"

朱烈望了望谢光祥，点点头，说："那好，我先来吧。大家静一静，在今天的任命宣布之前，我还有个事要先说一下，市里还有一位领导，有请……"

所有人都诧异地顺着朱烈的手势往会议室大门的方向望去，只见门口站了好几个带枪的武警，门外人影绰绰，显然有不少，只是看不到。

陈正治突然一哆嗦，预感不妙。

门口的武警中走出来一个人，径直往会议室走来。

这个人不仅陈正治认识，在场的所有人都认识，而且相当熟悉，这个人居然是前狮子县县委书记，刚刚调到市财政局任副局长的于清风！

他怎么来了？

朱烈和谢光祥都站了起来，朱烈非常严肃地介绍于清风："我介绍一下，这位想必你们不陌生，但他的新职务你们肯定不知道，他就是北川市新任纪委书记于清风同志，有请于书记！"

别人什么感觉陈正治不知道，他此时感觉自己如遭雷击。不过到底纵横宦海多年，加上长期领导政法系统，他下意识伸手往腰间一摸，却摸了个空。

陈正治有佩枪的习惯，他作为县政法部门领导，曾经的县公安局长，枪法很不错，经常去县局指导公安干警练枪，可是他却摸空了。

今天是皆大欢喜的升职大会，他将手枪扔在办公室。

于清风一招手，十几名全副武装的干警迅速跑进会议室，其中四个武警直奔陈正治，两个人一左一右控制住他，一个人咔嚓一声给他上了手铐。

于清风沉着脸大声道："我宣布一下，经过市纪委调查，狮子县政法委书记陈正治涉嫌严重违法违纪，经市委审查批准，现对陈正治进行逮捕，执行双规。同时进行双规处理的还有常务副县长吴青云，狮子县酒神窖酒厂厂长钱克!"

几个武警在会议室中把吴青云和钱克也控制了起来，整个会议室一片寂静，只听得手铐声和呼呼呼地喘气声。

吴青云和钱克面如土色，在干警的挟持下如一摊烂泥般软了下去，站都站不稳。

只有陈正治仍然很"硬气"，他挣扎着冲于清风、朱烈、谢光祥等人叫道："我不服，我是狮子县政法委书记，是国家干部，你们无凭无据的凭什么抓我？这是你于清风公报私怨，是你对我的迫害。我不服，我要告你，我要告于清风!"

对于突然出现的于清风，狮子县所有干部都有种他是"从天而降"的感觉，尤其是陈正治，根本无法接受。于清风明明是"政治生命"被终结的人，怎么忽然摇身一变，成了北川市的纪委书记?

除非？想到于清风突然杀的这个回马枪，陈正治忽然明白了对手的策略，好一招以退为进，好一招一击必杀。于清风败走就是为了麻痹自己，当自己沾沾自喜，垂涎县长之位时，等待自己的却是双规。

这一次他陈正治栽得不冤!

如今的纪委比以往的纪委重要性大多了，不再是书记手下的附庸，而是直接受上级纪委管辖的独立部门，他们的领导从地方政府变为上级纪委，纪委书记的排名更靠前了，这是国家和党加强党风廉政建设态度的重要体现。

于清风对挣扎暴怒的陈正治平静地说："陈正治，是不是我公报私怨，你说了不算，逮捕你们是由上级领导审查核准后批准的。至于证据，你放心，会给你看的，若没有确凿的证据，我们纪委不会采取行动。我们不会冤枉一个好人，也绝不放过一个贪腐干部。"

说到这儿，于清风缓缓向在场的干部看去，说道："在此我也向在座各位说一句，希望你们能传承好的方面，杜绝歪风邪气。纪委对任何违反党风党纪的行为都零容忍，大家不要心存侥幸，这点请诸位务必谨记！"

陈正治、吴青云、钱克等人被现场双规极大地震慑了狮子县的官员。几天来，狮子县大街小巷大家津津乐道的都是这件事，在双规当天，甚至有百姓放鞭炮庆祝。

几天后，陆续有新任命下来，除谢学会任县委书记一职不变外，代县长一职由原狮子县纪委书记唐明华接任，李思文担任狮子县纪委书记，进入县委常委。

九月的天气凉快不了多少，李思文在小店买了一瓶冰冻矿泉水，一口气喝了一半，冰冰的感觉让浑身的燥热消退了些。

随着陈正治等人被双规，狮子县进入良性发展轨道，说明陈正治事件起了很大警示作用。吴青云和钱克很快交代了问题，两人都与陈正治有很深的牵连，但陈正治本人依然不松口，专案组无奈之下将他转移到异地，继续审查。狮子县恢复了蓝天。

李思文原本担心的连城集团投资终于全部到位，酒厂的改革进入深水区，看着干劲十足的酒厂职工，李思文脸上露出了笑容。

酒神窖酒厂重新焕发生机，李思文很感谢许连城董事长，他有意当面致谢许连城，没想到许连城已经出国考察了，归期未定。

李思文只好作罢，将心思投入到纪委的忙碌工作中。有唐明华指点支持，加上酒神窖的历练，李思文经过一段时间适应，终于将狮子县纪委的工作理出了头绪。

就在这时，他接到于清风的电话，要他马上动身去市里，看来又有紧急事情。

回宿舍途中，李思文一边猜于清风找自己有什么事，一边抹汗，这天实在太热。

宿舍在三楼，爬到三楼李思文又出了一身汗，他把矿泉水往胳膊下一夹，掏钥匙出来准备开门，怎料一抬头看到门口斜斜倚着一个人，似笑非笑，眉目如画，竟然是徐芷珊!

“徐……徐小……”

没等李思文叫出来，徐芷珊就打断了他的话：“打住，你叫我徐哥徐姐都行，不准叫徐小姐!”

李思文尴尬一笑，舔舔嘴，道：“徐……记者，你怎么来狮子县了？是有采访任务吗?”

无论是叫“徐姐”还是“徐哥”，李思文都不肯，明明一丫头总想占口头便宜，自己一大老爷们，叫她“姐”？还叫她“哥”？开玩笑!

上次她来狮子县的经过，李思文还历历在目。这次看到她，心里莫明冒出一股喜悦之情。

“怎么？我没有采访任务就不能来你们狮子县了?”

“当然不是。”李思文瞧着徐芷珊那花朵儿一般的脸蛋，赶紧回答，“欢迎，欢迎!”

“口是心非，欢迎两个字都说得这么勉强。”徐芷珊哼了哼，摊摊手道，“你让我继续在门口待着还是怎么的?”

“呃……我来开门，开门……”李思文脸一红，赶紧拿了钥匙上前开门。

房间相当简陋，但干净整洁。徐芷珊进屋后没坐，而是背着手四下参观。

李思文把喝了半瓶的矿泉水往桌子上一放，说：“我给你倒点水。”

开水瓶里没有水，没有茶叶，李思文找了半天，尴尬地笑道：“没水没茶叶，我还是去楼下给你买瓶饮料吧，你喝什么饮料？”

徐芷珊瞄了瞄他，顺手把他放在桌上那半瓶矿泉水拿过来，拧开盖喝了一口，说：“算了，上上下下地跑不累？将就你这瓶水喝吧。”

喝了一口后才抬头问李思文：“你没什么传染病吧？”

李思文多大方一个男人，此刻也给徐芷珊弄得一阵脸红，这年头，有几个人会喝别人喝过的水？尤其是一个漂亮姑娘，她这是什么意思？

他不傻，徐芷珊能当着面喝他喝过的水，如果说没有深意，显然说不通。

“嘿嘿……”李思文干笑着算是回应了“传染病”的话，然后又问道：“徐……记者，出差吗？”

徐芷珊叹了一口气，瞄着李思文的眼神黯淡了许多，说：“不是出差，心情不好，我请假了，专门来看你的。”

“……”李思文心一颤，又不自在起来。徐芷珊来看他？

徐芷珊眉头一皱，随即展颜笑了起来：“你这人还真不禁吓，跟你开玩笑呢，瞧你那胆儿，这么小的胆儿怎么做得了纪委书记？”

李思文松了一口气，抹了把汗水，说：“我不禁吓，徐记者，你……吃饭了没？去……去外边吃饭吧？”

徐芷珊还坐下了，淡淡地道：“我不饿，你别拿我当饭桶，除了吃饭就不能说点别的？”

李思文搓了搓手，又干笑两声。

徐芷珊望着他，脸色柔和了些：“上次你帮我挡了那一下，伤口好彻底了吗？我看看……”

李思文退了一步，摇手道：“没事没事，早就好了，早就好了。”

徐芷珊叹了口气，望着李思文的眼神似乎很无奈：“你……我又不是老虎，你怕我干什么？”

李思文又抹了一把汗，讪讪地道：“不是怕，不是怕，是有些意外。徐记者是来采访谢书记还是唐县长的？我这就带你去县里。袁丽萍，你还记得吧？那个漂漂亮亮的姑娘，我还安排她带你去，都是女的，又是认识的熟人，办事方便些……”

“都说了我不是公事出差，是请假休息，你什么意思吗？”徐芷珊生气了，站了起来，盯着李思文气呼呼地道，“你眼里就只有漂漂亮亮的下属，不用你介绍，我知道袁丽萍很漂亮，她是你女朋友吗？这么炫耀……”

李思文不禁苦笑：“这哪跟哪呀，我是说方便，既然你不是出差，那就不用找她了，你真是来散心的？”

徐芷珊无语，叹气道：“唉，我听说你聪明能干得很，当警察的时候破案如神，为什么我怎么看你怎么像木头。算了，不说这个，我来狮子县散心，你打算怎么安排？”

李思文一怔，有些为难地道：“这……于书记让我去市里，有要紧事，我还得马上赶市里去，要不……”

犹豫了一下补充道：“要不你去镇上我家里，我叫我妹妹请假陪你几天，鹰嘴镇那边有些风景不错的地方，玩几天，散散心挺好。”

徐芷珊小脸一板，站起来，一副立马要走的模样道：“那我还是走吧，才来就赶我走，待着也没意思。”

李思文一脸尴尬，赶紧堵在门口：“你明知道我不是那个意思！”

徐芷珊偏着头盯着他问：“那你是什么意思？”

李思文摊着手解释：“我有要紧事去北川市，是于书记通知我去的，公务。”

“哦，我知道了。”徐芷珊点着头道，“正事要紧，我正好有事要去北川，你就算给我做个临时向导，这没问题吧？”

李思文一愣，徐芷珊忽然要跟他一起去北川，临时向导没问题，但隐隐觉得这事有些不对劲，但到底哪里不对劲，又想不出来。

沉吟一阵，李思文才点头道：“也好，我去于书记那儿看看，如果在市里待的时间不长，你再跟我一起回来，我带你去看看狮子县的风景。狮子县有好多农牧果园区，看看园林风景，摘摘水果，也挺不错。”

“行，依你！”徐芷珊顿时笑靥如花，满口答应。

李思文出门最方便了，一个小背包就解决了，背包里装了一套洗漱用具和两身便服，徐芷珊连行李都没有，更方便。走的时候，徐芷珊伸手把那半瓶喝过的矿泉水拿在手中。

李思文心里又有些不自在，那瓶水是他喝过的，徐芷珊这么漂亮的姑娘，还是大城市来的，难道真的一点不讲究？

出去后，跟徐芷珊走在一起也让李思文有些扭捏，反倒是徐芷珊落落大方。

到车站买了票，离发车还有一个小时，徐芷珊买了两支冰淇淋，和李思文一起在候车室候车，这时，旁边几个司机的闲聊引起了两人的注意。

闲聊的大意是，狮子县抓了一批贪官后很多方面都比以前好了，又说起抓陈正治的李思文是某神秘部队的特级高手，等闲三五十个人近不了身，尤其是抓陈正治的时候，据说陈正治和下属数十人持枪拒捕，李思文单身一人在枪林弹雨中穿梭自如，毫发无损地拿下陈正治。

徐芷珊瞄了瞄吃着冰淇淋不作声的李思文，笑吟吟地问那个海吹的司机：“大哥，你认识李思文吗？他长什么样？真有那么厉害？”

几个司机一瞧这么漂亮的美女跟他们搭讪，兴致更高了，讲故事的那个司机更是拍着胸脯道：“见过，当然见过，李书记是有功夫的人，飞檐走壁，掌裂大石，一拳能打死一头水牛。你们还不知道吧，那陈正治也是警察出身，枪法如神，他带的那帮下属也是特警，都是以一顶十的厉害角色，不过有句话不是叫‘人外有人，天外有天’吗……”

李思文听得直皱眉，这些人也太能吹了，就差没说他身高一丈，腰围八尺，眼若铜铃了。抓捕陈正治那天他虽然在场，但啥事都没干。

当然，李思文这段时间在酒厂的工作，也确实查出不少钱克和陈正治等人的犯罪铁证，正因为证据确凿，加上于清风的精心布局，才有了对陈正治的雷霆一击。

之前于清风和李思文的暂时退让，终于收到了回报，这一击让狮子县的反腐风暴进入收官阶段。

扳倒陈正治很难，但是扳倒他之后，狮子县的反响也非常大，看来老百姓对这帮贪官污吏早已经恨得咬牙切齿了。李思文内心感慨万千，这段时间的经历让他收获满满，老百姓的赞誉让他深受鼓舞，同时，也感觉责任重大。他有预感，陈正治团伙的落幕不过是刚吹响的号角，真正的反腐风暴才刚刚开始……

狮子县的动静不过是北川市大变化的一角缩影，新任市委书记朱洪春到任后大刀阔斧地干了几件事，严抓治安环境，打击盗抢犯罪，推动经济发展。

郭立功有苦说不出，朱洪春这些举措看起来是在干实事，但其实是在“抓权”。朱洪春原本就是公安系统的人，他之前是省公安厅副厅长，兼省城公安局局长，北川的公安系统中有他扶持的得力干将。

郭立功本是个独断专横的人，眼里容不得沙子，大权一把抓。朱洪春来了之后，立刻分化了他的权力，原本与他关系不和的几个副职干部在朱洪春的暗中支持下逐渐活跃起来。

最主要的是，儿子郭阳跟朱亮的恩怨，朱洪春压根就没提过，对方就像彻底忘了一样，但深谙官场规则的郭立功心里清楚，他们之间过不去这个坎。

就在刚才，朱洪春的秘书发来紧急通知，要召开书记碰头会。

进了市委大楼小会议室后，郭立功发现几个熟悉的面孔都到了，抽着烟一脸冷硬的市长严武德，市委副书记朱烈，纪委书记于清风，市委副书记兼副市长刘金松。

郭立功一边和他们点头打招呼，一边走到自己的座位边坐下，在场的人中，他跟新任纪委书记于清风交情不深，而且于清风最近似乎盯上他了，因此看到他郭立功就觉得不痛快。

五分钟后，市委书记朱洪春到了，他长相清秀儒雅，中等身材，最显眼的是一双浓眉，让人印象深刻。坐到首位，摆摆手算是打招呼，端起茶杯先喝了两口茶，这才开讲："各位好，都到场了吧？那我也就不绕弯子，开门见山吧。"

"今天我要说的是夏恒钢铁的事，这件事的推进力度还不够，这个书记碰头会不算太正式，没有政府那边的分管副市长参与，只有刘副市长。我的意思是，对这件事，我们政府要给予支持，对于有意重组的相关企业要给予绿灯通行。我们等不起，钢铁厂的职工等不起，人心都是肉长的，谁都有儿女。若能让夏恒钢铁焕发青春，我们政府就算吃点儿亏，算得了什么？你们有什么想法就提出来，出了这个会议室，我希望大家不要在背后使绊子。我先表个态，对阻碍推进这件事的，决不姑息！"

朱洪春把话说得大义凛然，别人还有什么话说？再说你又是市委书记，是一把手，你心急火燎地跳出来给事情定性了，谁还敢明面反对？谁还能说个不字？

郭立功心里愤愤不平，同时心里凛然一惊，连朱洪春这个市委书记都不顾颜面，甘当马前卒，亲自下场，由此可见夏恒钢铁背后隐藏的巨大价值。

朱洪春才刚刚到任，屁股还没坐稳，就开始大力推动大型经济项目改制，这要冒多大风险，大家都心知肚明。

目前参与夏恒钢铁重组的企业只有两家比较合适，一个是骏发地产，另一个是鹏程地产。

在场的人都知道，骏发地产的老板许兴国是市长严武德的妻弟，而鹏程地产的魏中华则是郭立功控制的傀儡。换句话说，这两家公司的争夺其实就是市长严武德跟政法委书记郭立功的“斗争”。

会议室里安静下来，没有人说话。

大家都明白，这时候说话就等于摆明态度选边站队，你支持哪一个，就得罪了另一个，就算心里支持一方，现在也不会贸然开口说话，毕竟谁也不知道朱洪春的选择，当然没人愿意当这个出头鸟。

静了一阵，还是有人开口说话了，是市长严武德。

“没人说的话，我来说说吧。”严武德看了看众人，沉声道，“对于夏恒钢铁重组的决定我是支持的，不改革不重组，这个历史包袱就像一座大山一样压在我们头顶。穷则思变，改变是必需的，但让这两家地产企业参与重组，我不赞成!”

他的话顿时听得其他几个人讶异，骏发地产的实际控制人许兴国是严武德的妻弟，大家都认为他会替许兴国说话，怎么忽然反对了?

“哦，严市长，说说你的看法。”朱洪春倒是没什么表情，点点头示意严武德继续说。

朱洪春到任这半个多月，掐了不少政府工作的脖子，严武德好多工作被迫停滞。古时候都讲兵马未动，粮草先行，后勤特别重要，严武德推进的民生工程项目需要财政款项大力跟进，最近财政那边款子却断了。断了钱跟断了粮没区别，严武德三番五次追问财政局长雷树生，雷树生总推说没钱，拨款需要市委书记朱洪春签字。

严武德算是明白了，朱洪春是要掐他的脖子！

雷树生被于清风着实吓得够呛，朱洪春上任后一向他抛出橄榄枝，雷树生马上就贴了上来，有市委书记给他撑腰，于清风也奈何不了他。前提是他没有大问题被于清风逮着，仅仅是财政局上班纪律松散的问题，朱洪春在于清风那儿说了一下，给了雷树生一个口头警告，这事也就过去了。

雷树生从这次危机中看到了背靠大树的好处，所以越发铁了心跟紧朱洪春。财政局是市政府最紧密的下属机构，雷树生是严武德的直接下属，但雷树生阳奉阴违，把应该拨付给严武德的民生工程款项大部分压在手里，采取拖延缓付的策略。因为朱洪春的干预，严武德也奈何不了他，因此，严武德对朱洪春的强势有直观印象。

见朱洪春问，严武德吐了口气道："夏恒钢铁重组方案是好，但涉及上万职工的安排，这种情况最容易引发大问题。政府得谨慎处理，不然会引发轩然大波。两家参与重组的企业都是地产企业，毫无疑问，他们对过万钢铁员工没有能力消化，他们给的方案也是如此，仅消化十分之一员工，剩下的员工处理方案也有些虚，所以我不赞成！"

朱洪春点了点头，脸上依然没有表情，看了看其他人，又问道："大家还有没有别的意见？"

郭立功没吭声，瞄了一下刘金松。

刘金松一直在等郭立功的暗示，见他递眼色，当即说道："朱书记，我来说说吧。"

朱洪春又点点头："好，刘副书记，你说说看。"

因为是书记碰头会，所以朱洪春称呼刘金松为"副书记"，如果是市政府那边的工作会议，对刘金松的称呼就要改为"刘副市长"了。

刘金松声音洪亮，配合着手势，气势很足："我研究过这两家企业的方案，比较后，我觉得还是鹏程地产的计划可行性更高一些。吸收容纳十分之一的员工，这两家的条件相差不大，区别在对剩下员工的处理细节上，骏发地产的方案是三年三千元补贴。我在内部试探着问了一下，员工不只不满意，还很生气，这个方案很可能会引发很严重的后果。鹏程地产的方案则相对要好一些，他们的方案是每人五千元赔付，但限于资金压力，赔付时间是五年，每年一千。”

严武德一听就笑了：“这是在偷换概念啊，三千跟五千看起来有很大差别，但现在几千块钱管什么用？随便干点啥，一个月没有两三千收入？古人都知道授人以鱼不如授人以渔，过万钢铁员工要的是‘生计’，是长期生活来源，而不是临时补贴，三千也好，五千也好，都是不切实际的，都不靠谱！”

朱洪春摆摆手道：“严市长说得有道理，你的意思我明白了。你对两家企业的方案都不赞成，那我问严市长……”

说到这儿，朱洪春盯着严武德笑了笑，说道：“严市长，你有更好的选择吗？你有更好的方案吗？”

严武德一愣，沉默了半晌才摇头回答道：“没有。”

朱洪春一拍手，沉声道：“那不就得了？同志们，夏恒钢铁重组已经到了生死攸关的关键时刻，我们是眼睁睁看着一船人全部落水见死不救，还是从现在开始，尽我们所能，救一个是一个。根据夏恒钢铁递交的财务报表看，夏恒钢铁离申请破产已经没有多少时间了。北川市委、市政府必须做出决断。我看刘副书记的意见还行，就照这个方案进行吧，具体执行方案再开政府会议决定。嗯，就这样，散会！”

朱洪春倒是不拖泥带水，宣布散会后率先出了会议室。

郭立功怔在原地，儿子刺伤朱亮后他就一直头疼。朱洪春到北川赴职后，他就感觉到对方隐隐的敌意。赵晋明明跟他私底下摆明车马谈判过，夏恒钢铁会让给他们，所以他才没在朱洪春面前提由鹏程地产牵头重组的事，只由他的同盟刘金松象征性地提一下，估计朱洪春不会同意，郭立功也做好了倒向严武德那边的准备。

结果朱洪春竟首肯了鹏程地产，将原本抢过去的果实又亲手送到他手上，这是怎么回事？即便郭立功阅历过人，此刻也摸不着头脑。

刘金松等人出了会议室后向郭立功伸手道：“郭书记，恭喜！”

郭立功苦笑着摇摇头，正要说话，门外走进来一个人，是朱洪春的秘书刘旭。

“郭书记，朱书记请你到他办公室谈一谈。”刘旭走到郭立功面前说。

“哦……好，我马上过去。”郭立功心里一动，赶紧答应，站起身，边走边向刘金松摆摆手。

朱洪春找他谈什么？他忽然改变态度选择鹏程地产的背后到底隐藏着什么？这次谈话，或许将揭开这个谜。

在市委书记办公室门口停下，郭立功平复了一下心情才伸手轻轻敲了敲。

“请进！”

郭立功缓缓推开门，朱洪春一见他就满面笑容地迎了过来，热情地招呼他到沙发上坐下，吩咐刘旭：“泡我的碧螺春来！”

郭立功坐下没开口，他琢磨不透朱洪春的用意，按理说他们属于对立面，朱洪春又是市委书记，不可能无缘无故改变态度吧？

朱洪春哈哈一笑，说：“老郭，我请你来主要还是想听听你的意见，在会议室你可是金口难开啊！”

郭立功沉吟着道：“朱书记，我没弄清楚，朱书记怎么会同意这个方案……”

朱洪春摆摆手道：“老郭，呵呵，话不用说得太明，也不是我同意，我只是觉得刘副书记分析得不错，两相权衡，这个方案更好些，不是么?”

朱洪春到底是什么意思，郭立功不知道，但他把事推到刘金松身上，这一手玩得着实高。在会议室，包括严武德，都认为选择鹏程地产是刘金松的原因。

实际上，朱洪春绝对不是个会被别人左右的人，刘金松的话不过是合了他的心意而已。

这个方案如果出了什么问题，一定会推在刘金松头上，谁都清楚刘金松和郭立功的关系。

郭立功前段时间郁闷，读了《三国演义》，朱洪春玩的这一手像极了曹操杀吕布那场戏，吕布下邳兵败被擒，曹操问刘备，对吕布杀还是不杀。

吕布与刘备拜过把兄弟，觉得刘备会帮他说话，让曹操接纳他，但刘备却当场对曹操说：“公不见丁建阳、董卓之事乎?”

曹操当即下令处死吕布，吕布被骂“三姓家奴”，叛过丁建阳，叛过董卓，刘备的意思是说吕布也会背叛他们，今天虽然降了曹操，但他日未必不会反了曹操。

吕布没想到以仁义著称的刘备会阴他，临死前大骂刘备。

其实郭立功早就想过，曹操那种枭雄向来决杀果断，怎么处理问题，他心中早有决断，绝不会听别人说两句就改变想法，他问刘备，不过想把杀吕布的“责任”推到刘备身上而已，杀了吕布这个心头之患，却让刘备背了骂名。

刚刚这场“戏”，朱洪春像极了曹操，刘金松成了刘备，背了黑锅!

一旦刘金松出事，等于断了自己一条臂膀，真可谓一石三鸟。

好一个朱洪春!

他为什么会同意鹏程地产重组夏恒钢铁的方案？难道他对夏恒钢

铁的利益当真一点儿不动心，还是说自己以小人之心度君子之腹？

刘旭奉上茶，退了出去，朱洪春端了一杯对郭立功道："老郭，喝茶，这可是我藏了很久的东西，你尝尝。"

郭立功端了茶轻轻喝了一口，很烫，清香，他的心思压根儿不在这茶上，他在意的是朱洪春的葫芦里到底卖的什么药？

朱洪春瞟了一眼郭立功，笑笑道："老郭，你是不是还在担心郭阳刺伤我儿子的事？"

郭立功一愣，没想到朱洪春毫不在意地把话摆了出来，脸上没有丝毫异色。

朱洪春笑道："现在的年轻人啊，脾气大，戾气重，动不动就打架，我那儿子不懂事，让他长点教训未必不是好事。老郭，你也别在意，你我都是国家干部，是党员，不会公私不分。儿子们的闲事我没工夫理，我就想着怎么把工作上的事情处理好。夏恒钢铁的问题，还要老郭大力支持，刘金松虽然提了意见，但我不放心他的能力，这事要是有你的鼎力支持，我就放心了！"

朱洪春这一席话说完，郭立功先是迷茫，后恍然大悟。

原来朱洪春的用意在此，严武德摆个臭脸不同意两个方案，朱洪春原本想要跟严武德联手的想法破灭，无奈之下，只好退而求其次选他郭立功。政坛无死敌，这话果然透彻。

原本对立的两个人走到一起，全是因为利益两个字。

严武德不知道哪根筋不对，连他妻弟都不支持，把大好的形势放弃了，落到现在这步田地。怨不得朱洪春，也怨不得他郭立功，只能怨他严武德自己！

没想到事情还有峰回路转的时候，郭立功内心大喜。看来夏恒钢铁最终还是落到他手里了，没有人愿意放弃这么大一块蛋糕，朱洪春不能，他郭立功同样不能。

第九章　束手无策，柳暗花明有转机

新上任的北川市纪委书记于清风敏锐地感觉到，夏恒钢铁重组存在着重大利益输送。果不其然，在接下来的调查中，郭立功处处阻挠，办案人员处处碰壁。于清风打算绕开郭立功，从郭立功的儿子郭阳身上着手。线索指向金公主歌厅的头牌秦妃丽，她却离奇失踪。正当于清风束手无策时，突然柳暗花明，被双规的陈正治声称要交代问题，揭露北川市的重大黑幕。

北川市解放路一处高档住宅楼，秦妃丽穿着一套粉红色的睡衣，抱着硕大的布熊坐在床上发呆。

这是一套一百六十平的大公寓，装修奢华，高档家具、家用电器一应俱全，床前的排式大衣柜里挂满了名牌服饰，但秦妃丽并不开心。

出事后郭阳威胁她不准说话，但那个神秘的“晋少”替她把一切都挡了，为了阻止其他人追查，赵晋把她送到城区的豪华公寓住了下来。

赵晋对她很好，似乎是真的喜欢上她了。

秦妃丽是北川市人，父母都是普通职工，秦妃丽考上北川民族学院后，一开始还踏实上学，但到了大三，没忍住诱惑，被女同学拉下水，去金公主做“陪唱”小姐，一晚上有五六百块钱的小费，碰到大方的还会给她一两千。

秦妃丽一直守着最后一道防线，只陪唱不出台，就算只做单纯的陪唱小姐，一个月的收入也过万了，这是秦妃丽无论如何都想不到的。一旦过惯了花钱如流水的奢侈生活，她再也控制不住对物质追逐的脚步了！

秦妃丽在金公主遇到的大多是北川有钱有势的人，遇到郭阳后，郭阳一伙的强势让秦妃丽少接了许多客人，秦妃丽便有意避开郭阳等人，直到他们与赵晋、朱亮发生冲突。

秦妃丽也想有个有钱又帅的男朋友，但她遇到的要么是年纪大的，年轻的要么不帅，要么就是没钱，要么就是无脑的富二代，都不是她喜欢的类型。赵晋出现后，秦妃丽的芳心一下子就打开了。

赵晋年轻英俊，有钱，身份神秘，从那天晚上跟郭阳起冲突后，赵晋轻松帮她摆脱了郭阳的威胁。对郭阳，秦妃丽有一定了解，知道他父亲是北川市的政法系高官郭立功。这样的人她惹不起，也不敢惹，但在赵晋面前，郭阳竟不敢轻举妄为，这就是赵晋的能耐。

赵晋出面后，郭阳还给她偷偷送来十万块钱，说是赔偿她的精神损失。

要不是赵晋，秦妃丽可不相信郭阳会这么好心。

赵晋到底是什么人？为什么连郭阳都害怕他？

秦妃丽内心也有疑问。她虽然不清楚赵晋的背景，但秦妃丽对赵晋很有好感。自从那晚两人相见之后，赵晋就处处维护她，尽管秦妃丽觉得这里就像关金丝雀的鸟笼，但赵晋对秦妃丽一直彬彬有礼，没有为难她。

秦妃丽觉得这一切就像是做梦，特别不真实。

秦妃丽看着满屋的名牌服饰和名包发怔，梳妆台上放的那两个包，

李思文傻眼了，徐芷珊跟于清风怎么扯上亲戚了？

想想也有可能，上次徐芷珊到狮子县采访他，于清风还跟他说要好好接待徐芷珊，这么一想，他们还真可能是亲戚。

下班回到家里，于清风很恼火，最近几项行动都毫无进展，新任市委书记朱洪春虽表面支持他的工作，但背后却没一样支持他。不仅不支持，还有意无意阻挠他的工作。

朱洪春甚至替雷树生等人开脱，他的理由冠冕堂皇，也让于清风无可奈何。

他说，人无完人，是人，就没有十全十美的，都会犯错，只要不是原则性的大错误，就要抱着治病救人的态度，而不是一棍子打死。该严的时候要严，该松的时候要松，要张弛有度。

郭立功儿子郭阳的事情还没查出来，线索便断了，因为金公主娱乐城事件的关键人物秦妃丽突然不见了，正当于清风要彻查接走秦妃丽的那个陌生男子时，朱洪春来了。

紧跟着是朱洪春新官上任三把火，这三把火彻底盖住了于清风的纠风肃纪行动，全市反腐整风行动看似火爆，实则就是聋子的耳朵，纯粹就是摆设。

这一点看雷树生的态度就知道了，有了朱洪春，雷树生上班依然迟到早退，我行我素，财政局依然散漫，但于清风却动他不得。

因为朱洪春的态度，于清风针对陌生男子的调查举步维艰。因为于清风要配合朱洪春在市内展开严打，他抽不出多余的人手。

让他发觉不对劲儿的是，书记会上针对夏恒钢铁的议案。一个关系到上万人安置的重组方案，书记会上发言者寥寥无几。

严武德反对，但不坚决。郭立功应该发言的，却和其他人一样一声不吭。更夸张的是，刘金松漏洞百出的方案，居然获得了市委书记朱洪春的支持。是朱洪春真的关心夏恒钢铁职工的疾苦，还是另有用意？

北川的水很深，狮子县陈正治等人被双规并没有把背后隐蔽的势力引出来，至少目前陈正治还没有交代他的后台是谁，于清风不相信陈正治背后没有更大的人物。

理由很简单，陈正治能在于清风的步步紧逼和酒神窖酒厂发生一系列事件之后，依然稳坐政法委书记宝座，还更进一步，差点当上县长。背后要说没有人支持，根本说不过去。

从目前纪委掌握的钱克等人的供词中不难发现，有一根若有若无的线一直在陈正治等人背后操纵着他们。

新任市委书记朱洪春的立场不清楚，市长严武德还在摇摆，郭立功老谋深算，市委副书记朱烈对谁都是一脸笑容，刘金松左右逢源，市政府秘书长蒋长安弥勒佛笑里藏刀，是人是鬼分不清。于清风刚从狮子县上来，在北川市几乎没有任职经历，更谈不上人脉。北川市委领导中，他熟悉的只有组织部长洪光涛，是他的老上级，但是关系却已经恶化。

陈正治背后的人要查，金公主娱乐城事件也要查，夏恒钢铁也要查。再加上北川市委复杂的人际关系，于清风觉得自己掉入了一团乱麻中，千头万绪。他没有同伴，孤立无援。据他所知，最近整个南江省因为另一件事也是暗流涌动，远在省城的徐建国此时也是焦头烂额，自顾不暇。

不管怎么乱，还是要抽出一个线头，怎么找到这根破局的线呢？

就在于清风思考的时候，门铃响了，老伴朱凤春在厨房叫道：“老于，有人来了，去开门！”

于清风揉了揉太阳穴，脑子里生疼，一边揉一边起身去开门，估计来的是同小区的大妈。

一开门于清风就愣住了，门外站着一对年轻男女，男的是他约的李思文，女的是徐芷珊。

“哈哈！”于清风突然大笑起来，在李思文肩膀上狠狠拍了一掌，真是说曹操曹操到，这小子居然和徐芷珊一起来，这是什么情况？

趁着老伴朱凤春带徐芷珊去女儿房间，于清风才压低声音问李思文：“思文，你……跟小徐怎么一起来了？”

李思文的表情多少有些不自在，他讷讷地回答：“她说闷，从省城来狮子县散心。我刚接了您的电话，原本想安排人陪她，她不肯。就这样跟我一起来了。”

于清风眉头微皱，沉吟了一下才问李思文：“那你知道她家里的情况吗？”

李思文摇了摇头，低声道：“不知道，没问过。大城市的娇小姐吧，不过性格倒不娇，心其实挺好的。对了，她说跟于书记您是亲戚……”

于清风苦笑，没回答，转移话题道：“思文，狮子县这段时间反腐成果很不错，我看你也没什么太要紧的事，所以跟老谢打了个招呼，把你借调到市里来帮忙。”

“我猜也是这样。”李思文摸着下巴沉吟道，“于书记，明天上班的时候我跟你一起去单位看看资料，我还是负责暗中的工作吧。”

于清风是市纪委书记，摆在明处，李思文过来正好在暗处，明暗配合，相得益彰。

于清风家是两居室，女儿在省城念书，空下的房间自然就归徐芷珊了，李思文在客厅沙发睡。

这一晚，他跟于清风聊到深夜，于清风把北川市纪委的工作情况详细跟他说了。

李思文跟于清风申请把袁丽萍也调到市里给他帮忙，袁丽萍是把好手，心又细，个人能力也很强。

于清风一口应下来，把袁丽萍安排在文欣那里暂住，文欣家有空房间，老公是公安，在单位的时间远比在家多，袁丽萍住到她家没什么影响。

两人谈得起劲，徐芷珊跟朱凤春也家长里短地聊了一晚。李思文和于清风没料到徐芷珊这么漂亮的现代女性能跟朱凤春有共同话题。

第二天一大早，徐芷珊早早起来陪朱凤春去市场买菜，做早餐，忙里忙外。

早餐很丰盛，都是于清风和李思文喜欢的，朱凤春笑呵呵地赞道：“芷珊聪明漂亮又能干，现在的女孩儿还有几个会干家务的？思文，你命真好，这样的媳妇儿都能找到。我要有儿子，早就把芷珊抢来做儿媳妇了，怎么会便宜你哦！”

李思文脸一下子就红了，于清风闷头吃早餐不吭声，徐芷珊一直十分大方，笑吟吟地给朱凤春盛粥。

去市委的途中，于清风忽然没头没脑地说了一句：“芷珊好像喜欢你。”

李思文怔了怔，摇摇头道：“于书记，她是你家什么亲戚啊？我听老嫂子的话有点怪。”

“一个朋友的女儿，也不算什么亲戚，认识而已。”于清风笑了笑，顾左右而言他，“思文，你到单位后跟文欣去看资料，我先去市委参加一个会议。”

李思文点了点头，看于清风的脸色有些沉重，知道他压力大。北川市暗流涌动，新任市委书记很厉害，短短时间居然把几个向来意见不统一的市委常委给“统一”了。表面对于清风的纪委工作很支持，但实际上雷声大雨点小。

这与省纪委强调的纠风肃纪的大方向背道而驰。因为人之所以犯大错，也是从小问题开始的，小问题放松，小问题无所谓，自然会慢慢扩大，最终演变成藐视法律，走上犯罪道路。

所以中央纪委一直强调，作风纪律问题无大小之分，狠抓小问题，就等于堵住了违纪的漏洞，才能震慑党员干部，才能为国家为社会保驾护航。

作风纪律问题无小事，这是原则，都应该重视，否则会滋长歪风邪气。于清风明白这点，所以他不赞成朱洪春的观点。

到市委后，李思文去纪委办公室，于清风直接去了市委书记朱洪春那儿。

李思文到纪委办公室后遇见了刚好赶到的文欣和申永洪，两人带李思文进办公室详谈。文欣跟李思文比较熟悉，毕竟前几次查案时双方有过配合，因此文欣主动给他倒了水，一边向他介绍之前查金公主娱乐城事件的进展。

上次查秦妃丽的事没有结果，李思文就回了狮子县，他觉得要找突破口的话，还是得找秦妃丽。

李思文考虑一阵后让文欣给她表妹打电话，问一下秦妃丽最近的情况，文欣仔细询问了一番才挂了电话，然后对李思文道："思文，我妹妹说秦妃丽这段时间都没去学校，请了假，能请这么长的假，又没有什么特别的理由，肯定有很厉害的关系。会不会是郭阳?"

"不会是他!"李思文马上否定，"这件事除了我们关注之外，其他人兴趣不大。警告一下就够了，还没到要藏起来的地步，毕竟郭阳本性嚣张，背后又有他老子，他怎么可能会将秦妃丽放在眼里。当然，也可能是郭阳的父亲郭立功帮他儿子擦屁股，也只有郭立功这种层次的人才想得这么周全。无论如何，能让他们下如此功夫遮掩的事，本身就说明了事件的重要性。显然，这一切的背后有重大隐情。我有预感，揭开秦妃丽背后的秘密，我们就能从北川打开一个缺口。"

文欣偏着头想了一阵，也点头道："还真是藏得够深的，真相到底是什么？对了，差点忘了告诉你一个重要消息，那天在民族学院接走秦妃丽的车主查到了，那人叫赵晋，来自省城，是省委副书记赵大海的儿子。"

"什么?"李思文听到文欣的话，顿时眼前一亮，"这个赵晋看来是个关键人物，你说金公主娱乐城当晚，赵晋会不会也是当事人之一?如果是他藏起了秦妃丽，以他的背景能力，倒是完全没问题。"

文欣点头道："赵晋身份特殊，我们的调查难度很大，希望我们能尽快在北川破局。最近于书记愁得都吃不下饭了。嗯，思文，于书记说你有个女下属今天要住到我家，今天几时到?"

"下午。"李思文看了看表道，"时间还早，我给了她你的手机号码，到了直接跟你联系。我先去外边转转，看看能不能找到秦妃丽。"

文欣叹了口气："你去哪儿找？她又不在学校，偌大个北川市，你总不能公开身份去查吧？"

李思文笑笑道："世上无难事，只怕有心人。你老公不是公安局的吗，你让他帮忙悄悄查一下秦妃丽的家庭地址，秦妃丽就算不跟同学联系，也会跟家里人联系。"

"对啊，我怎么没想到?"文欣一拍大腿叫了起来，掏出手机就给他老公拨电话。

"娘子，今天可反常啊，从来不在工作时间给我打电话的人怎么给我打电话了？想我了啊?"

"呸!"文欣啐了一口，说，"少肉麻，赶紧给我办个事。"

"什么事啊？工资卡早交给你了，零用钱只有那么点，你不会还要我买什么东西吧?"

"少装可怜!"文欣打断老公装可怜，直接说道，"我有个事要你帮忙，你给我查一下民族学院学生秦妃丽的信息，查好了马上汇报，我等着!”

“这……不合适吧?”文欣老公语气发苦,嘀咕道,“我是干刑侦的,又不是管户籍的……”

“你查不查?”文欣没好气地道,“你干刑侦的不更好查吗?随便找个理由就查了,赶紧的,查好了汇报给我。你要不查,我们民政局见!”

“我靠,就这么个屁事还要跟我民政局见,你也太狠了吧,我查还不行吗?”三两下文欣老公就缴械投降了。

文欣把电话一挂,得意地瞧着李思文。

李思文比着大拇指赞道:“文姐霸气,教导有方啊!”

文欣老公办事效率很高,才十分钟电话就打回来了,文欣拿笔记下来后说:“今天表现不错,以后再接再厉。”

李思文拿了她记下的纸条笑着溜了,不打扰她跟老公甜言蜜语,也不要文欣陪他一起去。纪委事多,人手紧张。

秦妃丽是北川市人,家里除了父母外还有一个弟弟,父母都是夏恒钢铁的职工,父亲秦怀远,母亲江玉淑,弟弟秦方,今年高三,两姐弟念书,家庭所有开支都指望父母的薪水。夏恒钢铁陷入困境之后,一家人在生活上顿时变得窘迫起来。

秦家住在北川北面的老城区,在老城靠北面的村落,房屋老旧,马路窄小,路边的电线杆密集,上面各种线像蜘蛛网一样,路边时不时能看到随意堆放的垃圾,隔老远都能嗅到刺鼻的味道。

李思文找到村子再找就容易了,村子虽然脏乱差,但再乱的小巷子都有名字,每间房都有门牌号,一路寻过去没花什么工夫就找到了。

这是一栋两层楼的老旧平房,门很旧了,没有门铃,巷子里也没什么人。

“笃笃笃……”

李思文从门缝里看不到什么，伸手敲了敲。

一会儿就听到脚步声，门开了，出来的是一个十六七的少年，问道："你找谁?"

李思文一本正经地道："我是街道办社会工作部的，来查一下村里的人口情况，这是葫芦巷二十三号秦怀远家吧?"

"是，那是我爸。"少年一听是"公务员"，脸上的戒备就消失了，赶紧让开门请他进去。

少年是秦妃丽的弟弟秦方。

他没有多少社会阅历，对李思文的话没起一点儿疑心。

房子的面积不大，占地只有七十平左右，进屋就是客厅，右面是厢房，后面是厨房和卫生间，中间还有个小小的天井，户与户之间挨得太紧密，不得不设个小天井采光。

小客厅里物件家具摆放得很紧，斑驳的木电视柜上放着一台老式的彩电，看起来比秦方的年龄还大。

屋里东西摆得虽然多，但屋子很干净。

秦方虽然话少，但很懂礼貌，请李思文坐下后，又去给他泡了一杯茶。

"别客气。"李思文道了声谢，把文件夹和笔拿出来，来之前他可是准备过的。

秦方递了茶后坐在李思文对面，有些局促地道："我爸在村外路口摆摊修自行车，我妈去我姐那儿了，就……就我一个人在家……"

"没事，我跟你聊也是一样的，就是了解一下你们家的情况。"

李思文任派出所所长期间，经常进行各种明察暗访，所以对于各种询问有一套自己的方式，他随意拿笔写了几个字，然后抬头问秦方："小秦，你爸妈都是夏恒钢铁的职工吧?"

"是的，但钢铁厂效益不好，我爸妈几乎没有工作，厂里好几个月连生活补贴都没发了，我爸就在路口摆摊修自行车。我妈推车卖些水果零食，赚点家用。”秦方细声细气地回答。

秦方长得清秀，从他的样子可以想象秦妃丽的相貌肯定漂亮。

“嗯。”李思文一边记一边问，“你姐在民族学院念书吧？”

秦方点头回答：“是的，今年大三了。”

李思文又写了一行字，忽然抬头问：“听说你姐请假没上学，是生病了吗？生病了怎么不回家里啊？”

秦方一怔，犹豫了一下才回答道：“不是……生病，我姐打电话跟我妈说谈了个男朋友，她男朋友条件不错，买了一套准备结婚的房子，我姐住进去了，我妈今天一大早过去看我姐了。”

“我需要登记一下，你姐住在哪？万一以后村里要改造，拆迁虽然按房屋面积计算，但还要按住房人员补助……”李思文一边记一边继续套秦方的话。

秦方完全相信他是街道办的工作人员，老老实实地回答：“听妈说，我姐住在牡丹苑九栋26楼01房。”

关键的信息终于得到了，李思文认真记下，又东拉西扯地问了一些家庭情况后才站起身道：“好的，小秦，谢谢你的支持，我要去下一家了。”

“不客气。”秦方礼貌地把他送出去，在门口见李思文走向下一家才关门回屋看书。

当真是踏破铁鞋无觅处，得来全不费工夫。

和秦方的谈话，让李思文产生两个疑问：第一，秦妃丽的新住处是谁安排的？第二，他新交的男朋友是谁，会不会是他安排了秦妃丽藏起来的？

李思文脑海中闪过了那天在学校门口遇见的接秦妃丽的年轻男子，看来这人也是个关键人物。

牡丹苑是城中心的小区，虽然不是新区，但那里一直是北川最繁华的中心地带，牡丹苑小区的房价是北川最贵的。

“谁啊?”李思文按响门铃后，里面传来一个声音。

“我是小区物业管理处的，来登个记。”这是李思文早就想好的说辞。

“哦，请进。”

开门的女人有二十一二岁，皮肤白皙，眉清目秀，给人一种楚楚可怜的感觉，是秦妃丽。沙发上坐了个四十出头的女人，模样跟开门的女子有些像，生活的艰辛在她脸上刻下了沧桑的痕迹。

李思文手里拿着之前去秦方家时用的那个文件夹，在沙发上坐下来后说:“你是秦妃丽吗?”

那女子点了点头，盯着李思文看了一阵问道：“你真是物业管理处的？我昨天去开过业主会，物业管理处大大小小百来个员工我基本都见了，但好像没见过你哦!”

“秦小姐，我实话实说吧，我的确不是物业的，我是公安局的。”

李思文表情严肃，秦妃丽和她母亲一听到“公安局”几个字，脸色一变，但两人的表情截然不同，秦妃丽的母亲是奇怪，而秦妃丽则脸色苍白，似乎对“公安局”这三个字特别敏感。

秦妃丽咬着嘴唇有些局促，无意识地捏着手指，把手指都捏青了。

李思文看得出来，秦妃丽很紧张，应该是不想被母亲知道她偷偷到金公主娱乐城坐台。

“那……去书房谈吧。”秦妃丽说完又叮嘱母亲，“妈，你看会儿电视，等我们谈完事就去吃饭。”

“没事，你们谈吧。”江玉淑摆了摆手，看她的脸色，还是有点担心。

秦妃丽陪李思文进了书房，回身关了门。

李思文打量着书房，没急着问话，倒是秦妃丽忍不住低声问：“你……到底想要问什么？”

李思文一笑，说：“我想了解一下那晚在金公主娱乐城究竟发了什么事。其实我们已经了解了一些情况，只是想跟当时在场的人员证实一下。”

秦妃丽听了李思文的话，紧紧盯着他，之前局促的表情淡了，一脸嘲弄，说：“真的吗？既然你们都了解了，那就去跟相关人员证实吧，我吓坏了，什么都记不得了！”

李思文苦笑。秦妃丽是个聪明人，知道郭阳等人的背景，才会如此强硬。只要她守口如瓶，李思文也奈何不了她。

李思文看了看房间，转移话题：“秦小姐，这房子是在你名下吗？”

秦妃丽一怔，犹豫了一下才回答：“是我男朋友的，以后结婚用。”

“你男朋友是赵晋？”

李思文突然问道，根据于清风之前掌握的情况，那晚金公主娱乐城事件中，郭阳跟人起了冲突，但具体和谁冲突，什么原因起冲突，却不得而知。

事后当事人之一秦妃丽没有被郭阳纠缠，却被人藏起来了，加上他亲眼看到秦妃丽被人从民族学院接走，猜测她是被赵晋保护了起来。

秦妃丽不否认，但也没承认，情绪渐渐平稳下来，淡淡地道：“我男朋友是谁，我不说不违法吧？”

“不违法。”李思文笑笑道，“我就是随便问一下。金公主娱乐城那晚发生的事，秦妃丽小姐有义务跟我们坦承当时的状况。”

秦妃丽看出李思文底气不足，面无表情地道：“我说过了，我受到了惊吓，什么都不记得了！”

她不说不配合，只说不记得了，李思文还真拿她没办法，看来想从秦妃丽这里得到线索是行不通了。

李思文叹了一口气，从书桌的笔筒里取了一支圆珠笔，拿了张纸写了自己的电话号码，把纸推到秦妃丽面前：“秦小姐，金公主娱乐城事件背后牵扯重大，太具体的事情我没法跟你说，但是如果以后你愿意跟我说了，请随时打我电话。”

“好的。”秦妃丽随口答应下来，站起身道，“我还要陪我妈吃饭，就不送了！”

第十章　机关算尽，天网恢恢疏而不漏

陈正治交代了重要证据的隐藏地点，纪委干事袁丽萍在取证途中却遭遇车祸身亡，紧接着陈正治也离奇暴毙。两起命案背后的黑手正是郭立功，不过，他也因此被车祸杀人制造者蒋伟勒索，盛怒之下的郭立功杀人沉江。出人意料的是，心思缜密的袁丽萍在车祸发生之前，已将证据快递纪委。正所谓天网恢恢疏而不漏。

天黑了，李思文回到于清风家，在秦妃丽那里铩羽而归，让他的调查一下子进了死胡同。

敲了敲门，门开了，李思文意外地发现，开门的居然是袁丽萍。

袁丽萍身后是徐芷珊，两人一前一后，李思文怔了一下笑道："丽萍，你到了？"

袁丽萍关了门，陪着李思文进屋，一边走一边说："我中午就到了，于书记安排我到文欣姐家暂住。晚上于书记把大伙都叫来，一会儿他要给我们开个会。"

李思文进去的时候见小客厅里坐了不少人，其中一个他很熟悉，是已经转正的狮子县公安局长刘正东。

"刘局，你怎么来了？"

看到刘正东，李思文心里涌出一股热流，上前热情地握住他的手。

刘正东指了指一旁的于清风，笑道："我是国家的一块砖，哪里需要哪里搬!"

刘正东头发本来就白了大半，一段时间没见，他比当初苍老了许多。

"别看我头发白了，但是我干劲足!"刘正东看出李思文的担忧，笑呵呵地捏了捏拳头。

"思文，过来坐吧，坐下说。"于清风招手示意，介绍在座其他人。

基本上都是刘正东从狮子县带来的下属，李思文猜于清风接下来可能会有大行动。于清风刚到北川，原有的北川纪委人马大部分不熟，也可能怕打草惊蛇，才让刘正东带人过来。

袁丽萍和徐芷珊一起去厨房给朱凤春帮忙，客厅里全是男人。

李思文见于清风表情放松，忍不住问道："于书记，你……是不是有什么好消息要告诉我啊?"

于清风嘿嘿一声，说："你眼力倒是好。我也不瞒你，老刘来北川有一段时间了，我将他秘密调到北川查案子。他是公安系统的人，在某些方面比你去查有优势，你们查的不是同一个人，但却是同一件事，就是金公主娱乐城那起事件。"

李思文诧道："刘局他们也在查金公主娱乐城?"

于清风暗查郭立功为什么刻意掩饰金公主事件，实际上就是想通过查郭阳打开突破口。郭阳毕竟是郭立功的儿子，动静太大，容易引起郭立功的反弹。所以李思文等人才会这么费劲，总想着迂回调查，好不容易查到秦妃丽这个关键线索，又断了。

于清风脸色渐渐严肃起来，说道："根据我们收到的线报，金公主娱乐城地下有一层秘密场所，叫'红楼'，是不对外营业的。金公主的神秘大股东为了权钱交易特意打造了‘红楼’，能进入红楼的客人都是北川各级机关的实权人物。他们通过送钱，送女人，送股份等方法腐蚀机关官员，他们手中掌握着录像证据。这是一张隐藏在北川地下多年的黑网，只要被他们拉下水的官员，就只能跟他们绑在一起同生共死，不然录像证据丢出来，他们的仕途就完了！”

李思文听得心惊肉跳，艰难地咽了口唾沫，好半晌才吸了口气问：“于书记，这……经过查证了吗？这些都是真的？”

于清风点点头道：“以前就有过类似的举报，但举报人不是被迫害就是莫名消失，种种迹象表明，举报者的身份是被我们内部人员泄漏出去的，所以调查总是无疾而终。这个毒瘤不除，我们北川的发展就休想走上健康轨道。所以我才让老刘来市里协助我，老刘出手向来不落空，他还真查到不少线索。”

于清风说到这儿时，对刘正东道：“老刘，你说一说吧。”

“好。”刘正东端起茶杯喝了一口水，说：“我来了之后，就找市局的朋友帮忙，他有暗线是道上的，跟金公主内部人员走得很近，从他那儿得到不少可靠消息。从目前掌握的信息看，可以肯定，金公主背后的实际掌控者与北川市委高层有关，是不是郭立功还无法确认，还要进一步调查。”

李思文大吃一惊，如果不是于清风让他和刘正东兵分两路暗中调查，还真不知道金公主娱乐城居然是一座“魔窟”。难怪于清风一直盯着金公主娱乐城不放。

等李思文消化了这些信息，于清风才慢悠悠地道：“这段时间大家查案都遇到了不少阻力。表面看，咱们毫无进展，但腐败分子好比有缝的蛋，始终有苍蝇叮，比如今天中午发生的城管摊贩冲突。”

听于清风描述了具体事件，李思文才知道居然和秦妃丽一家有关。修车摊与城管起了冲突，本是一个不起眼的小事。但秦妃丽到场之后，一个电话就招来了副区长谢世杰，赔礼道歉不说，还赔偿。

秦妃丽哪来这么大能量？想到她与郭阳，与金公主娱乐城千丝万缕的关系，街道主任郑光发、城管大队队长傅德忠，副区长谢世杰都可能成为他们下一阶段的突破点，顺藤摸瓜就会有意外的收获。

事情就发生在他从秦妃丽那儿离开不久，真是可惜，要是他跟着秦妃丽，说不定就能亲眼见到这场冲突，或许可以从现场挖出什么重要线索。

看似一直没什么动静的于清风背后动作这么大，李思文又喜又忧，喜的是老领导果然不是吃素的，比他想得更周全，忧的是越接近真相越让他胆战心惊，北川这潭污水太深了，他担心领导和同事们的安危。

“都别说了，过来吃饭！”朱凤春端出一盆炖肉，叫于清风收拾桌子吃饭。

盆里装着一只两斤的大猪蹄，还有大豆、莲藕等，可谓色香味俱全。一端上来，原本聚精会神讨论的人们一下子被吸引了目光。

“好香啊！”李思文赶紧帮忙收拾桌子，让朱凤春把盆子放到桌子上，徐芷珊和袁丽萍端菜出来。

于清风赞道：“老婆子，你这手艺真是没得说了，炖猪蹄是我的最爱啊，好久没吃到了，今天可是沾了大伙儿的光了。”

朱凤春哼道：“少拍马屁，拍马屁也不会给你好脸色！”

于清风哈哈一笑，拿了筷子招呼众人：“都过来，坐下，坐下吃饭。人是铁饭是钢，一顿不吃饿得慌。”

这顿饭吃得其乐融融，饭后又谈了些事，一直到近十一点，刘正东才带人回住处休息，顺便把袁丽萍送到文欣那里。

等徐芷珊和朱凤春洗漱休息后，于清风叫住李思文，在客厅小声地说话。

“思文，明天你别去查秦妃丽了，我下午接到个秘密通知，这件事必须你亲自去办。”

“什么事?”李思文见于清风表情严肃，小声问。

“异地关押的陈正治突然提出要见你。自关押以来，他一直相当顽固，不开口不合作，审查人员也无计可施，忽然说要见你，也许是个机会!”

李思文一怔，诧道：“于书记，陈正治跟我水火不容，这次也是因为我在酒神窖酒厂挖出了他贪腐的证据，我就是他的眼中钉肉中刺，他怎么会见我?”

“你错了!”于清风一摆手道，“思文，你确实是他的眼中钉，是他倒台的原因，他恨你。但作为对手，你同样值得他尊敬。正因为如此，他比别人更了解你，如果他想要交代什么重要的事情，必定会选择他信得过的人。”

于清风一边说一边喝口茶，望着李思文，眼里满是欣赏，这个年轻正直又满腔热血的纪检干部是他一手培养出来的。

与李思文相比，自己虽然想继续发光发热，但毕竟年龄不饶人，只剩一缕夕阳红了，李思文可以继续完成他的工作。

一个连对手都尊敬和信任的人，无疑是成功的。

陈正治被双规后，一直异地关押审查，这是为了避免受到不必要的干扰。

长青市距离北川市两百公里，地理环境比北川好一些，地形相对平坦。为了方便办事，于清风特地给李思文派了一辆车。

北川到长青虽有高速，但有一大半高速路在山区，限速比较低，李思文开车用了差不多三个小时才到。

陈正治被安排在长青市检察机关一处临时看守处，由专门的纪检小组隔离审查。李思文出示了证件，登记，等检查小组领导确认签字后，工作人员才带他进入看守房。全程都有录像监控。

李思文跟工作人员进去的时候，一眼就看见了铁栅栏后的陈正治。他一脸憔悴，穿了一件普通的白色衬衫，额头上搭着一缕凌乱的头发。

从陈正治被双规到现在，没多长时间，但陈正治整个人像是老了二十岁。

工作人员打开门，李思文一脚跨了进去。屋里的陈设很简单，只有一张床和一些必备的洗漱用品，陈正治正站在小窗前，看着院外一棵梧桐树。

见到李思文，陈正治居然露出笑容，主动打招呼："你来了？"

"我来了！"李思文点点头，工作人员拿来两个椅子，退了出去，屋内有监控。

"坐吧，坐下说。"李思文指着椅子说。

陈正治坐下，望了望窗外那片窄小的院落，脸上露出向往，片刻后叹了口气转过头来，对李思文道："小……李，你没想到我会要求见你吧？"

"的确没想到。"李思文点点头。

陈正治露出一抹苦笑，说："小李，不得不承认，我低估了你，我没想到你真能在铜墙铁壁般的酒神窖硬生生打开一个缺口。我讨厌你，但你是个值得尊重的对手。墙倒众人推啊，风光的时候人家把你捧到天上，倒霉的时候，一个个都躲得远远的，生怕被我牵连。唉，到头来一切都是过眼云烟。"

"不过是邪不胜正而已！"李思文低喃一句，半晌才问他："你见我有什么话要说吗？"

陈正治笑了笑，笑容悲戚，"人呐，一辈子也就短短几十年，我们忙忙碌碌究竟是为了什么？有些人说是为了子孙后代，也有人认为人不为己，天诛地灭，活着就要拼命享受，对自己好。我算是明白了，挣再多的钱，死了也带不走一分。就说我吧，一家人，两口子加一个儿子，国家管吃管住，生病了有医疗保险，为什么总想着爬到更高的位置，贪更多的钱？贪了那么多钱还不敢用，生怕被人举报，整日活得提心吊胆，临到头还搭上了儿子的命，夫妻一起坐牢，到底图的是什么？”

李思文想了想才回答：“平平淡淡才是真，可惜很多人明白这个道理的时候已经晚了，世上没有后悔药啊！”

陈正治老眼模糊，唏嘘道：“人生有几痛，我都经历了，老无所依，老来丧子。我儿子死了，两口子都进了牢房。家里还扔下个八十二岁的老母亲，老人家辛辛苦苦抚养我成人，到老了却眼睁睁见我进了监狱。我不孝啊，我不孝啊！”

李思文默然，他理解陈正治此时的心情，从权力巅峰到身败名裂，眼下更是家破人亡，尽管陈正治如今的结局是他咎由自取，但不得不说，与李思文有很大关系。抓捕严文明，与陈正治正面交锋，调查酒神窖，抄陈正治的老窝，前些天，李思文成功让钱克彻底交代了他与陈正治官商勾结的经过，这才收集齐了给陈正治定罪的关键证据，给了他致命一击。

陈正治见李思文默然无语，摇头道：“小李，我现在这个样子，也没什么盼头了，心里唯一放不下的，就是对党对人民的愧疚。这次找你来，是有些心里话想跟你说。你和于书记身上都有一股正气，所以你们能披荆斩棘，我相信你们无论遇到什么困难，都能坚持正义，无所畏惧。”

听了陈正治的话，李思文感到压力很大，以陈正治多年担任政法委书记的经历，他要说的到底是什么秘密？

“你说吧，我和于书记有心理准备！”李思文浑身紧绷。

在狮子县，从陈正治家抄出来的财物数额巨大，一大半来源不明。

即便如此，从目前已经掌握的证据看，陈正治已然涉嫌严重违纪，等待他的将是法律的严厉制裁。

陈正治没有说话，双眼盯着墙壁出神，脸上的表情不断变化，显然他内心正在激烈斗争。

李思文没催他，安静地等着，他不想添油加醋，万一适得其反就不好了。

过了半晌，陈正治的心情慢慢平复下来，才开口说道："小李，你过来我跟你说。"

李思文也是干公安出身，眼见陈正治不时瞄着屋顶的监控，心里一下子就明白了。

陈正治虽被异地关押审查，纪检小组成员都不是北川市的，应该与北川和狮子县没关系，但，谁又能保准呢？

李思文凑近陈正治。

陈正治把嘴凑到李思文耳边极轻地说了几句话，然后就退了回去。

李思文坐回椅子思忖片刻，才对陈正治点头道："我知道了，以后找时间再来看你。"

陈正治点点头，站起身。

外面的看守人员打开门，等李思文出来后又锁上了。刚走了两步，突然一个长脸工作人员走过来表情严肃地问李思文："思文同志，陈正治跟你说了些什么？"

李思文无奈地摊摊手道："他就是折腾我玩呢，大老远叫我来，又什么都不肯说，看来他对我还真是恨之入骨啊！"

长脸工作人员一脸疑惑地盯着李思文。他们当然清楚，陈正治最恨的人就是李思文和于清风，没有这两人，他也不会身陷囹圄。但他不相信陈正治把李思文叫来就为了戏弄他，他的政治前途已经完了，这辈子都不可能活着离开监狱了，他还有什么心思和理由戏弄对手？

他附在李思文耳朵上就几秒钟，这么短的时间，他能说什么？

李思文离开后直接开车回了北川，在路上给袁丽萍打了个电话，安排她回狮子县一趟，电话中仔细交代了些事。

袁丽萍仔细询问了一下情况，马上开车回狮子县。

陈正治跟李思文说的关键内容只有一句：“陈村老家门前大槐树第二个枝丫上有个封口的树洞。”

陈正治没机会说更多内容，李思文知道他的意思，尽管对陈正治采取的是异地审查，但他显然不信任那专案小组，否则他和李思文的对话就不会这么谨慎了。

陈正治原本就是干政法的，纪委办案那一套他当然知道，有些人无孔不入，他不交代还安全，他要真的说了什么不该说的，某些人很可能就要对他下手了。

一想到陈正治对专案小组不信任，李思文心一跳，忽然想到一个问题，陈正治虽然是悄悄说的，专案小组根本不知道具体内容。但如果专案小组里有眼线，那他们的视线会不会转移到他身上？他离开看守所时，是不是已经在对方的监控下了。

李思文也是干过警察的，知道执法机关的能量，当时就冒出一身冷汗，他当即调整方向，直奔狮子县方向而去，他要去接应袁丽萍。

袁丽萍接到李思文的电话时正在于清风家，向于清风汇报完，马上出发。

徐芷珊正端了茶水过来，听袁丽萍说要回狮子县一趟，就想着自己闲着没事，打算跟她一起去。

袁丽萍瞄了瞄于清风，于清风沉吟了一下摇头道：“芷珊，算了吧，小袁是公干，你又不是纪委的工作人员，跟着不好。我们可没工资补助。”

徐芷珊嘟着嘴回答："不就是为了保密才不让我去的吗，我知道你们不信任我！"

于清风笑了笑，摆手不说话，这不是信任不信任的问题，徐芷珊到底是外人，他不想将她牵扯进来。

袁丽萍开车往狮子县赶，很是高兴，如果这趟真能拿到什么证物，或许能将陈正治背后的重要人物一网打尽，那可是了不得的大案！

市长严武德今天憋了一肚子火，他这个市长几乎成了摆设，他刚去见市委书记朱洪春，主要谈了市政府这边多项工作开展不了，一是财政拨款不及时，二是官员缺乏积极性。

严武德不相信背后没有朱洪春的影子。朱洪春性格强势，手腕更是让严武德瞠目结舌。因为政见不同，常委之间难免摩擦，不可能一团和气，朱洪春初来乍到，无论多强势，也不可能一到任就镇住其他人。

市委政法委书记郭立功在北川市政法系统工作多年，根基深厚，在北川一向强势，令严武德奇怪的是，郭立功居然主动向朱洪春靠拢。

在夏恒钢铁事件上，朱洪春明着听取大家意见，但暗中却支持郭立功的意见。常委会上，他严武德独木难支。

最令他气愤的是，下面市管机构的领导也对他阳奉阴违，也不说"不"，只是以各种理由"拖"，最典型的就要数财政局长雷树生。

问题反应到朱洪春那儿，他的回答让严武德记忆犹新："老严，我们做领导的不能总是把权力捏在自己手中不放，不能搞一言堂。我们要多听取下面的意见。你认为方案不行，不表示这方案就一定不行，要多给下面人一些机会。老严，你说是不是？"

严武德恼火得不行，朱洪春得了好处还卖乖。

在市委受朱洪春的气，回家还受老婆许慧兰的气。因为他不赞成妻弟许兴国的骏发地产参与夏恒钢铁重组，许兴国跟姐姐一说，许慧兰当时就把严武德骂了一顿，说他胳膊肘往外拐，你不帮也就算了，怎么还带头阻拦，白白让鹏程地产捡了便宜。

严武德也很无奈，骏发地产参与重组，他认为不妥，所以坚持己见，但对鹏程地产，他的态度是一样的。两家公司都不具备重组夏恒钢铁的能力。他本属意南方一家大型钢企的方案，一方面是企业功能对口，二是钢企能全面容纳原有企业员工，市里的压力相对会轻很多。

但奇怪的是，那家钢企只递交了初步意向方案，之后就消失了，打电话问对方也找不到高层，严武德很是惋惜。

正生闷气，秘书郑小川进来报告："严市长，邹副市长内线电话。"

严武德点了点头，顺手拿起办公桌上的电话："大军吗？是我，什么事？"

邹大军是分管工业的副市长，电话中他声音急促："严市长，夏恒钢铁重组是怎么回事？开会不是说得好好的吗，方案要全厂职工自愿签字，和谐处理吗？现在可好，鹏程地产单方面降低补偿金不说，还委派管理层全面接管夏恒钢铁。现在双方矛盾很大，这两天市公安局派了干警专门协助鹏程地产，我这边举报信一大摞，电话接不完……"

"真是瞎胡闹……"严武德火冒三丈，简直无法无天。鹏程地产的老总魏中华是郭立功的人，要说鹏程地产的举动背后没有人指使，根本不可能。郭立功做得太离谱了，万一闹出群体事件谁负责？

公安局去协助，怎么不跟他这个市长汇报？

"小川，备车，去夏恒钢铁。"严武德把电话啪一挂，大声吩咐他的秘书准备车。

夏恒钢铁是国企大厂，占地极广，只是这些年钢厂没落了，厂房住房都显得颇为陈旧，也没翻修。

钢铁厂附近原本有好多家餐厅，也都倒闭了，如今只剩一家，既经营餐馆，又兼营小卖铺，小卖铺右侧堆了几筐空酒瓶和饮料瓶。

原本人可罗雀的铺子今天来了不少钢厂职工。

郑小川开着车经过，因为路上人多，所以车速比较慢。

车是一辆普通大众，半新旧，也没什么人注意。严武德看着车窗外的人沉吟着道："小川……停车吧，我走过去，你找个地方把车停了再过来。"

郑小川答应一声，把车停下，等严武德下车后才去找停车的地方。

严市长下车后走入人群，也没人注意他，严武德的穿着很朴素，黑瘦，是那种走在路上看一眼就会忘记的类型。

钢铁厂的主干路上，到处是枯枝烂叶，没有人打扫，一片衰败破落的景象。

六七十年代初建时，政府特地划拨了大批土地给夏恒钢铁，为了方便长远规划，还把周边农地都征收了作为预备，所以这边农户很少，城区规划也没涉及这边。

严武德抬眼远眺，钢铁厂周边平整开阔，离城区不远，只有几公里，北川市这些年发展很快，一直没往这边延伸，就是因为钢铁厂。

严武德心中一动：新任市委书记朱洪春大力推出新区建设计划，他莫非想把中心转移到钢铁厂这边？

有可能，要不他怎么就同意了鹏程地产兼并重组夏恒钢铁的方案呢，如果把市政新规划中心放到这边，那……严武德瞬间想到这庞大计划中翻滚纷飞的钞票，这投入可不是几十亿上百亿。如果后期有合适的大项目，庞大的资金支撑，其他方面的配套设施会逐渐跟进，比如餐饮、金融服务、学校、商业购物中心、市政规划等等，这些投入加起来超过千亿。

“严……市长，您看……”

严武德望着远处出神，郑小川走过来轻声说。

钢铁厂的办公大楼处，至少有数百人围在大门前的空地上，有的嚷有的吵，还有举着标语的。严武德眼力不太好，跟郑小川走近了才看清，标语写的是“反对新管理层霸王条约，反对强权……”

这些人是钢铁厂的职工，钢铁厂门口起码有上百个身穿迷彩服的保安，个个手持钢管铁棍，虎视眈眈地盯着工人，这架势要是打起来，钢厂职工肯定吃亏。

见双方剑拔弩张的模样，严武德顿时吓了一跳，这样搞下去迟早要出大问题。不行，必须采取措施。严武德示意了一下，郑小川会意，就近找了个工人小声问他：“大哥，他们这么搞没人管么？怎么不报警？”

“报警？”那工人哼了哼说，“报警有用么？他们都是一伙的，早报警了，来了随便走个过场就撤了，还警告工人不准搞事，唉！”

严武德不禁皱眉恼道：“不像话！”

那工人瞄了瞄严武德，叹了口气说：“我看你岁数也不小了，就别跟着年轻人折腾了，这些人心狠手辣，真要伤了胳膊腿儿的就麻烦了。”

“谢谢！”严武德谢了一声，与郑小川走到树荫后边，对郑小川道：“小川，你打电话报警试试。”

郑小川点点头，掏出手机拨了110，电话通后，110总台调度员按惯例问了情况和地址，登记了联系方法。

报警后，严武德和郑小川等了近一个小时都没见警员到场。

郑小川低声问严武德：“严市长，要不要再打个电话问一问？”

“问什么?”严武德沉声道，“无法无天了，这是严重渎职，先回去，回去想想怎么跟朱书记谈!”

李思文开车急奔狮子县，之前他联系袁丽萍时没想那么多，下意识认为他们做得很保密。经过一番思忖，李思文发现漏洞很多。首先，他无法保证陈正治的话是真的。其次，他不敢保证自己给袁丽萍打电话有没有被人监听。以执法机关的技术，窃听电话和拦截短信内容完全不是问题。

更重要的是，无论陈正治的话是真是假，他第一时间给袁丽萍打电话的举动透露出一个关键信息，那就是李思文掌握了一些东西。

一旦检查小组内部被人渗透的话……

袁丽萍很危险！李思文的冷汗不停地往外冒，他简直不敢再往下想了。

进入狮子县境内李思文又拨了袁丽萍的手机，电话通了却始终没人接。但愿是袁丽萍开了静音，没听到。

快到狮子县城的高速上，隧道和桥比较多，在一个弯道处，李思文看到反方向车道堵了，上桥的地方，一辆大货车打横停着，桥边的护栏被撞坏了个大口子，有警察在，应该是有辆车跟货车相撞后掉下桥了。

出车祸了。

李思文没停车，反而加快了速度，不过没走多远，他就接到于清风打来的电话。

“于书记，我安排袁丽萍去狮子县办事，我不放心，正去狮子县接应她。您有什么事?”

于清风声音低沉：“思文，小袁出事了。我得到消息，袁丽萍在高速路上被一辆货车撞了，你路过那儿没有?”

“什么？”李思文吃了一惊，声音都抖了起来。

于清风又说道：“你去察看一下，尽一切可能保证小袁的安全。你自己也要注意，有任何情况随时和我联系。”

李思文马上靠边停车，下车往回走，他离发生车祸的地方只有两三百米。

走到车祸发生处，李思文从隔离带翻了过去，有警察过来拦他：“这里不能进！”

看警车车牌李思文就知道他们是狮子县的交警，掏出工作证说：“我是狮子县纪委书记李思文，这儿是什么情况？”

那交警一怔，心想纪委跟他们交通警察没有直接关系吧？不过总归是领导，他没再阻拦，一边叫领导过来，一边跟李思文汇报：“出了车祸，一辆小车超车的时候，大货车偏行占道与小车撞了，大货车打横，小车掉下桥了，我们正调吊车过来救援。”

过来的交警领导是狮子县交警大队的副队长，认得李思文，过来问他：“李书记，你怎么来了？”

李思文眉头紧锁，一边往边上走，一边回答：“我刚好路过，接到消息说我的下属，也就是县委办公室的袁丽萍在回北川的高速路上出了车祸，下车过来看一看。现在是什么情况？”

副队长回答：“李书记，掉下去的车是辆狮子县牌照的白色雪佛兰迈锐宝，掉在桥下二十米高的岩石河道交界处，一半入水一半在岩石上，车子损毁严重，车里只有一个二十来岁的女人，已经……已经没有生命迹象！”

扶着撞破的护栏，李思文听了他的话身子一颤，副队长赶紧拉着他往后一扯，急道：“李书记，小心！”

袁丽萍的车就是白色的迈锐宝，不过他怎么也不愿意相信袁丽萍真的出事了，他急喘了几口气后又问：“车牌号是多少？”

但愿不是袁丽萍！

但事实是残酷的，副队长回答的车牌号跟袁丽萍的一样，车祸车辆就是她的车！

瞬间，李思文感觉天都黑了，脑子里跟炸开似的，嗡嗡响。

李思文心如刀绞，夹杂着浓浓的悔恨，为什么要给袁丽萍打电话？为什么不自己开车回狮子县？

李思文无力地坐倒在地，深深地自责。

副队长见李思文坐的地方离撞烂的缺口有一两米，没有掉下去的危险，这才松了口气，又劝了一句："李书记，你还是过来吧，等会儿吊车就要来了，我们得把救援现场的障碍清除……"

李思文点点头，扶着护栏站了起来，慢慢走开了些，向跟着他的副队长挥了挥手："你去忙吧，别管我！"

等人走开后，李思文才拭了拭泪水，回想跟袁丽萍相识的经过。他才到县委办，县委办的人对他都不看好，也不热情，只有袁丽萍认认真真帮他做事。

袁丽萍长得漂亮，做事实在，性格泼辣，一直是李思文最喜欢、最得力的下属，两人之间的感情甚至比亲兄妹还要好。

如果可能，他愿意拿自己的生命换回袁丽萍的生命，可惜事实已经无法改变。

一会儿，副队长又过来跟李思文说："李书记，这个区域没有监控，涉事的大货车司机还在现场，等会儿我们会带他回局里询问，既然是……县里的干部，是不是要走个程序？"

他一说，李思文忽然就醒悟过来，袁丽萍早不出事晚不出事，偏偏在她去取证据的时候出了事，肯定有问题！

"那个司机呢？我要见他！"李思文一下子跳了起来，如果车祸是阴谋的话，那个司机肯定有问题。袁丽萍是在车祸中掉下桥的，不知道她去陈正治老家拿到的东西还在不在？

出事地点偏偏在没有监控的位置，难道真的是巧合吗？

糊涂！

李思文强压心中的悲痛，打起精神前往现场，他以前干的就是警察，勘察现场他在行。

现在还没有刑侦警察过来，报案定的是“车祸”，既然是车祸，刑警大队、侦破组都不会来，由交通大队负责。

李思文虽不是警察，但他是县纪委书记，还是县委常委，副队长可不敢跟他较劲，一边配合一边向上级报告。他很清楚，别说是他，就算是县局正副局长、党委书记来了，也得配合李书记。

现场颇为惨烈，从桥头下到河沟很麻烦，因为这一带是峡谷山沟，边上很陡。李思文在桥上看着下边不算高，只有十几米，但就近下不去，必须绕到远处从缓坡下去，得绕很长的路。

救援车很快到了。

李思文要跟救援人员一起下去，副队长拦也拦不住，他不是不让李思文下去察看现场，而是担心领导受伤。

李思文麻利熟练的动作让他放了心，他不知道李思文当过兵，做过警察，干过派出所所长，要知道，他也不拦了。

河沟边山石林立，白色的迈锐宝损毁得不像样，一半扎在河水里。

李思文靠近后用石块砸碎已经开裂的车窗玻璃，从副驾看进去，只看了一眼，眼睛瞬间就模糊了，心都碎了。

是袁丽萍！

车头坠地，驾驶位严重变形，地面的石头透车而入，戳穿了袁丽萍的身体。

这么长时间了，即使从车窗外也能判断袁丽萍已经没有生命迹象了。可李思文不甘心，红着眼睛爬进去查看。

袁丽萍脸很白，身体虽然到处是血，但脸上却出奇地没有沾上血，鼻息已经没有了，肌肤冰凉。

安全带卡死了，李思文想把袁丽萍抱出来，却做不到，越是如此，他内心越自责，自己为什么要打那通电话！

“李书记，还是由救援队来吧……”副队长下来劝李思文。

李思文退出来坐到边上喘气，救援队用铁索钩子固定了车子，由吊车吊上桥。

上桥后，现场的警察封锁了半边公路，李思文与副队长同时进入车里，副队长是查看车里的损毁情况，李思文则是查看有没有他人进去过，有没有重要的东西。如果袁丽萍去过陈正治老家的话，肯定会留下东西。

车里一片狼藉，李思文还是发现了不正常的地方。袁丽萍是女孩子，女人去哪儿都会带个包，他在车里找了两遍也没看到袁丽萍的包。

有人进过袁丽萍的车，拿走了她的包，如果是这样的话就麻烦了，陈正治老家的东西很可能被人拿走了。

紧赶慢赶，还是来迟了一步，李思文恨不得把那人挖出来吃他的肉喝他的血。

副队长出了车摇了摇头，表示这就是一起普通的车祸。

李思文刚要退出车，忽然发现了一个奇怪的地方，她的身体卡在车里，得切割车体后才能取出来，奇怪的是她的双手，其中一只紧抓着方向盘，另一只手却握成拳。

李思文心里一动，钻进去把袁丽萍握拳的左手打开。袁丽萍的手捏得很紧，他费了点劲儿才扳开。

她手心里有一行阿拉伯数字，李思文屏住呼吸仔细辨认，数字一共有十二位，他把数字用手机拍了下来。

出来后李思文坐在路边沉思，副队长又过来安慰他：“李书记，她……是李书记的下属吧？唉，没办法啊，这路弯道急，那货车司机……”

李思文忽然抬头问：“你通知县刑侦大队，货车司机要控制起来。这不是普通的车祸，而是人为的凶杀案！”

“什么……”副队长一愣，他在现场看了半天也没看出这是凶杀案，明摆着就是一场车祸嘛，谁会无缘无故撞死个公务员啊？

但李思文的表情不容他置疑，沉吟一下他马上掏出手机向上级汇报情况，并把李思文的要求也一并上报，该怎么做是领导的事。

县刑侦队的人过来已经是二十分钟后了，李思文认得带队的人，是刑侦队队长黄友朋，也是刘正东重点培养的人才。

李思文把他的猜测跟黄友朋说了，把陈正治交代问题的事也跟他说了，这人是刘正东信得过的，让他查一查这条线也许会有意外的收获。

黄友朋仔细检查了车内的情况和现场后，点点头对李思文说：“李书记，我跟你的看法一样，我也觉得这是一场有预谋的凶杀案，具体情况等回去尸检后再向您汇报。”

“拜托了！”李思文红着眼用力握了一下黄友朋的手。

夜晚，于清风家。

从不喝酒的李思文喝了酒，在场的除了于清风和老婆朱凤春外，还有徐芷珊。

于清风默默陪着李思文喝了两大杯二锅头，朱凤春想劝又开不了口，叹了一声又去厨房炒了两个小菜，端出来劝道：“不能光喝酒，吃点菜。”

桌上的菜几乎都没动，徐芷珊担心地坐在李思文旁边，见他又倒了一杯酒，忍不住了，用手一拦，把他的酒杯夺了：“思文，我不是劝你，我知道你心里难受。我虽然跟小袁姐没有太深的交情，但我知道她是个好姑娘，是个好下属。出了这样的事，你自责有什么用？你颓废反而中了那些人的计，他们就想你一蹶不振呢。你要想告慰小袁姐的在天之灵，就要想办法替她报仇。你得打起精神来，把凶手抓出来，那才对得起小袁姐！”

李思文已经喝醉了，听了徐芷珊的话，忍不住一把搂着徐芷珊号啕大哭起来。

徐芷珊搂着他的头，轻轻抚摸着李思文的头发安慰他：“哭出来就好，哭出来就好，你压抑得太久了，会憋坏的。”

徐芷珊一边安慰，自己一边掉眼泪。

朱凤春偷偷扭了一把于清风，瞪了他一眼，示意他跟她出去。

于清风领会朱凤春的意思，跟着老婆子悄悄出了门，到楼下花坛边坐下，月光皎洁，凉风习习。

于清风叹了口气，悄悄问朱凤春：“老婆子，思文不知道芷珊家里的情况吧？”

“不知道，思文这小伙子工作能力是强，脑子也聪明，但在感情上却是根木头！”朱凤春摇摇头，“芷珊明显是为了他来的，他却一点也不明白，成天就只知道工作。跟你一个样，男人啊，都不是好东西！”

于清风苦了脸，道：“老婆子，我也没得罪你，连我一块儿骂啊！”

说笑归说笑，于清风可轻松不起来，眼下形势严峻得很，对手敢朝袁丽萍下死手，说明对方不但穷凶极恶，而且不顾一切了，他们已经快接近真相了，才会逼得对方铤而走险。

李思文醒过来时，入眼光亮耀眼。

“醒了？来，喝杯清水醒醒神，再去洗洗脸。我熬了粥，婶子说喝醉酒的人喝粥最好。”徐芷珊端了杯清水递了过来，一脸关切。

李思文接过水喝了一大口，还真是口干舌燥，骨嘟嘟把一杯清水喝下了肚，然后问徐芷珊：“几点了？我睡了多久？”

徐芷珊道：“十点半了，你安心休息就是，于叔说了，你是他借调来的，不需要坐班。他把任务交给我了，说你什么时候心情平静下来什么时候上班。我看你怎么也得休息几天。”

李思文把手一摆：“休息什么，我马上就出去。”

徐芷珊脸一沉，说：“那可不行，于叔说了不能让你出去。心情没恢复好，你能工作得好？别把情绪带到工作上去，那样只会适得其反。小袁姐的事，大家跟你的心情一样。”

一提到袁丽萍，李思文又沉默起来，徐芷珊顿时后悔不该提袁丽萍的名字。

“去洗洗脸吧，我给你盛粥。”徐芷珊赶紧岔开话题，去厨房把晾好的粥端了过来，还有几碟凉菜。

洗脸的时候，李思文看着自己的手，心里忽然一震，想到一件事，赶紧洗了手，胡乱擦了把脸回了客厅。

徐芷珊把盛好的粥递到他面前说：“喝粥吧，正好，不烫也不凉。”

李思文没接，把手机掏了出来，又伸手问徐芷珊：“把你手机给我用一下。”

徐芷珊一边拿手机一边问：“怎么了？手机没话费了？”

“不是，昨天我在丽萍身上看到一串号码，可能关系重大。”李思文接过徐芷珊的手机，打开浏览器，把照片上的数字输进去，搜索。

搜索的结果有很多，第一条是“跟踪单号，请选择快递公司”。

后边的搜索条目都是些不着边际的。

“到底是什么意思呢?”见李思文沉吟，徐芷珊偏过头看了一眼，说：“你查的这个号码好像是快递单号。”

李思文心中一动，这组数字是从袁丽萍手心里拍下来的，以袁丽萍的机敏，她会不会以防万一，没有将陈正治的东西放在身边，而是走了快递?

极有可能。

“这是哪家快递公司的号?”沉吟片刻，李思文问徐芷珊，他对快递公司不怎么了解。

徐芷珊道：“快递公司的单号都不同，有的十位，有的十一位，有的十二位，有的纯数字，有的开头有字母。你这个是十二位纯数字，应该是中通速递。中通速递前面四个数代表区号，末尾数字是区域内订单序号。”

李思文当即搜中通速递，结果是，北川市狮子县已收件。

瞬间，李思文热泪盈眶，捏着拳头又是激动又是悲伤，袁丽萍果然把东西提前寄了出去。对方肯定不知道，否则，他们大可以直接去快递公司盗件，根本没必要大费周章制造车祸。

不知道快递是寄往哪的，想来不是寄给于清风就是寄给他。快递的目的地也是狮子县，很可能是寄给自己。

李思文彻底冷静下来，他没必要去狮子县中通速递拿快件，那样目标大，容易引起对方的警觉。

就让快递按照流程送上门，才是对东西最好的保护。

李思文强迫自己耐心等着，他期待这份袁丽萍用生命捍卫的东西能给对手致命一击。

李思文还没等来快递，先等来了陈正治自杀的消息。

于清风刚刚得到确切消息，死亡时间是李思文离开看守所的当天晚上。看守所那边给出的死亡原因是陈正治用自己的皮带在窗子的铁栅栏上上吊自杀。

李思文脑子里的第一个念头就是不可能！

陈正治已经将秘密告诉自己了，他肯定会等着看背后那些人的结局，一个决心反抗的人，有什么好怕的，为什么要自杀？

如果说他想保护谁，更是笑话，他老婆也被控制了，儿子已经身死，他要舍己去保护谁？

最关键的是，他跟陈正治见面的时候，李思文根本感受不到陈正治半点死意。无巧不巧的，袁丽萍和陈正治的死亡时间间隔了不到十二个小时。

也就是说，对方从他探视陈正治离开开始，就已经布下杀局。

他们全程监控李思文，杀袁丽萍的目的是为了毁灭证据。陈正治约见李思文引起了对方的猜疑和恐慌，这才一不做二不休，杀人灭口，尽管如此会把事情闹大。对方显然是狗急跳墙了。

这是赤裸裸的警告，针对的是于清风的纪委调查组。对方反抗越激烈，越说明北川污水之深。

于清风看到了对手的可怕，越是这种时候，他们越要谨慎。

于清风上班时特别嘱咐徐芷珊照顾李思文，这两天不让他工作，调整一下心态，袁丽萍的死对他打击太大。

北川市委政法委书记办公室。

郭立功仰靠在大班椅上闭目思索，刚刚他接了个电话，是他公安局的心腹下属打来的，市公安局刑侦大队副队长赵安源是他一手提拔起来的铁杆心腹。

赵安源办好了两件事，一件事是配合郭立功的人在邻市杀了陈正治，并伪造了陈正治的自杀现场。

第二件事是安排一个社会混混买通了货车司机，让货车司机撞死袁丽萍。

赵安源有恩于那个混混，事后又给那混混办了一张真的“假身份证”，给了他一笔钱，叫他去外地躲躲。这是为了预防万一。

按照他们的设计，司机撞人之后只要他一口咬定是意外事故，警方就算追责也不会有大问题，到时他们可以出面，大事化小对他们来说一点也不难。

反过来，如果司机承认自己是蓄意谋杀，那就是死罪，他不会不明白这个道理。

就算司机和盘托出，那混混早已远走高飞，隐姓埋名，根本就是一条死线。司机和混混是单线联系，跟赵安源八竿子打不到一块儿。

退一万步讲，万一混混被找到了，赵安源也不会出卖郭立功，他们同在一条船上，他郭立功沉了，所有人都会万劫不复，所以他并不担心。

但郭立功心里依然恼火！

狮子县的陈正治是他提拔的亲信，每年陈正治都有一笔丰厚的“孝敬”，也换来了郭立功的鼎力支持，他万万没想到，陈正治居然摆了他一道。

陈正治有一次约他去金公主娱乐城谈事，包房中还安排了一个女人。因为信任陈正治，他也没防备，结果被陈正治偷偷录了像，里面有他跟那个女人的亲密行为，以及一些买官卖官的谈话。

陈正治从来没把那东西露出来，直到这次他被双规。

郭立功派赵安源去过，目的是想让陈正治嘴严些，陈正治要自己出手把他弄出来，郭立功哪里办得到？于清风刚刚杀了一批贪官立威，他背后是省纪委书记徐建国，郭立功要是敢出面捞人，简直就是找死！

话不投机，陈正治恼怒之下，把录像作为杀手锏搬了出来，郭立功又惊又怒，权衡之下，索性让赵安源把陈正治杀了灭口，再把袁丽萍撞死。倒霉的是，在搜查袁丽萍车里的时候，居然没找到录像，好在袁丽萍死了，这条线算是堵住了。

不过郭立功还是不放心，他让赵安源打电话询问狮子县公安局对袁丽萍车祸案的处理结果，狮子县那边说已经把案子定性为凶杀案，成立了专案小组，突破口有两个，一是从司机身上入手，二是从袁丽萍查的案子入手。

因为陈正治身份特殊，所以陈正治的案子不可能由狮子县公安局单方面调查，但郭立功领导整个北川公安系统，他要掐死公安调查这条线，易如反掌。

但肇祸司机那里就不保险了。

郭立功是干警察的，审犯人的方法他知道，只要认定司机有作案动机，各种手段用上去，不论是心理还是身体，那司机多半是熬不住的。

郭立功想到这点，马上打电话给赵安源，让他跑一趟狮子县，以上级的身份去“巡视”，伺机处理了这个案子。

布置下去，郭立功总算松了一口气，以前经过的风浪多了，有些情况远比现在惊险，但郭立功从没有像现在这样感到力不从心。

自己是不是老了？就算自己不想服老，但心态真的老了。

新任市委书记朱洪春上任以来，郭立功因为儿子郭阳一事，一直处在下风，被迫跟他联手。

重组夏恒钢铁，朱洪春让他控制的鹏程地产上手，自己则当甩手掌柜。经济开发区做得好，朱洪春这个市委书记是首功，经济开发区做垮了，鹏程地产背黑锅。认真查起来，鹏程地产一出事，他脱不了干系，说到底还是郭立功吃亏。

如果是以前，面对到嘴的肥肉，郭立功一定会饿虎扑食，连点骨头汤都不给别人留，他可以吃得飞扬跋扈，吃得心安理得。但是现在，想起于清风在常委会上那双有意无意看向自己的眼睛，他害怕了。

思来想去，犹豫了好一阵，郭立功拨通了方进云的电话。

电话一通，郭立功就笑呵呵地说："方副市长，有空吗？有空的话我请你吃个便饭，聊聊家常？"

方进云迟疑了一下才回答："哟，郭书记，真不凑巧，水电厂那边有个指导活动，得马上去……"

郭立功心里哼了一声，怎么会不知道方进云是在推托。

以前拉他入伙的时候什么都答应，现在看他有麻烦了就躲躲闪闪的。

郭立功嘿嘿一笑，又说道："哟，老方，没诚意啊。你要这么说，那我就只好开门见山了，最近金公主娱乐城那边不太平啊，我下面可没少给我递材料，啧啧，花样可真不少……"

"郭书记这话什么意思？"方进云听了这话，声音一下子冷了下来。

"没别的意思，老方，金公主娱乐城那边的口子我希望你们先堵上。我知道陈正治跟你们暗中有联系，我的录像你们手里也有，我如果倒了，你们讨不了好。还有一点，现在纪委已经盯上你们金公主娱乐城了，咱们现在可是一根绳上的蚂蚱，要真被查出点儿什么，谁也逃不了！"

方进云被郭立功戳到了要害，沉默下来，好一会儿才说："那你要怎么样？"

郭立功冷笑道："我要怎么样？我还能怎么样？废话大家就别说了，现在情况紧急，你告诉我你们利用金公主娱乐城控制的所有官员的名字，我最近办事要用关系，用到哪个是哪个。我好，你就能好，我好不了，你也别想好！”

方进云沉默半晌，论地位，郭立功在他之上，论权力，他是分管工业的副市长，郭立功是统管北川政法系统的一把手，尤其是公安系统被他一手抓着，如果要暗中动手脚，谁是他的对手？

郭立功摆出一副撕破脸的模样，他必须慎重。

思考半天，方进云才说：“郭书记，这样吧，我不能马上回答你，你让我考虑一晚上，我明天给你回话。”

郭立功阴恻恻地道：“老方，方副市长，听你这语气……是不是背后还有人？你得请示了再回答我？”

方进云马上否认：“哪里，郭书记，事关重大，我当然要好好考虑了。你别想太多，我明天给你答复。”

说完，电话挂了。

郭立功沉思起来，方进云瞒不了他，也证实了郭立功长久以来的猜测。方进云背后还有更大的后台，那个人是谁？

郭立功很是头疼，方进云背后还有人的话，对他很不利。多年的经验告诉他，知道底细的人才容易控制。知己知彼才能百战百胜，如果连对方的底细都不知道，他怎么控制对方？

以方进云的身份，能控制他的至少是能拿捏他命脉的人，这种人至少具备两个特点，一是比方进云身份更高，所谓官大一级压死人，方进云才会心甘情愿地做马仔。

第二种可能是，那个人是有背景的富商，谈不上富可敌国，但至少也是个金融巨鳄。一般的东西动摇不了厅级官员的意志。

金公主娱乐城名义上的老板叫傅全兴，郭立功早就查过这个人，是个有着“洋身份”的华侨商人，长期不在国内，他也没见过那个傅全兴。

郭立功估计，金公主娱乐城拉起这张腐败大网的规模绝对不小，反过来，想控制这张大网不可能遥控指挥。最常见的手法是实际控制人买了个洋身份，国内要查的话也查不到，抓不到人。但无论以哪种手法都有破绽，金公主娱乐城的高层管理必定跟幕后控制人有联系，拿下幕后控制人，这张大网也就不攻自破了。

金公主娱乐城的总经理叫曾长江。

郭立功认识此人，只是很少打交道，见过几次面，三十多岁，戴眼镜，白面书生，但从他说话做事来看，是个不露声色的狠角色。

从金公主娱乐城旗下那些人的能力就可以看出幕后控制者图谋不小，与这样一个组织打交道，连郭立功也要小心翼翼。

郭阳这段时间很倒霉，把朱亮捅伤是他最倒霉的事，谁让别人老子比自己老子官大呢。

郭阳虽然无脑，却也知道不能惹比他老子官大的人，朱洪春空降，让他夹起尾巴在家老实了一段时间。

好不容易等朱洪春跟他老子联手，把重组夏恒钢铁的大饼拿了下来，郭阳觉得自己的春天又来了。朱洪春这是在跟他爸示好，毕竟强龙不压地头蛇，只要有利益，就没有永远的敌人。他们老子关系好了，他是不是也去跟朱亮和赵晋他们联络联络感情？

要是跟朱亮、赵晋关系搞好了，说不定他老子还会夸他能干呢。

想到这儿，郭阳心就动了，马上开车去夏恒钢铁。他听魏洋提过，鹏程地产拿到重组夏恒钢铁的批文后，赵晋和朱亮很快就上门谈判，谈判内容大意是由省城的连城地产入股鹏程地产，占股百分之六十。虽然鹏程地产仍由魏中华控制，但谁都知道，鹏程地产的实际控股方已经转变为连城地产，只要他们愿意，随时能把魏中华赶走。

反过来，就算连城地产不插手人事，以他们占六成的股份，鹏程重组夏恒钢铁之后得到的利益也要分走六成，作为实际切蛋糕的连城地产，郭阳打死都不相信他们与赵晋、朱亮无关！

魏中华基本上每天都耗在夏恒钢铁那边，朱亮也时不时去露个面，倒是赵晋很少去。

魏洋看朱亮不顺眼，奈何他的靠山郭阳都不敢碰朱亮，他又怎敢撒野？

夏恒钢铁已经面目全非，鹏程地产入驻后“发展”最快的不是开发，而是安保。夏恒钢铁原有的保卫科基本上不起作用，已经被解散了，钢铁厂由鹏程地产的保安部全权接手，目前招收了二百多名保安，这些保安绝大部分是社会上的混混、刺头。鹏程地产入驻夏恒钢铁后保安经理叫武彪，人如其名，这是一个五大三粗的彪形大汉，据说以前是混黑道的老大，曾经伤过人，坐过牢，为人凶狠毒辣。

夏恒钢铁招收的两百名保安被武彪训练成了无法无天的凶徒。武彪以前没少干伤天害理的事儿，砸窗、泼墙、打人、强拆……坏事儿干多了，从没吃过亏。

坐牢出来以后，武彪小心了很多，坏事儿可以干，但得讲谋略，要有背景，只是一味蛮干讨不了好，有了强大的靠山再干坏事，那叫搞事业，可以挣大钱。

鹏程地产重组夏恒钢铁的第一件事就是处理原钢铁厂职工，原定的五年分期补偿是递交市里的方案，那个方案钢铁厂上万职工根本就不同意，这段时间一直围堵管理层，要求管理层拿出更妥善的解决方案。

武彪早就得了上头的交代，不管用什么方法都要把钢铁厂职工的气势打压下去，即使职工同意分期补偿方案，高层也没准备执行。

高层的主意就是暴力压制职工，逼他们签字盖章，签下五年补偿方案。

等时间久了，职工们的愤怒情绪淡了，五年后，谁知道会发展成啥样，很可能当初气势汹汹的职工都已经有了别的工作。他们都是普通人，跟鹏程地产这种有强大背景的公司打官司，根本没有赢的可能，搞不好官司打到最后，他们连诉讼费都得自己掏，为这几千块钱的补偿，值得吗？

这几天钢铁厂职工围堵不散，武彪怕工人越聚越多，他跟几个心腹商量了一下，武彪认为对职工必须要以强硬的手段压服，穷的怕横的，他当流氓的时候就清楚人的心理，普通人就怕你狠，你一狠，他们就害怕了。

“皮三，你叫几个兄弟把器械准备好，等会儿抓重点教训几个，记着，别往要害上打。只要别搞出人命，打伤打残无所谓，只管放手打。上面已经跟我交代过了，事办成了，按功行赏，少不了你们的好处！”

“好嘞，武总放心，我皮三跟你干事也不是一天两天了，我办事一直靠谱。”皮三拍着胸脯答应下来。

等皮三出去后，武彪探头往窗外望了望。办公大楼前，几百号钢铁厂职工聚在门口示威，估计是前几天一直由着他们，让他们觉得自己很有声势，管理层终究会屈服的。

做白日梦呢，等会儿就知道厉害了！武彪心里冷笑，等着看好戏。

皮三带着几个保安偷偷去储藏室取了钢管铁棍，把所有保安都召集到车库里。皮三简短地布置了任务，分发武器，两百个保安一人一件。拿了器械的保安呼啸而出，直奔钢厂大门。

大楼前静坐示威的钢铁厂职工们根本不知道大祸即将临头。

两百个保安冲到办公楼前包抄职工，就像一股洪流冲入人群，见人就打，职工都是普通人，哪里见过这样的场面？叫的叫，嚷的嚷，逃的逃，一时间人仰马翻，乱成一团，惨叫声此起彼伏。

其实职工的人数远比保安多，但职工哪有地痞流氓来得凶狠毒辣？

看到身边的同事被打得鲜血淋漓，惨叫连连，个个都吓得肝胆俱裂，下意识就要逃。

皮三带着两百保安简直没遇到一丁点儿抵抗，几百钢铁厂职工逃的逃，跑的跑，没一会儿就只剩下二三十个被打伤倒地跑不了的了。

皮三他们是真下了狠手，跑不了倒在地上的基本上都是被打断腿的。皮三见身前一个五十岁左右的男子在地上爬着想去捡掉落的一根铁棍，当即冲过去用力踩他的手，踩得那男子连连惨叫。

皮三边踩边狞笑：“一群贱人，给脸不要脸，好好地签字不就得了？偏要挨顿打才知道疼，老子今天就要你们好好疼一下，知道疼是什么滋味!”

皮三说着拎起钢管朝那人腿上一顿狠砸，皮三身边的人听到骨头断裂的声音后脸上都变了颜色。

直到打得那人瘫了，滚都滚不动了，皮三这才住了手，眼一横，扫了一眼那些被打得跑不了的职工发狠：“我告诉你们这些臭烘烘的脏货，公司怎么安排，你们就怎么听，要再闹事惹事，别逼老子和你们家人说话。江里可是有不少王八等着你们呢!”

惨叫呼痛的人都被皮三的狠话吓到了，忍着不敢吭声，哪个家里没有父母小孩？自己不怕，也担心小的老的，皮三这伙人有什么不敢干的？

地上一个腿被打伤的职工颤着声音道：“你……你们就没王法了吗？我们报警，去法院告你们……”

皮三摊了摊手，冷冷道：“去，去吧，我们等着，不去的是王八蛋!”

郭阳的车是一辆路虎揽胜，他喜欢高头大马耀武扬威的感觉，尤其是他的车牌号码：北 B8888，看着就威风霸气，上了大街，北川人哪个不知道是他郭大公子的车啊?

前段时间被他老子训了，关在家里憋了这么久，也该出来玩一玩了。

原本准备去夏恒钢铁找朱亮、赵晋聊聊天，增强一下感情，一出来看到花花世界心就痒了，想着先去花天酒地释放一下压力。朱亮虽横，他也是堂堂政法委书记的公子，双方各过各的，干吗要去用热脸贴他冷屁股呢!

金公主娱乐城照旧营业，服务生和郭阳很熟，一见到他进去就迎了上来，招呼着。

郭阳摆了摆手吩咐:“开个房。”

服务生一边带路一边问:“郭老板，几位啊?”

“就我一个，老规矩，要最大的那间。”郭阳豪气地挥挥手，他的行事风格就是，不要最好的，就要最贵的，最贵的才能显出他的身份。

郭阳进了包厢，点了四个陪唱，立时觉得自己又活过来了。门开了，有人悄声进来，郭阳以为是陪唱来了，仰躺在沙发上闭着眼道:“过来先给我揉揉肩。”

有人走过来挨着他坐下，一只冰凉的手摸到他脖子上，用力一捏，郭阳忍不住低叫一声:“哎哟，格老子的手劲大，不过舒服。”

“舒服吗?要不要更舒服一点?”一个低沉的男人的声音在郭阳耳边响起。

郭阳一愣，睁眼一看，眼前站着一个穿着浅绿T恤染着黄发的青年，面目狰狞，一手捏着他脖子，一手拿着把匕首顶在他胸前。

郭阳看到满脸凶相的黄头发男子顿时吃了一惊，抖着声音问:“你……你是谁?想要……想要干什么?”

黄毛把匕首往郭阳胸口一比，郭阳瞬间吓得面如土色，脑子乱成一团糨糊。

黄毛一脸凶狠，喘着气道："妈的，郭大少，挺快活啊，赶紧打电话给你老子，叫他准备五百万现金送来，要是耍什么花样的话，老子先捅了你！"

郭阳颤声道："你……你……你知道我爸是哪个？"

"北川市政法委书记郭立功，市公安局局长，你说我知道不知道？"黄毛阴阴地回答。

郭阳到底还是嫩了，哆哆嗦嗦地说："你知道我爸是谁，你还敢弄我？你就算拿了钱，你也用不了！"

"给老子打电话！"那人把匕首往前一送，低声喝道，"老子弄的就是你，赶紧打电话，不然老子先给你放血！"

"妈呀……疼……"郭阳被匕首一顶，匕首顿时刺破了皮肉，疼得他魂飞魄散，再也撑不住了，叫了起来，"别……别杀我，我打，我打……"

"软蛋！"黄毛骂了一句，顺势坐在郭阳旁边，一手搂着他脖子，一手拿着匕首顶在他后腰，控制着郭阳，就算有人进来，也以为来人是郭阳的狐朋狗友。

郭阳抖着手摸出手机打电话，好不容易才把电话拨了出去。

女服务生进来开酒倒酒，见郭阳和黄毛紧挨着坐在一起也没多看。来这里的客人多了，谁管他们是跟男的调情还是跟女的调情。

黄毛扬了扬下巴吩咐女服务员："把音乐关了，你先出去，我们谈点儿事，没叫你，别进来。"

那女服务员赶紧点头答应着出去了。

电话通了，郭阳跟那人贴得很近，就算没按免提，他也听得见郭阳手机里的声音。

郭立功的声音："打电话给我什么事？赶紧说，我忙！"

郭阳瞄了那人一眼，苦着脸低声道："爸，我……我给人绑……

绑架了，他要五百万，你赶紧找钱过来赎……赎我……”

“混账，又出去鬼混去了是吧？老子怎么跟你说的？叫你这段时间老实待在家里，别尽给我惹是生非。你赶紧给我滚回家去！”

“爸，我真的被……被……”郭阳见他老子不信，急了，越急越说不出话，憋得面红耳赤。

黄毛一把夺过手机，贴在耳边嘿嘿笑了笑，说：“郭书记，郭局长，您老人家好啊？”

郭立功听出声音不对，换人了，淡淡地道：“既然知道我是谁，你还敢教唆我儿子玩这种把戏？你活得不耐烦了是吧？”

“郭书记，我是活得不耐烦了。”黄毛嘿嘿一笑，“我可不是你儿子的狐朋狗友。您忙得很，我长话短说，我叫蒋伟，外号黄毛，跟您的好下属赵安源赵副队长交情很深，他让我除掉狮子县纪委的那个女人，我按约定把她弄死了。赵安源让我出去避一下，我也听了。临走前说好给我家里人一笔安置费，可赵安源说话跟放屁一样，我儿子上幼儿园的钱都没有，这是要过河拆桥吗？郭书记，我手里有不少他的东西，知道他跟您关系匪浅。我实在没活路了，只能回北川市找您老人家了。一句话，您老人家在一小时内筹五百万给我送来，别耍花招，我知道郭书记您的厉害，来之前也不是毫无防备，有关您跟赵安源的东西，我放在一个朋友那里了，如果我有个三长两短，那东西就会寄到市纪委、省纪委。如果我安全拿到五百万现金，郭书记，你、我、你儿子，咱们大家都没事，那东西我会原封不动地还给您。您看这买卖怎么样？”

想不到赵安源给他捅了这么大一个娄子，竟然把给黄毛的钱私吞了。真是成事不足败事有余的东西，郭立功怒火中烧。

电话那头郭阳求饶的声音让他格外烦躁，虽然吼得凶，也气儿子不争气，但儿子毕竟是他的骨肉，不疼他疼谁？

“好，不过五百万不是小数，一个小时我拿不到，你给我三个小时，三个小时后我把钱送过来，你拿钱放人，再交东西，怎么样？”

黄毛声音冷冷地道：“两个小时，两个小时钱还没送来，老子就跟你儿子同归于尽！”说完就挂断了电话。

郭立功接到黄毛的电话后做了两件事，一是叫人去准备现金，二是到车库用新手机号给赵安源打了个电话。

“小赵，你怎么搞的？黄毛回来了，说你答应的安置费没给他，把我儿子绑架了。他刚打电话给我要五百万，两小时钱没送到，或者他出了事，一份关于你我的举报材料就会寄到市纪委和省纪委。你看看你办的好事！”

郭立功声色俱厉，对黄毛的话，他是宁可信其有，不敢信其无。赵安源虽然是他的得力手下，但保不准真藏了什么对自己不利的东西，没出事的时候大家是同盟，出了事就是敌人！

这事还不能公开，不能走正常程序报案，只能私下处理。

赵安源吃了一惊，犹豫了一下才答：“郭书记，这事我没办好，当初选黄毛是因为他在狮子县犯了事，是我捞他出来的。事成后我曾给过他一笔钱，没想到他这么贪心，居然敢绑架郭少，还威胁您，真是丧心病狂……”

“好了，好了，别说这些了，你就说现在怎么收场？”郭立功不耐烦地说道。事到临头才后悔骂街，早干吗去了？

赵安源也有些着急：“郭书记，我在狮子县这边，要不……我马上赶回来处理这事，我马上回来……”

郭立功哼了哼，冷冷地道：“算了，等你从狮子县赶回来，黄花菜都凉了，这事我亲自处理，你盯着狮子县那边，千万别再给我捅娄子！”

“好好好，我知道了，请郭书记放心，这边我盯得死死的，不会出事。”

郭立功强忍着狠骂他一通的冲动，还放心？之前还说让我放心呢，结果黄毛就回来了，在自己后院放了一把火。

黄毛这事不能来硬的，他提什么要求都照办，等他拿了钱再盯死他，等拿到他存放在别人手里的东西再做掉他。

对自己有威胁的人，郭立功从来不手软，对敌人手软就是对自己的生命和前程不负责。

黄毛居然敢开口要五百万，把郭立功彻底惹毛了！

金公主娱乐城包厢里，黄毛其实也在赌。

郭立功和赵安源的把柄他根本没有，尤其是郭立功的。赵安源和他是单线联系，之前有几桩事也是赵安源出面，他多少知道一些内情，所以赵安源怕他。郭立功生性多疑，又长期位居高位，黄毛有没有自己的把柄他不知道，但赵安源肯定有！

黄毛根本没有东西藏在“朋友”那里，除掉袁丽萍是赵安源让他做的，但黄毛好几次偷偷听到赵安源给郭立功打电话，有一次就是在金公主娱乐城。赵安源去卫生间给郭立功打电话的时候，黄毛凑巧就在隔壁，清清楚楚地听到了他跟郭立功谈话的内容。从那时起，他就知道赵安源是在为郭立功办事。

见郭立功没多考虑就答应了他的要求，黄毛暗暗庆幸他的计划很顺利，就等两小时后收钱闪人了。

二十分钟后，他接到郭立功的电话，对方已经到了金公主娱乐城的马路上，让他马上出去。

黄毛心里得意，公安局长这样的大人物也被他耍得团团转，那份满足感无法用语言形容。

看来郭大书记是被他拿住七寸了，说起来自己现在就是个亡命徒，光脚的不怕穿鞋的。

郭立功开的是一辆黑色套牌尼桑，戴着帽子和墨镜，坐在车里四下观察，手中捏着黄毛的照片。

对于反侦察，他是老手，警察那些套路，他这个老刑警再熟悉不过，他选的位置有两个摄像头，不过他停车的位置正好处于摄像头的死角，拍不到他的脸。

当黄毛从金公主娱乐城大门出来时，郭立功眼中射出阴狠的光，黄毛以为拿住了他的要害，却不知道自己已经走上了死路。

郭立功最讨厌被威胁，更别说被一个混混威胁。

黄毛出来后四下张望，郭立功又给他打了个电话，说：“别东张西望的，右前边，黑色尼桑车，上车。”

黄毛看到郭立功，嘿嘿笑着走过来，大摇大摆地拉开车门，关门坐好。

看了看戴着棒球帽和大框墨镜的郭立功，黄毛笑道：“郭书记，您这搞得跟地下工作者似的，您大可放心，我这人只求财，别的事绝不会干。您看，郭大少我不是已经放了吗？不会坏了郭书记您的大事，只要拿到钱，我那东西绝不会漏出去。”

郭立功哼了一声，没回答，启动车子，过了十字路口一直向南，然后沿着江边往西飞驰。

“郭书记，您这是往哪儿开？”黄毛眼见郭立功开车出了城区，越走越偏僻，越开越荒凉，忍不住问了一声。

去的是乡郊，相当偏僻的地方，郭立功一边继续开，一边说：“你急什么急？钱我带了，当然得到安全的地方才能交易。”

黄毛一想也是，郭立功可是大官儿，当然怕被人看到。他越是怕被人看到，越怕暴露，自己就越放心，对方以为自己掌握着他的把柄，不敢把自己怎么样。

郭立功把车开到一处荒无人烟、野草比人还高的河边，下车后从尾箱里提出一个大包，扔在地上，对下车的黄毛说：“包里装了五百万，你清点一下。”

黄毛大喜，赶紧蹲下去拉开拉链，大包打开，里边全是捆成捆的百元大钞，黄毛顿时笑得嘴都合不拢了。

郭立功忽然出现在他背后，手里拿着高压电枪，顶在黄毛背上，“滋滋”声中，黄毛被电得浑身发抖。

郭立功收了电枪，到车里取出宽边透明胶带，把黄毛缠成“粽子”。

黄毛几分钟后才缓过气来，虽然内心惊慌，仍强装镇定地威胁郭立功：“郭书记，你这是干……干什么？我可告诉你，我存放资料的地方有三个，只要我今天晚上十二点前没给我朋友电话，资料就会邮寄出去，到时候市纪委、省纪委，还有媒体都会收到资料……”

郭立功本就阴着脸，听黄毛这么一说，当即上前又是踢又是骂：“老子最恨别人威胁我，信不信老子弄死你？”

郭立功下手狠，黄毛被踢得直叫，但是又躲不开，郭立功踢人也不分地方，不论是头上还是身上，想往哪踢就往哪踢。

郭立功一边踢一边骂：“你叫，你叫啊，叫得越惨，叫得越大声，老子就越解气。”

那地方非常荒凉，一眼望出去不是荒山就是野地，河水看不到底，偶尔有鱼蹦出水面，带起一点儿水花。除此之外，只剩黄毛的惨叫声。

一阵骨头断裂声传来，黄毛嘴里鼻子里全是血，心里后悔不迭！

他那一套根本就对付不了郭立功，就凭这一顿暴打，郭立功问他资料藏在哪儿，他百分百会供出来，因为郭立功比他更狠。

控制你，折磨你，你还有什么秘密藏得住？

郭立功也知道黄毛扛不住了，呼呼喘着气停了下来，望着成了血人的黄毛冷笑道：“叫，叫啊，不叫老子弄死你。”

黄毛这时候连叫都叫不出来了，嘴里喷出来的都是血，在他眼里，郭立功就是个魔鬼，黄毛怕了。

郭立功休息了一阵，等呼吸平缓了才盯着黄毛问道：“黄毛，我只问一遍，资料放在哪了？”

黄毛颤着声音道：“郭……郭书记，我说……我说，不过……不过，我说了，你就把我放了吧，我也不要五百万那么多了，你给我一百万就行。我拿了一百万，马上滚得远远的，绝不会再骚扰你。郭书记，你放……放心，我保证不会对别人说半个字……”

郭立功伸脚踢了踢装钱的包，道：“钱在这儿，你说！”

黄毛吐出两口污血后才说道：“郭……郭书记，我……我根本就没把资料给别人，我那些朋友都是酒肉朋友，没有一个讲义气的，这么重要的资料，怎么能给他们？我就……就藏在我女儿房间的旧书里……”

郭立功“嘿嘿”一笑，说道：“黄毛，我看你是满嘴谎话。既然你这么不合作，我先挖你一只眼再谈。”

黄毛见郭立功掏出匕首比画着，顿时吓得魂飞魄散：“别……别别，郭……郭书记，我说的……说的全都是真的，我发誓……我发誓是真的……”

“好吧，我相信你说的是真话。”郭立功把匕首收了，转身又去拿扔在地上的透明胶带。

黄毛才松了一口气，看到郭立功又捡了胶带，向他走过来，颤声问他：“你……你要干什么？”

郭立功盯着他戏谑地道：“黄毛，你觉得你还活得了么？”

黄毛大吃一惊，脸色一片死灰，颤声道：“你……你想干什么？”

郭立功左右看了看，寻了一块十斤左右的石头，双手一使劲，抱着走了过来，放在黄毛身边，把石头和黄毛绑在一块。

黄毛顿时就明白了，惨然道："郭……郭立功，你……你要杀人灭口啊……"

郭立功阴恻恻地道："你总算是明白了！"

"救命……救命啊，杀人了……"黄毛吓得大叫，郭立功一点阻止的意思都没有，任由他叫。

黄毛的呼叫声在荒野中显得格外凄厉，这是他最后的挣扎了。

黄毛向郭立功百般求饶，郭立功毫不理会，只顾用胶布绑了黄毛和石头，然后试着扯了扯，用力都扯不开，这才将绑着石头的黄毛打着滚往河边推。

黄毛吓得尿都出来了，眼泪鼻涕直流，不住向郭立功求饶："郭……郭书记，求求你……求你放过我吧，我什么……什么都不要了，我什么都……都给你，求你……求你放我一条生路吧……"

郭立功不答话，将他打着滚推到河边，然后站起身抬脚一踢，将黄毛从河岸踢了下去。黄毛惨叫着滚落，"扑通"一声，身体和石块砸起大片水花，水面上咕咕咕冒出一串水泡，腾起一股带着泥尘的浑水。

一会儿，水泡没了，浑水也渐渐消失了。郭立功眯着眼冷笑，关键时刻还是要靠自己，谁都信不过，别看赵安源平时对他言听计从，紧要关头竟给他捅娄子。

离开前，郭立功把现场收拾了一下，确保没留下任何痕迹，这才驾车回市里。

第十一章　空手套狼，侵吞国资瞒天过海

表面平静的北川市暗流涌动，在市委书记朱洪春的推动下，连城地产公司打着重组夏恒钢铁的旗号，得到了钢铁厂六十五万平方米的土地，并以此成立了夏恒地产公司。接着，夏恒地产公司借着北川市开发新区的东风，一口气把原属于钢铁厂的土地卖了四十个亿。这一手空手套白狼，玩得可谓惊心动魄，胆大包天。

狮子县公安局办公楼会议室，赵安源正在开工作指导会议，局长刘正东去市里开会多时未回，局里顶事的是个副局长。

赵安源讲了一通没营养的话后，看了看手表，宣布散会。

到午餐时间了，副局长汪东兴笑着请赵安源："赵队，吃饭吧。"

赵安源是市刑侦大队的副队长，级别跟县公安副局长是同级，但刑侦大队是市公安局最重要的部门，权限往往比同级部门大半级。

汪东兴也是由县刑警大队长提升为县副局长的，刘正东去北川，县里的工作基本上就由他做主。

赵安源来狮子县主要是盯袁丽萍车祸案的，但名义上是市公安局指派到县局做工作指导的。

袁丽萍的事故之前定性为刑事案件，司机被关押审讯，赵安源还

没找到合适的借口见他。

中午吃完饭，汪东兴问赵安源："赵队，下午不开会了，还有什么指示?"

赵安源道："也没什么，狮子县目前有什么跟进的案子没？反正闲着也是闲着，研究研究案子也好。"

汪东兴犹豫了一下才回答："狮子县的情况还不错，没什么大案，小案子也比去年少，目前只有一个，县纪委干事袁丽萍车祸致死案。"

汪东兴看赵安源对这案子挺有兴趣，继续说道："这个案子原本是作为普通车祸案处理的，后来有关领导提供了一些线索，说是谋杀案，所以案子被作为刑事案件重新调查，县里还成立了专案小组，组长是县委谢书记，副组长是我们局新任刑侦大队长付强。"

"哦……"赵安源心里一动，"这样啊，那去瞧瞧吧，看看案子的进展情况。"

汪东兴一脸犹豫："赵队，这个案子是秘密调查的，连我都不知道进展情况，整个专案组直接对县委书记负责。你也知道，这种由地方一把手负责的案子通常都是重案要案，我们也不好乱伸手啊……"

赵安源哈哈一笑："我就是随便看看，回市里也好向郭书记汇报，要不然他问我来狮子县有什么工作成果，我一问三不知，就不好了。"

汪东兴见赵安源把郭立功搬出来了，沉吟半晌，一咬牙："好，我就陪赵队去一趟，我先给付强打个电话。"

赵安源笑着点点头，汪东兴一边打电话一边走了出去。

很快汪东兴就回来了："赵队，咱们下午去吧。现在付强在袁丽萍家，今天袁丽萍吊唁坐夜，县里大部分领导都会去，专案组那边没有付强亲自陪同进不去。"

赵安源脸色严肃起来，点头道："也好，我也去吊唁一下吧。"

袁丽萍家在县城东，袁丽萍的父亲袁伟华是开律师事务所的，家庭条件不错。县纪委这个看似毫无危险的单位居然让女儿丢了性命，袁伟华差点儿崩溃。老来丧女，老两口双双住进医院，由袁伟华的弟弟袁伟民和儿子袁杰负责丧事。

袁丽萍家是一栋四层洋房，很气派，迎门进去就袁丽萍的棺木，遗像上的袁丽萍笑容温暖。

赵安源还是第一次见袁丽萍，心想：这么漂亮的姑娘就这么死了，还真是可惜。

这件事他是当事人之一，是他安排黄毛在狮子县找了个信得过的货车司机干的，货车司机那边花了钱，黄毛说花了四十万。

想起黄毛，赵安源就一肚子火儿，枉费他一直拿黄毛当亲信，没想到黄毛径直找到了郭立功，不就是一百万好处费迟了几天给他打过去吗？其实，钱早就到赵安源手里了，他就是想磨一磨黄毛，再顺手截留一笔，没想到黄毛翻脸了。

郭书记埋怨他办事不牢，已经不信任他了，这一点从郭书记不让他处理黄毛就能看出来。

黄毛肯定栽了，郭立功是什么人，赵安源比谁都清楚，论地位，黄毛跟郭立功没法比，论心机、手段，更是差得远。一个是公安局长，一个是逃命的混混，黄毛拿什么跟郭立功斗？

赵安源不担心黄毛，只是不知道怎么能挽回郭立功的信任。

“唉，白发人送黑发人，最不好吊唁，都难受！”汪东兴叹了口气，掏出手机，给付强打电话。

一会儿，付强出来了，神情疲惫，见到汪东兴和赵安源后敬了个礼：“汪副局，赵队。”

赵安源摆了摆手，说：“不在局里，随便一些。”

“我现在就带两位领导过去。”看得出来，付强心情挺沉重的。

专案组的办公地点不在县公安局，设在县委大院后边的机关招待所，招待所不对外营业，专案组用了几个房间。

一个二十五六岁，看着挺精神的小伙子开了门，付强向赵安源介绍："这是专案组的警察小倪。"

回过头问小倪："小倪，刘先进松口了没？"

刘先进就是肇事货车司机。

小倪摇着头答："没有，问什么都不答，就说是开车打盹了，说这是意外交通事故……"

赵安源听了，暗暗松了一口气。

汪东兴电话突然响了，朝赵安源苦笑了一下："赵队，不好意思啊，局里有急事，要我回去处理。刘局不在，只能我顶着，实在抱歉，不能陪你了。"

"没事没事，你赶紧回局里去吧，我这儿不用陪。"赵安源摆了摆手。

付强刚想上前说什么，不料手机也响了，只好跟赵安源比划了一下，拿着电话出了门。屋里就剩下赵安源和小倪，赵安源示意了一下，走进里间，小倪跟在他身后。

司机是个中年男人，被铐在大床的栏杆上，脸上胡子拉碴的，正闭着眼打盹儿，小倪在他肩膀拍了一下，叫道："刘先进，领导问话。"

赵安源掏出香烟，打开才发现是空的，不好意思地问小倪："小倪，有烟没？"

小倪摇头："没，不过楼下管理处有卖的，我去给您拿一盒吧。"

赵安源当即掏出一百块钱塞小倪手里："那就麻烦你了，钱拿着，咱们公事公办，呵呵，我可不想背个受贿的名回市里。"

"那好，领导稍等。"小倪爽快地接了钱，转身风风火火地出门了。

“形同虚设!”赵安源心里十分不屑，到底是小地方，没见过世面，连一点儿提防之心都没有。

“刘先进，我跟你讲……”赵安源扫了一眼房间，发现没有监控，这才继续说，“坦白从宽，抗拒从严。”赵安源故意这样说了两句，然后才放低了声音，“刘先进，有人托我给你带个话儿：你犯的事儿可是死罪，如果咬定是意外事故，不会判重刑，我们会帮你；如果承认是谋杀，必死无疑！另外，你女儿，你父母……嘿嘿，你知道的……”

刘先进一愣，紧张地看着他：“你……是谁?”

赵安源一脸的居高临下：“别管我是谁，你要做的是管好自己的嘴!”

赵安源说完，退后几步，门外脚步声传来，进来的是小倪，拿着一盒烟。

小倪把烟递给赵安源，说：“领导，你试试。”说完把一张百元钞票递给他，“领导，你的一百块钱，请收好。”

赵安源脸色一沉，不悦地说：“小倪，我不是跟你说过了吗，这烟哪怕是一毛钱，你也得收下!”

赵安源这话说得义正词严，小倪笑了：“不好意思，领导，咱们的戏演完了。”

赵安源脸色大变。

小倪取出钥匙给“刘先进”打开了手铐。原本一脸萎靡的“刘先进”瞬间像换了个人一样，双目如电，揉了揉手腕，从衣服兜里摸出一支录音笔，笑着递给小倪。

赵安源脑袋里“轰”的一声，上当了!

赵安源不认识刘先进，为了不暴露自己，他一直与黄毛单线联系，刘先进是黄毛找的人。

小倪一拍手，进来三个人，付强带着两个警察控制了赵安源。

赵安源强装镇定，色厉内荏地道：“你们狮子县公安局没有权力拘留我，我要给市里打电话！”

“赵队长，我们狮子县没有权力，那北川市纪委呢？要不要于书记亲自给你打个电话？”付强拿着手机晃了晃。

听到于清风的名字，赵安源才意识到，自己掉进了纪委布的局里，气势瞬间就没了，心里飞快地盘算着，纪委到底掌握了多少情况，就凭自己刚才那几句话，也说明不了什么，他大可以装傻充愣，拖延时间，等郭立功救他。

赵安源看着付强，冷笑一声：“付强，你们是什么意思，跟上级扮猴戏吗？”

付强看向小倪：“李书记，还是你来说吧。”

“李书记？哪个李书记？”赵安源上上下下打量着小倪。

小倪点点头：“自我介绍一下，我叫李思文，是狮子县纪委书记。”

“李思文？”对这个名字，赵安源实在是太熟悉了，“李思文，你……不是去北川市了吗，怎么回狮子县了？”

李思文沉声道：“赵安源，刘先进已经交代了，是蒋伟花钱雇他制造车祸撞死袁丽萍的，我查过蒋伟，他近段时间，接触最多的就是你赵大队长！”

赵安源嘿嘿冷笑，道：“跟他接触又怎么样？我是做刑侦的，跟流氓混混接触，再正常不过，你们就凭这个抓我？”

“赵队长，我既然敢把你留在这儿，自然有留下你的把握，反审讯赵队长可是高手，我们就不班门弄斧了。我们就开门见山吧，你认识蒋伟吧？”蒋伟就是那个黄毛。

“不是很清楚，我这个人记性不太好，接触过的线人、犯人又多，谁记得哪个是蒋伟。”赵安源看着李思文冷笑，“李思文，别跟我玩这一套，就算你是狮子县纪委书记又怎样，我不犯法，不违纪，你想诬陷我，门儿都没有！你最多能关我二十四小时，二十四小时后，你就等着被撤职吧！”

李思文摇头笑了笑：“赵队长，我有没有诬陷你你自己清楚，你要是实在想不起来蒋伟是谁，我可以提醒你！”

北川市市政府，副市长办公室。

方进云像一摊烂泥一样瘫坐在沙发上，他一向小心谨慎，最后还是栽在了金公主上，这个结局从他踏入金公主这个黑洞就已经注定了。

他刚刚接到一个神秘电话，电话是他最畏惧那个人打来的，他说：市纪委收到一份狮子县的快递，是狮子县纪委干事袁丽萍死前寄出来的，快递中有狮子县政法委书记陈正治偷偷录下来的录像，里面有北川政府官员在金公主嫖娼的证据，还有金公主管理层操控官员的证据。

方进云知道，那人要丢卒保车了，而他无力反抗。这些年，他贪污受贿的数目足够枪毙两次的，他无论是自首，还是反抗，结果都一样。他一个人扛下所有罪责，亲人至少不会受连累。

方进云挣扎着站起身，来到窗边，烈日当空，市委大院外的公路上车来人往，每个人都好像有忙不完的事。

方进云忽然羡慕起路边拉板车运货挣辛苦钱的人，他们心中坦荡，天塌下来当被盖。自己呢，虽然是副市长，却整天忙着算计，活得身不由己。当年他要是没走上这条路该多好，可惜没有后悔药啊！

下午四点半，市委书记朱洪春正在办公室批阅文件，秘书刘旭敲门进来：“朱书记，方进云方副市长自杀了！”

“什么?!”朱洪春猛然抬起头，看向刘旭。

“刚刚邓秘书长去找方副市长谈事，进去后见方副市长倒在沙发上，以为他睡着了，叫了几声没反应，一摸才发现方副市长身体僵硬。打了120，医生检查后说是中毒。我已经让办公室封锁消息了。”

朱洪春沉吟了一下，才对刘旭说：“就说方进云副市长心脏病发作，经抢救无效死亡，其他等市委开完会再说。”

“好，我马上去办。”刘旭点头出去。

朱洪春陷入沉思，方进云是常务副市长，突然死在自己的办公室里，他杀的可能性微乎其微，难道方进云是自杀？他为何要自杀？

晚上九点半，朱洪春再次接到秘书刘旭的电话，尸检结果出来了，方进云是服氰化钾自杀的。

朱洪春头痛不已，他才下来多久啊，常务副市长就服毒自杀了，这北川还真是风云暗涌！

朱洪春之所以下来，就是来捞政绩的，虽然借助了赵晋的力量，但是他不想因此而被赵晋带进坑里，所以，在夏恒钢铁重组中，他只负责在市委层面上推动，绝不插手重组的具体事宜。

就算事发，他作为刚上任的市委书记，最多也就是个领导不利，主要责任都在郭立功头上。

书桌上的手机突然响了，朱洪春拿过来一看，是于清风打来的。朱洪春心中一动，于清风可没有主动给他打电话的习惯。

“喂，老于吗？这么晚找我有事？”朱洪春声音沉稳。

“朱书记，我要马上跟你面谈！”于清风语气严肃，“十万火急，市委必须马上处理。”

朱洪春的心一下子提了起来，什么事用得着市委马上处理？

“好，我马上过去，你在市委办公室等我。”朱洪春挂断电话就出了门。

朱洪春和于清风秘谈了一夜，天亮，朱洪春把刘旭叫进办公室：

“刘旭，你马上通知严市长、谢副书记、郭书记、蒋秘书长、刘副市长过来，开个常委会。”

“今天天气很好啊！”

郭立功起了个大早，洗了把脸，神清气爽，在阳台给盆景浇水。

“老郭，电话。”老婆叫他。

电话是朱洪春的秘书刘旭打来的，说朱书记要开常委会，让他马上过去。郭立功挂了电话，一边猜朱洪春急着开会的原因，一边换衣服。

他跟朱洪春因为夏恒钢铁的事，关系正处于蜜月期，加上刚处理了黄毛，他心情非常好，因此对朱洪春突然召开常委会并未在意。

会议室的门开着，郭立功走到门口，一眼看见里面坐的人，忽然觉得不对劲，本能地后退了一步，突然发现背后站了四个荷枪实弹的武警，心里抖了一下：“我去上个厕所。”

一个武警伸手一拦：“请进会议室。”

郭立功顿时明白了，这个常委会是针对他来的，武警都到了，说明他已经没有翻身的机会了！怎么办？哪个环节出了问题？

难道就这样完了？郭立功不想认输，想到他好不容易才得到的位置和财富，心里的不甘心顿时与恐惧一起涌了出来。

“放肆！”郭立功伸手一推，瞪着眼睛喝道，“我是北川市政法委书记，是北川市公安局局长，更是北川市市委常委，你们谁敢动我？”

“进去！”武警把郭立功往门里一推。

会议室里坐着三个人，居中的是纪委书记于清风，左边是纪委工作人员，右边坐着一个四十多岁的陌生男人。

郭立功狠狠瞪着于清风：“于清风，你想干什么？我们是同级，都是北川市委常委，你没权力抓我，你限制我的人身自由是犯法的，我要向省委领导举报你！”

于清风一笑，指了指右边四十多岁的男人：“这位是省纪委第二监察室罗毅处长，你的事我已经上报给市委朱书记和省纪委了，这是省纪委徐书记亲笔批示，对你执行双规的决定，由罗处长专案审理。文件你可以看看。”

郭立功脑子里乱成一团。

事情来得太突然了，郭立功不是没想过会东窗事发，他早就准备好了后路，他办了化名身份证和护照，也想过先送老婆、儿子去国外，把财产偷偷转移出去，最后自己也逃出国。

可是一切还没来得及做，纪委就找上门来了。

李思文到市纪委办公室时，于清风正在埋头看资料，眉头紧锁，白头发更多了。他没打扰于清风，悄悄走到旁边的沙发边坐了下来。

于清风过了好半天才抬起头，看到李思文，怔了怔，然后才笑着起身走过来：“你不是去北川了吗？这么快就回来了？”

李思文挠了挠脑袋，有点不好意思：“于书记，您早就知道芷珊是徐书记的女儿吧，也不告诉我，我差点儿出个大洋相！”

一个星期前，于清风听说李思文要去见徐芷珊的父母，就知道两人好事将近了。于清风让他顺便跟省纪委徐书记汇报一下情况，当时李思文还不知道徐书记就是徐芷珊的父亲，还郑重地向于清风保证，一定完成任务。

于清风都能想象出李思文看到徐书记就是芷珊父亲时吃惊的模样，笑得越发高兴了：“我怎么说？这是私事，不是公事。而且徐书记叮嘱过我，不让我说。徐书记同意将宝贝女儿嫁给你，看来你已经通过考验了。”

“于书记，你不知道……我当时真是……”话还没说，李思文竟然红了脸，看得于清风哈哈大笑。

李思文脸更红了，摆了摆手：“算了，算了，不说这事儿了。于书记，案子有进展吗？”

“阻力很大！”于清风听李思文的话题又绕到案子上，脸上的笑容立时就没了，“所有的线索都断在了郭立功这儿。”

难道北川这摊腐水，真的只漫到郭立功这里吗？

于清风叹了口气：“思文，我们纪委的工作就是查贪腐违纪，毫无疑问会触碰到某些利益集团，会受到反扑。查案这段时间，不仅下面有阻力，市委的阻力也不小啊！”

市委有阻力？市委难道还有与案子有关的人？还是有人想浑水摸鱼？

“现在案子陷入僵局，如果我们不能尽快打开突破口，我担心他们会加快销毁证据，那样对我们更不利。”

对方严阵以待，他们越着急越找不到头绪。李思文有一下没一下地摸着脑袋，突然摸到之前被打伤留下的疤，灵光一闪，眼睛一亮，抬头看向于清风：“于书记，我们没必要和他们硬碰硬，结案才是大家最想看到的结果。”

“结案？”于清风沉吟着。

“于书记，我以前在派出所的时候抓过一个盗窃团伙，一共四个人，他们合作了六七年。干他们这一行，迟早要翻船，他们早就想好了翻船后的对策，私下里有协议。不管谁被抓，都要守口如瓶，只交代被抓的案子，其他案子绝不能说。他们有丰富的和警察交手的经验，知道如何应对，所以知道，只要咬紧牙关不说，很快就能出狱。如果旧案新案一起判，数罪并罚，够他们蹲一辈子的。”

李思文喝了口水，继续说，“我们当初也是想尽办法也撬不开他们的嘴，被抓的案子最多能判半年。我想了好几天，最后想到一个办法，既然撬不开他们的嘴，那就让他们自己张嘴。”

于清风示意李思文继续说下去。

“我当着其他三个人的面，把第四个人叫到房间跟我待了半个小时。其实，我们在房里什么都没说。半小时后，我当着另外三个人的面把他放了。”

于清风眯起眼睛：“让他们起内讧。”

李思文点点头，说：“现在的情况差不多。要迷惑他们，就必须动真格的，让他们相信，纪委结案了。我们打不开缺口，是因为他们在危机面前抱团抵抗。一旦危机解除，我们再故意有松有紧地敲打他们一下，他们必然内讧，联盟不攻自破，那时，妖魔鬼怪就原形毕露了。”

“好！不过我们这‘收’的火候也要掌控好。”于清风一拍桌子，站起身来回踱步，“这件事一定要保密，你马上制定具体行动方案。”

李思文点头答应：“好，我尽快整理个方案。”

李思文回到狮子县，先去跟县委书记谢学会和县长唐明华汇报了工作。李思文是狮子县纪委书记，只是暂时借调到北川市纪委，案子既然结了，他自然得回狮子县工作。

县委书记谢学会知道，李思文前段时间肯定忙得没白天没黑夜的，难得大方了一回，给李思文放了一个星期的假。这与李思文和于清风制订的方案不谋而合，李思文欣然接收了这难得的假期，回鹰嘴镇看父母去了。

“儿子难得回来一趟，饿了吧？妈马上做饭！”刘文春一边围围裙，一边张罗着给儿子做饭。

李思文搬了个小板凳，坐一边帮忙剥蒜：“妈，思怡呢？我都好久没见到她了。”

“忘了跟你说了，你妹妹去省城工作了。朋友介绍的，说是公司招人，要女孩，问思怡去不去。你爸怕思怡上当，跟你妹妹一起去的，你妹妹一去就被相中了，做什么总经理助理，一个月一万块呢，年终还有奖金。你看，你妹妹才去省城工作两个月，就给我们寄回来一万五！”

老妈说起妹妹，两眼放光，李思文却越听越心惊。妹妹思怡善良单纯，只有初中文化，怎么做得了总经理助理？一个月还能挣一万？

肯定有问题！

李思文抬头看着一脸骄傲的老妈，心里叹了口气：“妈，你知道妹妹上班的公司是做什么的吗？”

“知道，你爸去看过，是做房地产的。”老妈笑得开怀，“没事儿，你妹两三天就打个电话，说那边好得很，老板说，过一个季度还会加薪。”

李思文心里更打鼓了，见老爸走进来，赶紧问：“爸，思怡在省城什么公司上班？是谁介绍的？”

李广益笑着道：“是思怡原来上班那个餐厅的老板介绍的，我不放心，跟着去省城看了，没事儿，人家是一个大公司，有几百人呢，不是假的。对了，他们公司是做地产的。”

“什么地产公司啊？”

“叫……”李广益挠着头想了一会儿才记起来，“叫连城地产，对了，就叫连城地产。”

“连城地产？”

李思文听着耳熟，一时没想起来，“爸，妈，我出去打个电话。”

李思文先给徐芷珊打了个电话。

徐芷珊笑吟吟地接了电话："才一天就想我了？"

李思文脸一下就红了，"嗯嗯"着说不出话来，徐芷珊知道李思文不会说情话，咯咯笑着说："其实我更想你呢！"

李思文深吸了一口气，顶着一张大红脸，故意严肃地说："芷珊，你能不能帮我查一个公司？"

徐芷珊嗔道："甜言蜜语没听到，活儿就派来了。说吧，什么公司？"

"帮我查一下省城的连城地产，公司法人是谁，我过两天就去。我妹妹经人介绍去了那家公司，做总经理助理。我妹妹没什么文化，怎么做得了这种工作？还拿十几万的年薪，我怀疑有阴谋……"

徐芷珊怔了怔："你妹妹？她在省城？思文，连城地产的董事长许连城咱们见过，至于总经理……等会儿我细查一下，晚点给你电话……"

听了徐芷珊的话，李思文才想起许连城是谁。当初酒神窖酒厂改制，他找来许连城投资。后来他去了北川，酒厂改制的事就移交给了县长唐明华。

是许连城把妹妹弄到省城去的？目的是什么？李思文思忖着，叮嘱徐芷珊："你暗中查一下就行了，别的事你千万别掺和进去。"

李思文又给于清风打了个电话。李思文走后，于清风就跟市委书记朱洪春汇报了工作，结了案，顺便请了一个星期的假看腰椎病去了。

"到家了？怎么样，轻松吧？"

李思文苦笑："于书记，我就是个苦命人，到哪儿都轻松不了。连城地产您知道吧，对对，就是参与酒厂改制那家公司。我妹妹思怡跑去省城连城地产当总经理助理去了，月薪过万，还有年终奖。于书记，你说这事儿靠谱吗？"

于清风一愣，他知道李思文家里的情况，李思文的妹妹只有初中文化，以前在狮子县的餐厅打工，后来被李思文送回鹰嘴镇的超市上班了，怎么突然跑省城去了？难道这件事是针对李思文来的？

“你找人查了没？连城地产要干什么？”于清风语气严肃。

“我叫芷珊帮我在省城先查一下，过两天我去一趟，把这事儿弄清楚。”李思文一脸担忧，“于书记，我担心我妹妹的安全。她单纯善良，根本不明白那些人为达目的不择手段……”

于清风叹了口气，纵然是无所畏惧的李思文也有弱点。

“思文，”于清风语重心长地道，“你也别太担心，这事儿我会做个内部记录，你是我们纪委系统最锋利的刀，自然也是贪腐团伙最忌惮、最想对付的人，眼下你先处理好你妹妹的问题，从连城地产那儿拿的工资不要动，如果动了，你给添上，还回去。不够跟我说，我也能凑一些。”

“没事，我妹妹从不乱花钱，去了两个多月，大部分工资都寄回家里了。我爸妈是农村人，更不会乱花钱，我等芷珊那边有消息了再决定过不过去。”

“好，那我们一切按原计划行动。你自己注意安全。”

晚上，徐芷珊打来电话，连城地产没查出什么问题，为什么会招思怡去做总经理助理也毫无头绪。

第二天，李思文带着思怡寄回家的钱来到省城，徐芷珊来接她。

李思文上车就问：“芷珊，你见过思怡了？”

“见过了。你放心，她没事。”徐芷珊一边开车，一边说，“我了解过了，连城地产的总经理徐福是许连城的人，在连城地产并无实权。昨天我去连城地产，许连城对我很热情。”

李思文点点头，许连城这种富豪，对省委领导耳熟能详，对省委领导的家属当然也不敢怠慢。

徐芷珊见李思文一脸担心，说道："思文，我本来是想把思怡的工资退给他，然后带思怡走，但仔细想想，觉得我们没必要做得这么绝。钱是要退，工作也肯定要辞，但可以委婉一点。以许连城的城府，不会现在就与你撕破脸，再说，我们现在也不能确定他有问题，更没有证据。"

"这倒是。"李思文点了点头，突然想起了什么，瞄了徐芷珊一眼，"你爸呢？"

"出差，不在省城。"徐芷珊回道。

"哦……"李思文松了口气。

徐芷珊大笑："怎么，你好像很怕我爸似的，老实坦白，是不是干了什么违法乱纪的事儿？"

北川市，政府工作报告会。

市长严武德在做本年第三季度的工作报告，今年北川市 GDP 增长不如预期，尤其是第三季度，比去年同期下降了百分之十二。

"等等，"市委书记朱洪春突然插话，"对严市长这个报告，我要补充一下。一直以来，我们北川的经济都被沉积痼疾的老国企拖累，这两个季度以来，我们对这种企业或是兼并，或是重组改制，专门进行了处理，比如规模最大、职工最多的夏恒钢铁。相信下个季度的报告会好看很多。另外，明年新企业进入纳税期，GDP 的增长也是可以预见的，所以说，我们的工作并不是没有成效。作为市领导，我们要把目光放长远，对改组后的企业要有充足的信心！嗯，我就说这么多，严市长继续。"

严武德脸色铁青，他这个市长在作工作报告，朱洪春就算是市委书记，是一把手，也不应该插一杠子。加上对方话里话外的意思，促进夏恒钢铁改制是他朱洪春的功劳，与你严武德市长无关。这是赤裸裸地打他的脸！

在朱洪春的干预下，郭立功控制的鹏程地产在夏恒钢铁重组中被踢了出去，新一轮管理构架中，已经没有鹏程地产的影子了。

严武德本就对今年北川的经济发展状况不满，被他这么一说，火气更大了。

于清风咳了咳："朱书记，夏恒钢铁改组成功固然是好事，但我们也要谨慎一些。我听说，改组后，工人的善后问题始终没有妥善解决，市委应该密切关注。"

"呃……"朱洪春被于清风的话噎了一下，心里很不痛快，就像正吃得起劲，忽然被人连锅端走了一样，很是难受！连市长严武德都被朱洪春压得没声儿了，就这个于清风不识相，总是在关键时刻泼冷水。

于清风这几句话也算是替严武德找回了些面子，严武德感激地看了他一眼，继续作工作报告。

严武德知道，于清风是制衡朱洪春的重要力量，尤其是在夏恒钢铁这个项目上，这也是朱洪春不敢放开手脚的原因。严武德为政多年，怎么会看不出夏恒钢铁改组项目缺乏有效的监督，存在制度漏洞。

问题主要体现在以下三个方面：

第一，夏恒钢铁即便资不抵债，但光是那片土地就价值不菲。朱洪春通过拉拢、分化常委，在谈判时，硬是压低地价，几乎是白送给连城地产，势必造成国有资产流失。

第二，南江省号召各市打造自己的经济圈，呼应全省的经济布局，市里打算开发新区，新区的核心位置就在夏恒钢铁厂。连城地产拿下项目时说要重组夏恒钢铁，但是投资计划出来之后，却是要打造一座集地产、商业、娱乐为一体的综合商业城。原本以为他们会出资把夏恒钢铁外移，毕竟在市中心建钢铁厂也不合适，谁想到，他们竟希望由政府牵头。这分明是不想出一分钱，就想拿好处。严武德最怕连城地产拿着北川市给的优惠条件，炒地价，抵押贷款，空手套白狼，那样后果就严重了。

第三，夏恒钢铁职工众多，从前期安置职工的效果看，算是差强人意。身为市长，严武德当然知道职工的不甘与愤怒，辛辛苦苦半辈子，老了却被人踢出了钢铁厂，连微薄的补偿金都不能及时到位，这让他们怎么活？搞不好，夏恒钢铁改组就会成为火药桶。

严武德也知道，夏恒钢铁改组势在必行，但在选择投资商，以及安置职工再就业方面，一定要谨慎，盲目推进，会有大问题。

奈何朱洪春太强势，也有手段，这才多长时间，就拉拢了一帮“志同道合”的人为他呐喊助威。郭立功、方进云相继落马，变相削弱了严武德的力量，朱洪春越发肆无忌惮。

眼看着夏恒钢铁局面失控，严武德是看在眼里，急在心里。这时，严武德分外怀念徐建国主政北川市那段日子。

北川豪江会所，这是个新成立的豪华会所，老板名叫李长江，幕后实际掌控人是赵晋和朱亮。

会所三楼的豪华房间内，赵晋一手搂着秦妃丽，一手从包里取出个小盒子递给她。

秦妃丽接过去：“这……是什么？”

“打开看看不就知道了。”赵晋懒洋洋地靠在柔软的沙发上。

秦妃丽打开盒子，里面是一枚闪亮的钻戒，钻戒下是一张黑钻银行卡。

看着秦妃丽吃惊的小表情，赵晋笑吟吟地把戒指拿出来戴在她手上，看了看，赞道：“漂亮，很配你！这戒指是金伯利特别定制的，价值一百六十八万。”

秦妃丽手一抖，颤声道：“这……太贵重了，我不敢要……”

赵晋傲然道：“什么贵重不贵重的，就是个首饰而已，我赵晋的女人不敢要，谁敢要？你只管放心大胆地戴，另外，”他指了指那张黑钻银行卡，“这是黑金钻石信用卡，额度是一百万的，你拿着用，别省着。我负责在外面挣钱，你就负责在家貌美如花。”

“晋哥……”秦妃丽都不知道说什么好了。

朱亮不合时宜地溜了进来：“晋哥，金公主那边最漂亮、最有气质的小姐我都挖过来了。晚上有几个省城来的朋友，一起吃个饭吧？”

赵晋笑道：“吃饭可以，不过，妃丽跟我一起，我只谈生意和吃饭，其他人，你看着安排。”

秦妃丽听了赵晋的话，小脸儿微红。

朱亮叹道：“晋哥，我最佩服的人就是你了，一直以你为榜样，但你这为了一棵树而放弃一片森林的痴情，我打死都学不来。”

“滚！”赵晋笑骂了一句，“你以为我是你啊，看见美女就走不动道！”

朱亮哈哈大笑着出去了。

金公主因为郭立功、方进云接连出事，受到牵连，树倒猢狲散。昔日北川最大的娱乐场所就这样垮了。

秦妃丽依偎在赵晋怀里：“晋哥，你家庭条件好，人也帅，又有能力，怎么就偏偏喜欢上这么平凡的我了呢？”

赵晋眼神温柔地看着秦妃丽：“我不管别人信不信一见钟情，反正我是信的，妃丽，对你，我只有一句话：弱水三千，我只取一瓢饮！”

秦妃丽眼圈儿红了，好一阵，才低声说：“我知道你对我好，真的，我都看在眼里。别人对我好，都是别有居心，你不是，可是……我跟你的身份天差地别，门不当，户不对，你家里人怎么会同意我和你在一起?”

赵晋搂着秦妃丽轻轻晃着，安慰道：“别急，等我忙完手头这个大项目，咱们就去国外注册结婚。”

省城，连城地产大厦，董事长办公室。

许连城见秘书领着李思文、徐芷珊和李思怡走进来，起身相迎，一边吩咐秘书倒茶，一边招呼三人坐。

“许董，咱们有些日子没见面了。首先，我代表狮子县感谢您对酒神窖酒厂的信赖和支持，希望我们能愉快地长期合作下去。其次，我是来帮我妹妹李思怡辞职的。”

李思文单刀直入，从挎包里取出两沓钱，放到茶几上：“许董，不好意思，我认为我妹妹的能力胜任不了许董给的职位，这是前两个月发的工资，全数退还。”

许连城苦笑：“小……小李书记，我们不是第一次打交道，我对你的性格也有所了解，但这件事是不是有点小题大做了？我用人虽然也看重能力，但我更看重踏实和忠心，令妹各方面都符合我的要求，我觉得给一万的月薪都少了。”

李思文不为所动：“我妹妹是什么样的人，我当然清楚，但这份工作真的不适合她，多谢许总的好意。”

许连城看向徐芷珊，徐芷珊笑了下：“许总，人各有志，不能强求嘛。”

许连城叹了口气，点点头：“那好，既然你们决定了，我也不好强留。这样吧，思怡在这工作了两个半月，一万的月薪你们觉得高，那就算三千吧，两个半月的工资是七千五。”

许连城说着拿过一沓钱，数了两千五，把剩下的七千五推到李思文面前：“这是思怡应得的薪水，你们要辞职，我不反对，但我也不想欠别人的，思怡在这干了两个半月，一分不拿也说不过去。”

“也好，那就谢谢许董了，这七千五我们就收下了。”李思文把钱递给了思怡。

许连城这才笑了：“这就对了，我这人做事从不喜欢弯弯绕绕，直来直去最好。思怡以后要是想回连城地产工作，我依然欢迎！”

“好的，谢谢许董，那我们就告辞了。”

出了连城地产大厦，李思怡低声跟李思文说：“哥，我觉得……我觉得许董是个好人，我在这儿两个多月，他很照顾我，而且……而且他不像别人那样，对我有什么企图……”

李思文拉过妹妹的手：“思怡，我不知道许连城是不是坏人，因为我没有任何证据，之前我们还合作得很愉快。我只是觉得你在连城地产的待遇远超你的能力，这个你应该也清楚。如果你是别人的妹妹也就算了，但你是我李思文的妹妹，你哥哥是纪委书记，是管纪检的，所以你做事要特别小心！”

“哥，我不是那个意思，我只是觉得许董是个好人。哥，我听你的，我还回鹰嘴镇的超市干活。”李思怡一直都特别懂事。

徐芷珊心里全是羡慕：“唉，我家怎么就我一个呢。思文，我真羡慕你有思怡这么好的妹妹。”

李思怡脑子倒是转得快，马上笑着说：“嫂子，你是我嫂子，我当然是你妹妹啊。”

一声嫂子叫红了徐芷珊的脸，但心里却美滋滋的：“那倒是，你也是我妹妹。嫂子都叫了，今天嫂子请你吃好的。”

“芷珊，我得跟思怡回鹰嘴镇，我爸妈都在家等消息呢，我把思怡带回去，他们才能安心。”

徐芷珊赶紧点头：“那好，我也不留你们了，不过，我反正已经请假了，干脆送你们回鹰嘴镇。”

“好啊好啊，我爸妈见了你，肯定比见了我还高兴。”李思怡高兴坏了。

李思文却犹豫了：“这……”

徐芷珊哼了一声：“怎么？你不欢迎我去你家？”

“不是不是，我是怕……”李思文想到徐建国提醒过他，在案子没结束前，尽量少跟徐芷珊往来，以免让徐芷珊陷入危险。

徐芷珊停了车，对李思文道：“你下车！”

李思文一脸懊恼：“你……别这么小气嘛……”

徐芷珊扑哧一笑：“我才没你那么小气呢，回鹰嘴镇三百多公里，你来开车，我跟思怡坐车。”

李思文赶紧下了车，徐芷珊拉着思怡去了超市，过了好久才出来。

“哥，嫂子买了好多东西，说是给爸妈买的，还不让我结账……”

“这……”李思文摸了摸脑袋，见徐芷珊瞪着他，傻呵呵一笑，“外人的礼物咱们坚决不能要，你嫂子的没问题！”

夏恒钢铁办公楼三楼会议室。

今天是改组后第一次正式会议，原来最大的股东鹏程地产因郭立功被双规从股东的名单上消失了，今天主持会议的第一大股东，是连城地产的代表康来。

因为连城地产没有履行约定，对工人的补偿一直没到位，不少工人聚众闹事，今天这个会议就是为了解决工人闹事的问题。

康来看着会议室里的三十多人，缓缓地说道：“大家都到齐了，我先宣布一个人事消息，李百汐先生将担任夏恒钢铁改组办执行总经理，全权负责夏恒钢铁改组事宜，即日生效。”

大家这才注意到，康来旁边坐着一个四十左右的陌生男子，身材瘦削，戴着一副金丝眼镜，看起来斯斯文文的。

“大家好，我是李百汐，以后请大家多多配合!”

他说的是“配合”，不是关照，一个词就彰显了此人的霸道，原来这位才是主角!

“李先生是双硕士学位的留洋金融高材生，在海外五百强公司有超过十五年的高管任职经历。李先生是我们连城地产特意为夏恒钢铁挖来的人才。我相信，以后在李先生的领导下，夏恒钢铁一定会迎来新生！大家欢迎！下面请李先生……噢，应该叫李总了，下面请李总讲话!”

“大家不用客气，稀稀拉拉的掌声也说明了大家对我并不信任，来日方长，时间长了，大家就知道我这个人了。”李百汐摆了摆手，“我今天上任，有两件事宣布，第一，我在总部为夏恒钢铁争取了一千万，这一千万我是这样安排的，五百万分给工人，暂时解决难题，另外五百万分给在座各位，大家都有困难，我知道……”

一听李百汐说带来了钱，大家都高兴坏了，这次是真心鼓起了掌。从重组到现在，快两个月了，大家一分钱都没拿到，康来整天就知道拖，还是这个留洋硕士厉害。

李百汐摆了摆手：“大家静一下。工人们的赔偿金是一定会给的，但在座各位都明白，这一千万离赔偿金总额差得远，所以，我只能先解决一部分的人问题。在座诸位都是公司的栋梁，是公司今后的希望，所以我才拿出五百万先解决诸位的问题。但是，正所谓不患贫而患不均，一旦被人知道我们优先解决了在座诸位的困难，很可能会引发一系列问题，所以，还请大家在这件事儿上管住自己的嘴，要是一不小心说出去了，到时候工人闹起来，除了要收回分发给大家的款项，还得承担一切后果。大家明白了吗?”

“明白！李总放心……”会议室里群情激昂。

五百万几千工人分，五百万管理层三四十人分，普通工人一个人只能分一千多，管理层每人却能分十几万，这种好事，傻子才会说出去！

李百汐满意地点了点头："第二件事，我想跟大家说一下我的方案，这个方案要跟北川市政府合作，由政府牵头，开发商业新区。大家都知道，国际钢铁市场不景气，夏恒钢铁的情况大家都明白，已经没办法起死回生了，我们必须另想办法。等政府公布新区建设项目后，夏恒钢铁的地块肯定会大涨，我们逐一拍卖，卖四分之三地块，留四分之一自己开发房地产。这样，我们既有了钱，又有了地，还有项目可以开发。地块涨了，房价自然就涨了，到时大家就等着分红发大财了。怎么样？"

这哪里是改组夏恒钢铁，分明是彻底放弃啊。连城地产想用国家的地赚自己的钱，从头到尾一分钱都不出，这手空手套白狼玩得真是明目张胆。

但是，他们能不同意吗？如果他们不同意，连城地产肯定会撤销方案，那分给他们那五百万可就没了，眼看着就要到手的十几万也化成了泡影。

李百汐心里冷笑，一群没见过钱的乡巴佬！为了夏恒钢铁项目利益最大化，他不介意把这张饼画得更大一些，继续说道："我知道大家心里还有疑虑，我们这块地的价值你们可能不太了解，我是做金融的，我来给大家算一算。市政府已经初步决定在我们脚下这块地上开发新区，配套的有城轨、医院、学校，还有新区政府、车站，新区还将投建新机场。夏恒钢铁的地，我们卖四分之三，至少可以卖四十亿，我们拿这四十个亿盖房卖楼，四十个亿就能翻一番，变成八十个亿！不知道在座各位有没有想过，这会给你们带来多大的红利！"

"真的吗?!"

"我的天啊，那我们能分多少钱？一辈子都花不完啊！"

听见这天文数字，大家都激动得哆嗦起来。

“当然是真的！所以，大家要坚信，跟着我们连城地产，就能挣大钱，过好日子！”李百汐挥舞着双手，声情并茂。只有他心里清楚，市政府虽然有心打造新区，刺激经济，但草图好画，招商引资、项目落地可不是那么容易的。到目前为止，新区规划还只是一张草图而已，具体什么时候启动还不一定呢。

入秋了，早晚有些凉，邓向林缩了缩脖子，把衣服拢紧些。

“老秦，老秦。”邓向林喊走在前面的人。

前面的人一回头，果然是秦怀远。邓向林和秦怀远都是夏恒钢铁的职工，在同一个车间。

昨天夏恒钢铁张贴公告，要全厂职工到厂里开会，每人领取一千五百元的临时补助。

工人永远是最朴实的，一千五百块钱虽然少了点，但起码代表了投资方的诚意。所以，公告一出，闹事的也消停了，折腾的也歇了。公告里还说了，三个月后，会发放更多。有钱发，还有承诺，大伙儿也就相信了。

秦怀远回头看了看邓向林：“二毛，来领钱的？”

邓向林排行老二，认识他的都叫他“邓二毛”。

“当然是来领钱的。这还是厂子重组之后，第一次给发钱呢。”邓向林一脸笑意。

秦怀远叹了一声：“一千五百块钱就把大伙儿给收买了，说是三个月后还发钱，谁知道呢，这些人可不像是讲信用的人！”

邓二毛也叹了一口气：“您也别太较真儿了，一千五虽然是少了点，但不是还有政府给咱撑腰吗？三个月后他们不给，我们就去政府告他们。”

八点半，办公楼前的广场上聚满了人，管理层都到场了，先由原夏恒钢铁厂厂长谢茂发讲话。

“大家都来啦，今天我们钢铁厂终于迎来了重组后的第一个好消息，新上任的负责重组全面工作的总经理，李百汐李总，给我们带来了五百万补助，等会儿按名册登记发放。另外，李总还承诺，三个月后会有更大数额的补助发放。现在是困难期，希望大家同心协力，一起度过这个难关。”

如果是别人说这话，肯定会有人起哄，谢茂发到底是老领导了，职工们多少还得给他点儿面子。

谢茂发又洋洋洒洒地说了一通，然后才把话题交出去：“好了，今天就说这么多，下面，请我们总经理，李百汐李总，讲话，大家欢迎！”

李百汐站到了桌前，认真地介绍了一下自己：“大家好，我是李百汐。”

“大家鼓掌欢迎！”看着有些冷场，谢茂发赶紧伸手，使劲儿地拍起掌来，在他的带头下，其余几十个管理层和职工也跟着鼓起了掌。

李百汐摆了摆手，笑着说：“谢谢大家，我今天召集大伙来有两个目的，一是表态，二是讲一下后期工作安排。先说第一件事儿，我代表连城地产，代表投资方，向各位职工承诺，三个月后，再向大家发放大笔现金。公司鼓励职工入股，当然，这是自愿的。第二件事儿，大家心里都明白，夏恒钢铁已经无力回天了，我们重组的方向不是挽救夏恒钢铁这艘沉船，而是拯救这艘船上的人，也就是大家。我们会带领大家共同致富，请大家相信我们！”

夏恒钢铁在工业化前期确实是一个朝气蓬勃的企业，但眼下，它已日薄西山。要想救活夏恒钢铁，必须在设备更新、产能提升、环保以及物流这几个重要环节投入巨额资金，根本就是一个吞金兽。更重要的是，省里的国资企业荣达钢铁集团、南钢集团已经全面超越了没落的夏恒钢铁，近年来，夏恒钢铁的产品在省内的市场份额已经被压缩到可怜的百分之三，跨省销售几乎为零。

尽管如此，很多老职工对钢铁厂还是很有感情的，就这样放弃钢铁厂，他们心里很不好受。

秦怀远叹了一口气，钢铁厂用不了多久就会彻底消失了，李百汐说得不无道理，船沉了没关系，关键是船上的人能活下来，但事实真能像他说的那样吗？

九月十五号，市委十几辆车来到夏恒钢铁厂，常委会上正式通过了开发新区的决议，市委将成立一个新区管委会，新区的规格要比北川市其他五个区高半级，还将成立一个招商局，新区的位置已经确定，就在钢铁厂附近。

新区总面积约为七点九平方公里，其中，原夏恒钢铁厂占地面积达二点五平方公里，占总面积的三分之一，现面向各界进行招商引资，新进入的开发商将给予土地税率方面的优惠。

来新区视察的视察组由朱洪春带队，包括市委副书记、副市长，辖区区委书记、区长以及部分商界实业家。

视察第一站就是夏恒钢铁厂。李百汐带着公司管理层迎了出来，带朱洪春等人到厂里参观。

在钢铁厂后面的小山上，赵晋和朱亮拿着望远镜观察着那群视察的人。

朱亮一边看，一边笑着说：“晋哥，你觉得这次我们能捞多少钱？”

赵晋笑道：“你呀，别把眼睛盯在钱上，你的钱还不够花么？我们现在做的事，目的不是赚钱，而是享受赚钱带来的成就感。”

朱亮哈哈大笑："我可没你那境界，不过，说实话，晋哥，我真佩服你，之前跟郭立功合作，还得分他一份，你转手就把他做掉了，现在项目全是我们的。哈哈哈，郭立功做梦都想不到。"

赵晋放下望远镜，坐到身边的大石头上："小亮，事情没你想得那么简单。之前我们从省城来北川时，你问我这个项目能挣多少钱，我那时候告诉你是两个亿还是三个亿来着？"

朱亮摇了摇头："你说刨去各种开销，能挣三个亿，现在少了郭立功，我们能分多少？"

赵晋笑了笑："小亮，这个项目远远超出了我的想象。如果一切顺利的话，我们能到手四十亿！"

朱亮吓了一跳："四十亿?！人民币？"

赵晋点了点头："不过这钱不是你我二一添作五就能分了的，凡是参与的人都有份儿，一个环节都不能少，至少得拿出十亿打点。"

朱亮笑得嘴都合不拢，就算拿出十亿，还剩三十个亿，他跟赵晋一人能分十五亿，简直是天上掉钱一样。

傻乐了半天，朱亮回过神儿来："晋哥，这……几十亿我们怎么拿到手啊？这可不是几十万、几百万，随便找个理由就搪塞了，几千万、几亿都不好做账，更别说四十个亿了！"

朱亮不是没脑子的蠢货，四十亿，不是那么好拿的，拿了钱要能花，要敢花，否则，前脚刚拿到钱，后脚就进了监狱，那可就成笑话了。

赵晋一脸得意："小亮，你知道我为什么不直接让许连城到北川参与这个项目吗？而是大老远找来李百汐这个洋博士负责夏恒地产。"

朱亮一脸茫然地摇摇头："我还真不知道。哎呀，我的晋哥，你就别卖关子了，快告诉我吧。"

赵晋哈哈一笑："只要把地卖了，夏恒至少进账四十亿。到时候，我会让人在海外注册一家科技公司，把公司的估值做到四十亿，然后让夏恒花四十亿并购，资金打到海外，这钱就是我们的了！”

朱亮听了，总觉得有漏洞：“到时候夏恒地产出了问题，肯定会牵连连城地产。李百汐是连城地产派过来的人，跑得了和尚跑不了庙啊。”

“你脑子怎么就转不过来弯儿呢？”赵晋笑着戳了朱亮的脑袋一下，“李百汐是连城地产派过来的代表不错，但夏恒地产是有限责任公司，‘有限’的意思你懂不懂？夏恒地产是连城地产的投资项目，投资就仅限于连城地产的投资额，是有限责任公司，公司如果破产清盘的话，清盘偿债也仅限于公司的资产，关连城地产什么事？”

赵晋笑得意味深长：“李百汐是连城地产的全权代表，夏恒地产由他负责，他搞的并购本就属于风险投资，自然有风险，投资失败很正常，又不犯法。项目投资失败后，李百汐肯定会辞职，然后回到国外。他拿着钱回国外享受，我们分我们的钱，连城地产不沾边。市里要是想清查，就把所有的事情都往李百汐头上推，李百汐又不是贪污潜逃，只是投资失败回了国外而已，国内的监管机构拿他没办法。这事儿最终只能不了了之。”

朱亮听得目瞪口呆，好半天才伸出大拇指：“晋哥，这手玩得太漂亮了！”

赵晋笑而不语，如果朱亮不是朱洪春的儿子，他能给朱亮十五亿？这十五亿就是给朱洪春的，如果没有朱洪春暗中帮忙，这事根本就不可能成功。

首先，没有朱洪春对夏恒钢铁重组的大力推进，这个项目肯定得搁浅；第二，郭立功这个棋子用得极妙，最后还要朱洪春出手，才能阻断于清风的追查；第三，如果没有市委推出新区建设计划，钢铁厂的地皮就不值四十亿，顶多也就值几个亿。

“晋哥，李思文还要不要监视？我派的人从北川跟到狮子县，又跟到了鹰嘴镇。李思文还真是厉害，硬是把他妹妹从许董那儿带走了。其他一切正常，案子好像真结了。”

赵晋缓缓摇头：“李思文那儿不能放松，继续盯着，不过，千万不要惊动他。我们也希望他们就此不再追究，就怕他们还有阴招。但愿是我多虑了。”

九月二十四号。

北川市政府主持新区地块拍卖会，一共有七个大板块，来参加拍卖会的国企、私企众多。北川本市的企业不算多，不是他们不想要，而是实力不够。

李百汐也到场了，不过，夏恒地产今天没有地块拍卖，他不是来参加拍卖的，他只是来现场看看，看地块到底能卖多少钱，这样，他才能做到心里有数。

拍卖争夺很激烈，第一个板块是七万平方米的小板块，经过角逐，最终被省属地产企业国泰拿下，拍价二点一亿，平均每平方米达到三千元。

目前，北川市最高档的住宅价格是八千多一平，最高地价两千出头，卖三千也不算离谱，但这是边缘地块。

第二块地是十一万平方米，被省属另一家地产企业长运以四点七亿拿下，比上一块地价略高。接下来，一块比一块高，到第六个板块，十七万平方米的地块卖价达到八点五亿，已经达到平均五千元一平方米，按地价占房价的百分之二十来计算，这块地上的房子建成后，房价至少得两万以上。在北川市，这样的价格几乎不可想象！

最后一块压轴的核心区域地块，三十万平方米的东方板块最终被京城国企拿下，拍卖价高达十九点八亿人民币，每平方米的地价高达六千六百元！

李百汐心里怦怦直跳。按照新区的规划，夏恒钢铁的地块在新区的中心地带，毫无疑问的黄金地块。夏恒钢铁总面积高达六十五万平方米，以刚才拍卖的价格计算，夏恒钢铁那块地皮的价格超过四十亿！

夏恒钢铁地块拍卖会的公告一周前就登上省城日报了，目前，向夏恒地产办公室申请参加拍卖的商家已经达到三十九家，其中有一半是参加政府地块拍卖的企业。

参加拍卖的企业，会前按规定要交纳上千万元保证金，拍卖完成后，买下地块的企业会按协议分批次交纳地款。

一般情况下，很多企业不会一次性向卖方交付全部地款，很多卖方会接受一部分现金，再以土地价入股，当然，这些都要双方协商。

李百汐接到指令，所有参与拍卖的企业，必须交纳一千五百万保证金，成功买到地的，保证金留下，没买到地的，保证金退还。买地企业必须在一周内交纳地款百分之五十，剩余款项必须在三个月内全部交付，逾期未支付地款的，合约作废，保证金不予退还。

也就是说，他要在三个月内得到全部卖地款项，这么迫切地拿到四十几个亿地款，目的昭然若揭。

李百汐打了个越洋电话，通知国外的同伴加紧准备“科技公司”的资料。这个环节一定不能出差错，卖地成功只是第一步，等并购了“科技公司”，把钱汇入那人指定的离岸账户，钱才算是到手。

一晚上，李百汐都没睡好，第二天起来，果不其然出现两个黑眼圈。

会场很热闹，李百汐虽然心里紧张，但表面上还是一派镇定。夏恒地产的地块划分成了四块，最大一块是三十万平方米，剩下三块都是十万平方米左右。

拍卖开始，李百汐紧张得手心都是汗，直到最小一块地拍出七点二亿，李百汐才松了一口气，这块地九万八千多平方米，每平方米卖到了七千一，比前一天的地王高了四五百，看来热度仍在持续上涨。

第二块和第三块地拍卖得比较顺利，价格浮动也不大。第四块，也是最大的一块，三十万四千九百平方米的地块是压轴戏，起拍价十亿。

前三块地的加价幅度大多是几百万，这块地的竞拍势头就不一样了，第一个加价的竞拍者一举牌就加了两亿。

之后，价格就是以亿为单位往上加，价格一路攀升到二十一亿五千万。

这时，第一个举牌的人又加了两亿，总价叫到了二十三亿五千万！

他的做法等于是告诉对手，这块地他志在必得。没有人再加价了，这个价位拿下地，相当于每平方米八千元，建出来的房子要以多高的价格出售，这么贵的房子能卖出去吗？

李百汐可不管他们的房子卖不卖得出去，他现在可谓志得意满，四块地的总价高达四十四亿九千四百万，拍卖圆满完成。

拍卖会结束不到五分钟，李百汐就收到一条短信："与买地企业的付款合约条件不能做任何更改，一周内交付百分之五十，三个月内交付剩下的百分之五十，如有延期，夏恒地产有权取消合约，重新拍卖，前期已经支付的款项作为赔偿金，分文不退。"

李百汐本着这个原则与四家地产公司的八位代表洽谈合约，四家买地企业代表都要求改变付款方式。

李百汐用不容商量的口气说道："不行，我们夏恒地产在拍卖前给各参与拍地的企业都发过条约了，条约不能更改。我还有别的事要忙，给各位半个小时时间，要么签合约，要么毁约，毁约的话，先前支付的一千五百万保证金不予退还！"

四家地产企业的代表紧急与公司联系，商量起来。十分钟后，四家地产企业代表先后向李百汐表示：“按条约条款签约。”

在李百汐强硬的态度下，四家地产企业最终都签了交付款项合约。李百汐看着合约书上的签字，都快高兴疯了。

一周后，夏恒地产的账户中收到二十二亿四千七百万。李百汐接到指示，给夏恒地产管理层和夏恒钢铁职工发放五千万。

员工这次收到的钱是上一次的五倍，有六千多元，同时还得到通知，三个月后还有现金发放。另外，公司将以入股的方式，给员工部分股份，有自愿入股的，可随时入股。

有钱收，还能分到股份，眼见新公司欣欣向荣，再没有职工闹事了。

管理层上一次每人分了十几万，这次每人拿了六十几万，更不会有异议，每次会议都会全票通过李百汐的决定。

一个半月后的公司高层会议上，李百汐提出了新计划。

“我们夏恒地产周边的地块已经全部拍卖完毕，目前还剩下最核心的一块，就是原钢铁厂厂房这块地，大约九万平方米。原本我是打算用这块地建一个集商务、住房、休闲、娱乐于一体的CBD综合商务区，毕竟我们现在有钱，地也是现成的。但是我发现，政府之前拍卖的地块，大部分都被地产公司投资建房了。北川市目前最高的房价是八千元一平方，我们夏恒地产新区这边的地价都超过六千了，我们夏恒地产的地块已经卖到了七千元一平方。以现在的地价，以后的房价得卖多少钱一平方才能赚钱?”

众人都陷入了沉思，那么多地产企业涌入北川新区，大家都陷入了狂热的投资建房中，建好了房子，真能卖那么贵吗?

李百汐喝了口水，见大家都跟着自己的思路走，很高兴：“现在的房地产市场已经陷入了十分危险的状态，所以，我们不应该再一头扎进去了。我们可以进行其他尝试，投资一些更稳妥，更有发展前景的行业。”

“李总，那我们投资什么好?”

“投资新能源汽车!”李百汐手指在桌上一叩，声情并茂地说了起来，“石油作为不可再生能源，必然会在我们可见的将来耗尽。国家一直在鼓励和支持新能源开发，为了企业的将来，也为了我们自己的将来，为了我们子孙后代的蓝天白云，我们必须改变投资思维方式。新能源是最有前景的项目之一……”

李百汐口若悬河地说完之后，会议室里沉默了好一会儿，原钢铁厂的销售经理问道：“李总，可是……我们以前是钢铁企业，是做钢铁的。你们来了后，我们就开始改变思维，往地产行业靠拢，可现在，地产项目还没开始，又要转型做新能源汽车，这……我们踏入的是完全没有经验没有基础的领域，这会不会太危险?”

李百汐笑着说道：“问得好，你们不问，我也要说这个问题。凡事都要创新，如果一味守旧，不做改变，迟早会消亡，原来的夏恒钢铁不就是这样吗?”

这话虽然刺耳，但事实就是事实，夏恒钢铁就是不思改变，结果垮了。

“李总，我听说汽车行业很复杂，一辆汽车的全部配件有七万多个。而且，进入汽车行业需要大量资金，我们虽然有几十亿，看起来不少，但是要造汽车，不过是九牛一毛，远远不够啊。”

李百汐摆摆手，道：“我知道，我们的四十亿远远不够。我是学金融资本的，你们是做实业的，玩资本，你们没我懂行。我们不是直接进入汽车制造业，而是先投入汽车新能源，比如，投资一个新能源电池公司，然后包装上市。现在国际上都在热捧新能源企业，我们上市的话，就能把四十亿的企业做到四百亿，一旦上市融资，我们就能有三百到四百亿现金流，足够我们前期的新能源汽车制造。我计算过，新能源汽车从投入到实际产出，需要投入一千亿左右，我们母公司连城地产那边有足够的现金支撑，他们承诺，后续为我们投入七百亿，加上我们融资得来的三到四百亿，超过一千亿，你们说够不够?”

李百汐为众人画了一个极具诱惑力的大蛋糕。

虽说一千亿有些不切实际，但是想到李百汐转手将垂死的夏恒钢铁做成了账面上有四十多亿现金的夏恒地产，以及给到他们手里的六十多万，一切仿佛又有可能了。

李百汐继续鼓动唇舌：“刚才杨经理说到汽车配件的问题，确实，一辆汽车的配件多达七万以上，但你们没弄清楚，任何一家汽车企业都不是由自己生产全部配件的，现在汽车配件都是全球采购，汽车企业只要控制核心研发技术。就拿我国的国产汽车企业来说，大部分都是半路进入汽车行业的。我们需要的不是基础，而是资金和研发，只要有钱，我们就可以挖到汽车行业最顶尖的技术人才，我们不会，他们可是专业的。”

李百汐不是企业家，说到底，他其实就是个高级骗子，还是个有一定知识和能力的专业骗子。

“我先甄选一下投资什么类型的公司比较好，然后把资料拿给大家讨论，我会尽量在一个月内做好调查，毕竟钱在我们手中，能不能生出钱来，得靠我们的眼光和能力。好了，散会。”

第十二章　殊死交锋，纪委书记高悬利剑

夏恒地产欲斥资四十亿收购欧洲的一家新能源企业。消息传出，一石激起千层浪。就在各方惊叹夏恒地产的大手笔时，李思文却敏锐地嗅到了这个项目背后隐藏的惊天骗局：夏恒地产的真实目的在于向国外转移资金！在一系列的调查取证中，纪委干部接连受到生命威胁，于清风车祸住院，李思文连夜把证据送到省纪委。贪腐分子终于被一网打尽，等待他们的将是党纪国法的严厉制裁。

狮子县，谢学会主持书记碰头会。

李思文情绪有些低落，他回狮子县纪委上班已经一个多月了，于清风那边一直没什么消息。他心里惦记着郭立功的案子，但一直毫无进展，难道这个案子真的就此不了了之了？

散会后，回到办公室，桌上放着晨报，李思文随便翻了翻，就看到第二页主版人标题“夏恒地产大手笔，欲斥资四十亿购进西欧新能源石墨烯电池科技公司”。

四十亿，夏恒地产哪来这么多钱？李思文看完整篇文章才知道，夏恒地产卖地卖了四十多亿。

并购外资科技公司靠谱么？虽然国家支持国内企业并购国外的科

技公司，但夏恒地产是一家地产企业，贸然进入科技领域，外行领导内行，能行吗？科技公司的后续投入，不论是人力还是金钱，都非常大。夏恒地产一抖手，就把全部身家都投进去了，哪有后续资金跟进？他们就不怕一着不慎，几十亿就打了水漂？

李思文嗅到了阴谋的味道。他上网查了查夏恒地产的信息，这才发现连城地产几乎没有投入，转手腾挪，就到手了四十几亿，把空手套白狼玩到了极致。这明显是侵吞国企资产。

夏恒地产用四十几亿并购外资科技公司，如果投资失败，四十几亿打了水漂儿，原夏恒钢铁的几千职工怎么办？谁承担国有资产流失的后果？

整整两天，李思文从各种渠道搜集夏恒地产和他将要并购的那家新能源科技公司的资料。石墨烯电池能源科技公司是二〇一四年成立的，地址在西欧的一个海岛小国。

再查李百汐，除了夏恒地产官网上有介绍外，其他地方都查不到，如果他在国外真的很出名，为什么一点儿信息都查不到？

李百汐是外籍，作为公司决策人，不管投资是成功还是失败，都只是商业行为，投资失败也不会承担刑事责任，最多就是离职回国外。

他一旦回国，国内就算查出点儿什么，也是鞭长莫及，而且，只要他一走，所有线索就断在他那儿了，国内的蛀虫也就高枕无忧了。

李思文皱紧了眉头，想了一会儿，给徐芷珊打了个电话。李思文听到徐芷珊的声音，心里立刻舒服了不少，这大概就是恋爱的感觉。

“思文，周末我去你那儿。”

李思文赶紧说：“你还是别来了，案子没破之前，你别来北川了，我担心你的安全。另外，我想请你帮个忙。”

“什么事儿？你说。”

李思文先把查到的资料告诉了徐芷珊，又说了一下自己的想法，然后才说："芷珊，我想请你找个外语水平高点儿的朋友打个电话试探一下，另外，你在西欧那边有没有什么熟悉的朋友？"

"我有个很要好的同学在法国，在那边混得还不错。"

"太好了！"李思文高兴坏了，"芷珊，能不能麻烦你那同学去当地查证一下，费用我可以申请调拨，要他一定注意安全。"

徐芷珊干脆地应了下来："好，我来安排。"

李思文又给于清风拨了电话。

于清风一看是李思文的电话，笑着问，"思文，这段时间是闲得发慌，还是幸福地花前月下啊？"

李思文嘿嘿一笑，说："我都闲得着急了。于书记，我发现一个问题，跟你汇报一下。"

"嗯，说吧，我猜你就有事，你不是闲着没事给我打电话的人。"

李思文干笑一声，把夏恒地产的疑点详细跟于清风说了。

于清风沉吟半晌才问："思文，你有几分把握？"

"于书记，这件事实在太可疑了。只要并购案成功，四十亿投出去，李百汐一旦消失，我们就是想查出幕后黑手是谁都查不到了，所有线索都会断在李百汐身上。于书记，这个骗局一环扣一环，背后涉及的人必定更多。"

于清风也意识到问题的严重性，虽然目前还没有真凭实据，但牵扯几十亿资金，出一点问题，他作为市委常委、纪委书记，也难逃责任。

沉吟片刻后，他道："好，思文，芷珊那边一有消息，你马上通知我，经费由我调拨，要尽快查证。"

于清风放下电话，心潮澎湃，如果李思文汇报的情况属实，这可是侵吞四十几亿国资的大案啊，北川市全市去年的 GDP 才二百多亿，全年税收不到四十个亿。或许这一次能抓出幕后那个大人物。

于清风决定向市委书记朱洪春汇报一下情况，这么大的事情，不向党委一把手汇报也说不过去。

“老于，坐坐，我正好有些事想跟你聊聊。”

秘书刘旭送了两杯茶进来，又出去了。

“朱书记，纪委收到一封匿名举报信，说夏恒地产准备花四十亿并购国外一家科技公司，有侵吞国资的嫌疑。”

朱洪春笑得一脸淡然：“夏恒地产并购海外科技公司的事，我也是刚听说。夏恒钢铁重组了，现在的夏恒地产属于私企，他们的经营方案我们不方便插手。我们不能见别人有钱了就眼红，想想以前，夏恒钢铁负债累累，职工天天堵我们市委的大门，那时候都想把这个烫手山芋扔掉。连城地产接手了，把事情处理得很好，堵大门的没有了，闹事的也没有了，连上访的都没有了，这不是好事吗？”

朱洪春这一席话避重就轻，把所有事情都推到了私企自己的运作方式上，于清风心中的疑虑虽然没打消，但也说不出什么，毕竟他没有真凭实据。

朱洪春见于清风不说话了，手指在茶几上轻轻叩了两下：“老于，正好我也有点儿事想和您聊聊。近期省里会迎来一大波人事调整，老严也在调整名单上，老严这个人比较稳重，做事条理分明，他的离开是我们北川市委的损失，不过，我们的工作也得继续。老于，你有丰富的基层工作经验，在近期的反腐纠风工作中表现出色，我想向省委组织部推荐你接任市长，我想先听听你的想法。”

于清风心里明白，这是朱洪春在向他示好，市长是正厅级干部，一般情况下，根本轮不到自己这个纪委书记。越级提拔也不是没有，但放在自己身上就有些出格了。

组织部也会考虑一把手的意见，虽然未必能最后通过，但至少朱洪春表明了态度。可是，为什么偏偏选在这个时候？

于清风摇了摇头："朱书记，我怕是得辜负你一番好意了。我有自知之明，当初掌管一个县已经搞得我焦头烂额了，现在要我主掌北川这么大一个市，我自认真没这个能力。在纪检部门工作，我干得挺开心的。"

朱洪春笑得意味深长："老于啊老于，你的心态倒是挺好，不过，这担子总得有人挑，你说是不？要说这掌管一市确实累，就拿夏恒钢铁改组这件事说，我是睡不安枕、夜不能寐，血压都高了。现在由夏恒地产接手，也有了起色，我终于松了一口气，后面新区企业的事，我打算交给老严全权处理，这也是政府的工作，我们市委就不越俎代庖了。"

眼见于清风"不上道"，朱洪春就换了话题。之前，严武德说要慎重选择接盘夏恒钢铁的企业，遭到市委接二连三的阻挠，现在又说市委不能乱伸手，政府要积极主动，话都让朱洪春说完了。

朱洪春到底是怎么想的，于清风越发摸不到头脑了。

市常委会上，朱洪春突然宣布由严武德全权接手新区规划管理事务，搞得严武德莫明其妙。这原本就是政府的事，朱洪春之前强势插手，搞得他这个市长说不上话，什么工作都开展不了，恼火得很，没想到朱洪春突然放权了。

朱洪春见严武德不接话，安抚道："老严，我们都知道，政府工作有很多的难题，可谓千头万绪。我个人认为，有争议、有分歧很正常，大家摊开来说，先民主，后集中嘛。新区已经打下底子了，希望你能在现在的基础上继续发展，把新区发展得更好。等我们走的那一天，北川的老百姓能说一句，这个领导来我们北川，还是干了几件实事的。那样，我们也就心满意足了。”

朱洪春竟然说出这样煽情的话，严武德心里还真有点感动，暗暗叹了口气，心里想着，朱洪春虽然有点乾纲独断，但他的出发点也是为北川的发展着想。

严武德暂时放下了心里的不满，表示自己一定会全力以赴，尽职尽责。

当天下午，严武德就带着人去新区视察情况了。以前他也来过这边，那时只有一条路，就是夏恒钢铁厂的路，现在都认不出那条路了。到处都在施工，到处都是轰隆轰隆的机器声，一片欣欣向荣。

“严市长，左前方是新区管委会和招商局的办公楼，目前已经盖到第四层了，进度很快，预计还有一个月主体就能完工了。管委会杨主任说，争取在四个月内装修好，明年二月份就可以搬新楼办公。”

“过去看看。”严武德点点头，心里很高兴。

新区规划的街道都是双向八车道，不过现在还是毛坯路，宽是够宽，却是泥尘漫天，没一会儿，车挡风玻璃上就全是灰。

管委会和招商局的新楼也在热火朝天地施工阶段，不远处还有工商税务楼……新区的规划完全是要造一座新城的架势。

司机绕着规划区域转了一个圈，用了一个小时。严武德还是第一次看得这么仔细，从目前的进度来看，这座新城各方面的配套设施都很全面，如果规划基建都落实到位，最少要一千亿，还真是个大项目！

这明明就是出政绩的工程，朱洪春一直抓在手里不放，为什么忽然给他了？这不是明摆着让他摘桃子吗？难道朱洪春真是个对事不对人的实干家，之前是自己钻牛角尖了？

这之后的一周，严武德全身心扑在新区建设上，累得人都瘦了一圈。

这天中午，秘书进来汇报：“严市长，下午夏恒地产与欧洲黑古特石墨烯电池科技公司代表会面，洽谈并购黑古特公司的事。夏恒地产之前邀请过您，您下午过去吗?”

严武德问道：“就是夏恒地产收购欧洲新能源科技公司的洽谈?”

“是的。”

严武德点点头：“去，这也算是我们北川的一件大事，就算现在夏恒地产是民营企业，政府也应该出面表示支持。”

夏恒地产园区四面八方都被工地包围了，轰隆隆的声音、漫天的泥尘，使得原本整洁的园区到处是灰尘，青绿的林叶上一层厚厚的黄土。

秘书已经打电话通知了夏恒地产，李百汐领着一群人在门口候着，车子一到，几人就大步迎了上去。李百汐亲手打开车门。

“严市长大驾光临，欢迎！欢迎！夏恒地产全体员工热烈欢迎！请进，请进……”李百汐满面笑容。

虽然外面泥尘漫天，地产办公楼里却很干净。李百汐陪着严武德一边往里走一边说：“严市长，真不好意思，新区这边都在忙建设，就没一块干净地儿，本来我想在市里找家酒店洽谈的，但后来一想，让他们来看看我们这生机勃勃、欣欣向荣的城市建设场面也好。”

“嗯，说得也不错。”严武德边点头边看着办公楼里忙碌的身影，心里很高兴：“欧洲的客人来了没有?”

李百汐看了看表：“还没到，说是两点准时到。”

严武德近了会议室，又问李百汐：“收购的价格还能再压一压吗?”

李百汐面露难色，低声道：“大致就是这个价了，中间有一定的溢价，因为欧洲那边也有竞争对手，石墨烯项目很抢手，所以我们必须拿出最大的诚意。今天谈判，价钱只会高不会低。我请严市长来，一是定定心，二是帮我们杀杀价。”

严武德笑道：“我可不是个好的谈判专家。”

李百汐摆了摆手，等办公室文员给两人送上茶，这才笑着说：“严市长可千万别谦虚，今天我就是请严市长来压阵的。今天的谈判只是初步意向，双方达成协议后，我们还得到欧洲视察黑古特公司，然后才正式签约。”

“毕竟是四十几个亿的投资，谨慎一点是应该的。对你们收购外资科技公司，政府方面是持支持态度的，希望你们能马到成功，在北川市打造世界一流的新能源电池生产厂家。”

“严市长，我还真有这个想法，这次如果能成功收购黑古特科技公司，我们就把电池生产逐步迁到国内来，北川市是我们的首选。到时候，在建厂地块、税务等各方面，还要政府大力支持啊！”

严武德答应得很干脆：“这个你放心，只要是对北川经济有利的事，我都会尽最大努力支持。北川对来落户的大型企业，尤其是新能源企业给予头三年免税的优惠政策，如果你能把电池厂落户北川，我给你五年免税！”

李百汐赶紧上前握住严武德的手，一再表示感谢。

黑古特公司来了四个人，三男一女，三个男人都是欧洲人，女人叫王珍妮，是中国籍的欧洲留学生，是黑古特代表团的翻译。

黑古特公司的首席代表是执行副总裁，名字叫“阿诺德条顿·希恩”。李百汐悄悄为严武德解释：“阿诺德条顿在欧洲是‘鹰’的意思，欧洲很多家族的姓氏都是用动物或高山命名的。”

严武德点点头，心想：李百汐不愧是留学多年，连欧洲人的姓氏起源都知道。

黑古特公司副总裁希恩在翻译王珍妮的协助下，播放了带来的影视资料，王珍妮做了详细讲解。

黑古特公司在欧洲有一层上千平方米的办公楼，数百员工，还有一个设备高端、齐全的研究所，有高级工程师数十人，几年来研究工作已有重大突破，石墨烯电池技术在国际上处于顶尖水平，且独一无二，受到国际资金追捧。黑古特公司目前的估值是五亿欧元。

李百汐悄悄对严武德说："严市长，我们在众多想要收购黑古特的公司中并不占优势，如果我们能把估值抬高一些，高出别的公司一大截，成功率会高一些。"

严武德自然明白这个道理，在不占优的情况下，想要获得成功，那就必须付出比别人更大的代价。这也是有技巧的，你高一点点，别的公司一咬牙跟上了，很可能形成你追我逐的局面，要是一下加个高价，就可能在气势上给别的公司造成压力。

李百汐告诉严武德，之前，他们为了这个项目有意放出风声，说是准备用六亿欧元收购黑古特。

黑古特公司介绍完，紧接着就是谈判。

"李总，希恩先生的意思是，有两种方案，第一种方案是贵公司投资二点五亿欧元，占黑古特公司百分之四十九的股份，你们作为投资方，可享受收益分红，但不参与管理。第二种方案是出资六点五亿欧元，全资收购黑古特，拥有黑古特百分之百的控股权。"

李百汐笑了笑，说："希恩先生，我们很有诚意收购贵公司，但是你们的报价太高了，我们有意出六亿欧元。另外，我们认为，黑古特公司的发展动力是原公司的所有员工，如果收购成功，我们会派驻董事和管理人员，但绝不插手你们的技术团队，不过度干涉公司原有的管理和发展方向，给予你们原团队足够的自由。这个，是其他收购公司给不了你们的吧？"

王珍妮翻译后，希恩沉吟了半晌，又跟同伴低声讨论了一会儿，这才对王珍妮说了几句。

王珍妮翻译道："李总，希恩先生要跟黑古特公司总裁通个电话，请稍候。"

"请便。"李百汐示意。

希恩对着电话说了一通，足足说了五分钟，这才挂了电话。

"李总，希恩先生跟总部通过电话了。黑古特公司总裁强调三点：第一，收购价不得低于六点一亿欧元；第二，他们要保留对公司的控制权，除非有重大事务，否则夏恒地产不得随意插手黑古特公司的管理；第三，夏恒地产必须有长期的后续投入计划。"

六点一亿欧元，折合人民币大约是四十二亿多，不到四十三亿，这个价钱还能接受。对方让了一步，也是想要公司的控制权，不过公司的股份已经转让了，你还能随心所欲地控制公司吗？

答案是不可能，严武德知道，资本运作高手都是这样，先拿到手，之后要捏圆捏扁，还不是随我心意？

李百汐看了看严武德，见严武德轻轻点了点头，这才对希恩等人说："好，我们接受贵公司这三个条件。"

王珍妮翻译过去，希恩当时就喜笑颜开，上前跟李百汐握手，双方签字。作为政府领导，严武德全程都在录像中，李百汐说这段录影将是夏恒地产的珍贵史料。

签字仪式完毕，希恩邀请李百汐尽快组织团队到欧洲黑古特大本营参观考察，然后签署正式收购合同。

下午《南江晚报》特版报道了夏恒地产收购黑古特石墨烯新能源电池科技公司的新闻，新闻中还特别提到了北川市严武德市长亲自参与并主导了收购洽谈，新闻图片中还有严武德的特写。

一周后，李百汐带着七人团队奔赴欧洲，七人都是夏恒地产的高管。赴欧洲考察第三天，国内就有新闻媒体报道夏恒地产以六点一亿欧元全资收购了黑古特公司。两天后，李百汐等七人考察团队有六人回国，李百汐没回来，说是留在欧洲继续考察黑古特公司，以期尽快调整夏恒地产和黑古特的战略方向。

北川市长办公室，严武德悠然地喝着茶。朱洪春放权后，这段时间，他的工作干得得心应手，尤其是由他一力促成了夏恒地产收购黑古特公司这一项目。他正在考虑，把哪块地批给夏恒地产建设新能源电池厂和研发室，把国外的高级研发室迁到国内，落户北川。这件事要是做成了，那可就亮眼了！

“笃笃笃”，是秘书郑小川。

严武德心情很好，笑着说：“进来。”

郑小川进来后，脸色不大对劲。

严武德笑着问他：“怎么，身体不舒服？再撑两天就给你放假！”

郑小川摇了摇头，一脸犹豫。

严武德收起笑容：“有什么事？说。”

郑小川在心里叹了口气：“严市长，我刚从夏恒地产那边回来，这次赴欧洲考察团夏恒地产项目总监胡友东悄悄跟我说了一些话……”

“他说什么？”见郑小川说话吞吞吐吐，严武德有点不耐烦了。

“胡友东说，他们在欧洲考察黑古特公司时，只在酒店会见了黑古特公司的代表，都没进行过实地考察，就看了看他们准备的资料，然后就是吃喝玩乐，最后每人给了一个……一万欧元的大红包……”

严武德心里“咚”地跳了一下，忽然问郑小川：“夏恒地产并购黑古特的六点一亿欧元，交付了多少？”

“签约当天就交付了一半，剩下的一半，预计将在一周内付完，今天已经是第四天了，也就是说，剩下的款项会在三日内付完。”

严武德张了张嘴，想跟郑小川说什么，最后还是挥手叫他出去了。等郑小川走后，他连忙拿起手机，给李百汐拨打电话。

电话通了，李百汐的声音传来，“严市长，您怎么有时间给我打电话啊，呵呵……”

严武德放低了声音：“李百汐，你们是怎么考察黑古特公司的？我听说你们连黑古特公司的办公楼和研发室都没去。没亲自考察公司的实际情况，你们就签了合同？”

李百汐一怔，语气有些许慌乱：“谁……谁说的？胡说八道……”

严武德压下一肚子怒气，沉声道：“我命令你现在马上停止交付款项，我这就安排人去欧洲实地考察，等考察完毕再决定签不签合同。最好没问题，否则，这么大数目的资金，足以将你我送进监狱！”

李百汐语气不自然地说：“严市长，这……这……这恐怕不好吧，怎么能……怎么能不按合约办呢……”

严武德几乎是吼了过去：“我说停止就停止，等我安排人过去！”

李百汐慌慌张张地说：“严市长，您等一会儿，等会儿，我打个电话……”

电话被挂断了。

严武德被气坏了，在办公室里来回踱步，他有种不好的预感，但一时又想不出来到底是哪里出了问题。他正准备去跟市委书记朱洪春汇报一下，办公桌上的电话响了，是朱洪春打过来的。

“老严，马上到我办公室来一趟！”

“好，我正好有事要跟您谈一谈。”严武德一边说一边急急忙忙地出了门。

严武德敲了两下门，没等朱洪春答应，径直推门而入。朱洪春已经坐在沙发上等他了，抬手示意严武德坐。

朱洪春正襟危坐的样子，让严武德感觉很奇怪，总觉得像是严阵以待似的。

“朱书记，我觉得夏恒地产并购黑古特公司这件事有问题。”严武德开门见山单刀直入。

“哦，有什么问题?”朱洪春的话虽然是疑问，但不知为何，严武德总觉得他看起来像是心中有数一样，一脸不在意。

“听去黑古特公司实地考察的夏恒地产的代表说，他们根本就没见到黑古特公司的办公室，更别说研发室了。在那边待这几天，就是带着他们吃喝玩乐，最后每人给了一个一万欧元的大红包……”严武德据实以告。

“哦，有这种事情?是谁跟你说的?”朱洪春喝了一口茶，不紧不慢地问。

严武德被噎了一下，他当然不能说是谁说的，说好听了，这是向上级汇报情况，说不好听了，有打小报告的嫌疑。而且朱洪春关注的重点也不对，重点是夏恒地产的考察太草率，根本就是敷衍了事。再加上最后考察组每人给了一万欧元，明显就是封口费。他担心背后有阴谋，这可是涉及四十几亿的大项目，一点都马虎不得!

朱洪春见严武德不说话了，放下茶杯，神色如常地说道：“严市长，夏恒地产并购黑古特公司一事，从头到尾都是由你负责的，怎么，你对自己的工作能力就这么没有把握?随便一个人说了几句话就让你坐不住了，这可怎么行。你是北川市的市长，北川市的发展还要由你来掌舵呢，做事要沉得住气。”

朱洪春这几句话说得语重心长，严武德却听得面红耳赤。朱书记这是说他做事不稳重，听风就是雨啊。

“朱书记，这事毕竟涉及四十几亿，一旦出事，我们谁都担不起这个责任。为了稳妥起见，我建议由市里成立一个考察小组，去黑古特公司全面考察一次。”严武德还是坚持自己的意见。

“我听说，夏恒地产和黑古特的合同已经签了吧?”朱洪春轻轻皱了一下眉，看向严武德。

“是签了，而且已经交付了一半款项，也就是二十一亿，另外一半按约定要在三天之内打过去。我认为应该马上冻结夏恒地产的资金，阻止另外二十一亿汇过去。”严武德是真着急了，连语速都快了不少。

“已经交了一半，那另一半我们要是三天不汇过去，已经汇过去的二十一亿能要回来吗?”朱洪春倒是一点都不着急。

“这个……应该是不能，因为是我们违约。可是如果并购黑古特是一场骗局呢？我们现在停止汇款，至少能留下二十一亿。”严武德一着急，说出了令他最害怕的猜测。

“骗局？严市长，并购黑古特这个项目，从开始谈判到最终拍板决定，都是由你主导的吧？宣传工作做得轰轰烈烈，夏恒钢铁的老员工个个翘首以盼，省里市里对这项并购案津津乐道，你现在跟我说是骗局?”朱洪春的语气突然严厉起来。

严武德憋得脸色通红，一句话也说不出来。

“老严，我没有批评你的意思，但是你要知道，并购黑古特这个项目是你的政绩，会直接影响你今后的仕途，你一定要谨慎。夏恒地产已经付了二十一亿过去，你突然说要重新派考察组过去，新考察组从建组到去西欧，再考察，三天时间够吗？等你们考察完了，合同也过期了，黑古特拿着合同一翻脸，之前付的二十一亿可就打了水漂了！到时候你要怎么跟大家交代?”朱洪春趁热打铁。

严武德脸都白了。要是黑古特没问题，现在叫停合约，不仅并购案失败，之前汇过去的二十一亿也要不回来了。他就成了北川市的罪人了。

“可是，朱书记，我刚刚给李百汐打过电话，他支支吾吾的，什么也没说就把电话挂了。”严武德还是不放心。

“哦，李百汐敢挂你的电话？你再打一个试试。”朱洪春用眼神示意他打电话。

严武德无奈，又一次把电话打了过去。

“喂，严市长，不好意思，不好意思，刚刚有点急事，我去处理了一下。对了，你之前是说考察组的人没看到黑古特公司的研发室是吧？我跟他们解释过了啊，前几天研发室正在做研究，里面的东西有一定的放射性，不安全，所以才没领大家进去，只是在外面转了转。我们这边的人毕竟是外行，黑古特的人讲解了半天，也没人听懂多少，再加上语言又不通……也是我考虑不周。”李百汐的声音传来，一点也没有上次通话时的慌乱。

严武德心里疑惑，但又找不出毛病，只好试着问：“研发室现在能参观了吗？我现在再派一组考察队去考察，应该能进去了吧？”

“能进了，能进了。但是严市长，您现在派人过来，怕是三天到不了吧？我们按合约，三天之内就要把另一半款项汇到黑古特公司的账户了，要是违约的话，不仅合约作废，之前的钱也收不回来了。您要是实在不放心，我传几张研发室的图片给您，正好我就在这里。”

李百汐说的话竟然跟朱洪春一模一样，就像之前两人沟通过一样，严武德心里升起一抹怪异感。

“好，那你把照片传过来吧。”严武德说完，挂了电话。

对面的朱洪春气定神闲，面带微笑地看着严武德。

一周后，夏恒地产办公室。

所有人都乱成一团，总经理李百汐失联了！

四天前，李百汐的电话就打不通了，但他人在国外，夏恒地产的办公人员也就没太在意，只以为是信号问题，或者时差问题。又过了两天，夏恒地产的正常公务堆积如山，必须得请示李百汐，办公人员再次联系李百汐，电话还是无法接通。

没办法，只好拨打黑古特公司的联系电话，想通过黑古特联系李百汐。电话打过去，却显示对方的电话是空号，再打黑古特公司留下的其他联系电话，也全是空号。

这时，夏恒地产的人才省悟，这场轰轰烈烈的国外高科技公司收购案很可能是一场惊天骗局！

同一时间，李思文也接到了徐芷珊打来的电话。

“思文，对不起，我同学没能在夏恒地产签约前拿到证据，我……”

李思文叹了一口气，说：“不关你的事，你同学已经尽力了，怨不得他。”

徐芷珊满是自责：“思文，我同学这一趟也没白跑，他查到了李百汐的真实身份。”

“真的?!”李思文眼睛都瞪圆了，兴奋地问道，“芷珊，他现在在哪里?”

十月。

于清风站在窗边抽烟，冷空气提前到来，地面上随处可见飘落的黄叶，远处山上也笼罩着淡淡的银白色，是霜。

于清风按灭了烟头，转身出了办公室。一大早，朱洪春的秘书就通知要召开紧急常委会。

会上，朱洪春表情严肃，扫了一眼在场的常委：“各位，今天有个非常重要的事情跟大家公布。秘书接到一封举报信，信里实证举报市长严武德纵容妻子和小舅子贪污，他自己也涉嫌贪腐。鉴于事情的严重性，我已经上报省纪检监察部门，严武德已经被监察部的人带走审查了。”

会议室里一片死寂，太突然了，之前一点消息都没有。能以迅雷不及掩耳之势实证举报一市的市长，然后在没露出一丝消息的情况下带走市长审查，怎么听都感觉像是有人在背后操纵。

朱洪春语气沉重地说道：“除此之外，我刚刚得到消息，夏恒地产四十多亿资金被骗，严武德作为主管领导，难辞其咎！”

“四十多亿?!”

“被骗?!”

在座的市委领导都被这个突如其来的消息惊呆了。

朱洪春点点头，沉声道：“准确地说，是四十二亿五千万！”

“夏恒地产的高管都已经被控制起来了，查明他们在此期间一共得到三千万现金，个人贪墨七十万元左右，所有人的供词都指向一个人，夏恒地产的执行总裁李百汐，这个人目前处于失联中。可以确定，他已经逃到国外去了，李百汐只是他的化名，他的真实身份还在调查中。现在可以确定的是，夏恒地产并购黑古特科技公司就是一场骗局！”

朱洪春的话把在场的领导都听傻了，夏恒地产的并购案搞得轰轰烈烈，报纸更是连续几天头版头条报道，怎么突然变成骗局了？四十几个亿，谁担得起这个责任？

朱洪春叹了一口气：“因为事关重大，所以我在三天前控制了严武德，私下安排人手查证，虽然做法有些违规，但非常事情非常对待，我个人愿意接受组织处置。严武德作为新区开发建设的主管领导，责任难脱。我作为北川市委书记，也有失察之责。今天开这个会，是让大家讨论两点，一是严武德的处理方案，二是我个人的失察之责。”

于清风眉头深锁，对朱洪春提出的严武德妻子和小舅子贪污一事，他之前也有所察觉，但大多是空口白话，没有实际证据。没想到朱洪春竟得到了实证，还绕开了他们市纪委，直接上报到了省纪委，可是他没听省纪委书记徐建国提过这件事啊？于清风总觉得这件事有蹊跷。他抬头看向市委书记朱洪春，朱洪春正在为被骗四十二亿而一脸自责。于清风突然脑袋里面灵光一闪：难道严武德是夏恒地产并购案被骗四十几亿的顶罪羊？

朱洪春先是抛出严武德妻子贪污受贿的事，紧接着说四十亿国有资产被骗，所有人都会把两件事想到一起，严武德就是跳进黄河都洗不清。

两天后，省纪委副书记倪震生带领调查小组来到北川市，调查严武德妻子贪污受贿一案和夏恒地产四十二亿五千万被骗案。

巨骗案曝光后，夏恒钢铁职工再次围堵北川市政府大楼，严重影响了市委市政府的正常工作，政府部门陷入瘫痪。

省委和省纪委领导做出批示，北川市的诈骗案要从快从严处理。

于清风回到家，老伴笑着对他说：“老于，你看谁来了？”

李思文站起身，笑着迎了过去：“于书记。”

“哈哈，思文来了！”于清风看到李思文，高兴地拍了拍他的肩膀，只有看到李思文，他那根紧绷的弦才能放松点。

李思文反倒像主人似的，给他倒了杯茶，说：“于书记，来，喝口茶。”

于清风从单位走回来，还真有点儿渴，接过茶杯喝了两口，这才问：“看你春风满面的，有什么好消息？”

李思文点点头：“芷珊的法国同学找到了李百汐，并查到了他的真正身份。”

于清风噌一下站了起来，盯着李思文问：“消息属实？徐书记知道了吗？”

“千真万确！”李思文点点头，“徐书记已经联系了安全部和当地大使馆，派出秘密抓捕小组，对李百汐实施抓捕。李百汐已经抓到了，但他是外籍，还得靠大使馆出面，想办法引渡，即使不能引渡，我们也能从李百汐那儿得到重要线索和证据。”

于清风激动得在客厅来回踱步，捏着拳头打在另一只手上：“好！好！好事！李百汐不过是枚棋子，希望通过他能把他背后的人一网打尽！”

李思文苦笑道：“于书记太乐观了。李百汐作为夏恒地产的执行总裁，被推到了前台，站在风口浪尖上，他背后的人怎么可能让他知道所有的事。好在李百汐也是个有心机的，他和那人每次通话都录了音，这也是我们目前得到的最重要的证据，但被录音的联络人到底是谁，我们还要调查。”

于清风沉吟了一下才说：“是啊，省纪委工作组这几天审查发现，夏恒钢铁的管理层完全处于李百汐的控制中，与省城连城地产的联系都是公司书面文书，夏恒地产的行为都是李百汐的个人行为。连城地产有证据显示，当初那一千万给夏恒地产的钱，只是单纯的投资行为。所以，夏恒地产出事儿，连城地产那边一点儿责任都不担。经查证，李百汐甚至都不认识连城地产的高层，他只跟连城地产的董秘见过面。”

李思文哼了哼：“既然能设下这么大的局，设局的人肯定会尽力做到万无一失，不会留下任何可能牵连到他们的线索。李百汐的音频资料鉴定过了，那个人不是连城地产的董秘，也不是连城地产的高层！”

李思文看着激动的于清风，说道："于书记，徐书记叮嘱过，这个消息是绝密，北川这边，于书记还要跟往常一样，牵制案子背后的人。"

"我知道。"于清风点点头，"你不说，我也明白。现在北川市已经乱了，案子背后的人肯定也静不下心来，我们可以见机行事。你就别回狮子县了，还是留在市里，我在明，你在暗，我们分头行事。"

于清风跟李思文谈了大半个晚上，商定了行动方案。

北川市豪江会所。

赵晋和朱亮在包厢里喝酒。朱亮很高兴，一口气喝了一瓶啤酒，笑着说："晋哥，钱已经到手了，我们俩马上就是亿万富翁了，有什么感想？"

赵晋皱着眉头，摇了摇头道："别高兴得太早，现在还不是得意的时候，要沉住气。"

朱亮讪讪地摸了摸脑袋："我就这脾气，高兴了就喜欢嘚瑟，不然就不是我了。"

赵晋瞪了他一眼："朱亮，现在是非常时期，过了这段时间才能海阔天空。北川不是我们的地盘，你爸捅了这么大一个娄子，就算不负主要责任，市委书记的位置也坐不下去了，我们也得撤。你赶紧把这个会所转让出去！"

朱亮顿时苦了脸："你说这事儿……我老子这几天一直黑着脸，我都不敢见他，他一见到我就吼。虽然赚了钱，但我老子的位置……"

"你知道就好，赶紧找人办几个护照，必须隐藏真实身份，以免留下记录或者引起有关方面的注意。钱我会多分你一笔，算是给你爸的补偿，另外，"赵晋看向朱亮，一脸担忧，"还有个事，李百汐失联了，我们都联系不上。以防万一，我们得提前出去把那笔钱处理好。"

“行!”朱亮也知道事情的轻重缓急，费了这么大劲才弄到这笔钱，可不能在最后关头出问题，“我之前已经弄了几个假护照，不过……我们一起走吗?”

赵晋摇摇头道：“不，分开走，到欧洲会合。”

“行，你几时走？一个人，还是带着……”

朱亮看着赵晋的表情，不禁着恼：“晋哥，你呀你，我就想不通，你这么聪明的人，怎么就想不通？俗话说得好，红颜祸水，再漂亮的女人，玩玩就算了，何必当真？你还真想把秦妃丽带到国外去?”

赵晋漠然不语，朱亮一脸恨铁不成钢：“你在她身上花的钱还少吗？连玛莎拉蒂都买了，也算可以了。你再这样下去，早晚得死在秦妃丽身上……”

“你说什么?”赵晋狠狠瞪了朱亮一眼。

朱亮吓了一跳，他还真怕赵晋生气，赶紧换上笑脸：“我就是开个玩笑。算了算了，别为了她伤了我们兄弟的感情。我把这个会所处理了就走，在欧洲会合。到了欧洲，咱兄弟就可以明目张胆地花天酒地了，哈哈……”

秦妃丽开着玛莎拉蒂，载着父母去买东西。秦怀远和江玉淑夫妇当然不知道这辆车的价格，要不然，肯定会被吓到。秦妃丽更不会主动说这事儿。

父母都是老实巴交的工人，虽然穷，却活得坦荡，所以秦妃丽很多事都不敢对他们说。

秦怀远这几天心情很不好，看着车外，眉头紧锁。

秦妃丽一边开车，一边问：“爸，什么事这么不开心啊?”

秦怀远叹了口气，没说话。

江玉淑替他答道：“还不是为了钢铁厂的事，厂子重组，本来以为是好事，谁知道新公司的领导是个骗子，把厂里卖地的四十二亿都骗走了。现在人也跑了，钱也没了，厂里这几千个职工可怎么活啊。昨儿个有人来联系，说要一起去省城告状，你爸正考虑这事呢……”

“爸，”秦妃丽沉吟了一下，说道，“我今天其实是有事要跟你们说，阿晋给我办了护照，说要去欧洲旅游，我就想着，我走了，你们就搬到我那房子住。房子没人住，空着不好，没生气。另外，阿晋给你们留了两百万，够你们花一阵子了。厂子里的事就别管了，你们年纪也大了，该享享儿女的福了，再怎么折腾，厂子里能给你们补多少？十万还是二十万？”

秦怀远听了女儿的话登时就生气了，冲着女儿怒道：“你这是什么话？厂子里给我们多少，那是应该的，就算是一百块，也是我的正当收入。你找到一个好男朋友，爸替你高兴，但爸不希望你有了钱，就瞧不起穷人，就忘本了。你男朋友再有钱，那也是他的，他给我钱，我就能要？那我秦怀远不成了卖女儿了？”

“爸……”秦妃丽也不知道该说什么好了。

江玉淑听了不高兴了，维护女儿道：“你这死老头子，女儿让你住好房子，给你钱，那是孝心。女儿有孝心，你还不满足。”

秦怀远不怕天，不怕地，就怕老婆，平时也就是喝醉了才敢顶两句，这时被老婆一吼，顿时就不吭声了。

秦妃丽住的房子有一百六十八平，装修极尽奢华。秦妃丽给父母倒了水，把房本、钥匙、银行卡和车钥匙都放到茶几上。

“爸，妈，这房子的房产证上写的是我的名字，这有一张银行卡，密码是我的生日，你们拿好。我明天就走，你们就搬我这儿住。听阿晋说，这次出去，除了旅游，他还要办些事，最少要两三个月……”

秦怀远点点头，女儿有孝心是好事，他不卖女儿，但女儿嫁的人有钱，他也高兴，谁不盼自己儿女过得好呢。

秦妃丽站起身："爸，妈，你们熟悉一下房子。一共有四个房间，我住南边那间，剩下的房间，你们想住哪间就住哪间，我去给你们洗点儿水果……"

"我跟你一起去。"江玉淑跟女儿一起去了。

厨房里，两人一边洗水果，江玉淑一边悄悄问："你们……几时拿证结婚啊？"

秦妃丽叹了口气，瞄了瞄外面，然后才低声说："妈，你可别跟爸说。阿晋家庭太好了，我们的婚事没那么顺利，主要是他对我特别好，我也不好逼他。"

江玉淑也叹口气说："当父母的，哪个不盼儿女好，我就怕你上当吃亏……"

秦妃丽摇摇头："吃亏是肯定不会的，阿晋是真心对我好。妈，你看这套房子，连买带装修，一共花了三百万，我那车子也花了三百万，给你们存了两百万，这都八百多万了，再加上他每个月给我的零花钱一百万。就算我们分手了，我也有近千万，我吃什么亏？现在，他唯一给不了我的就是结婚证。"

听女儿这么说，江玉淑放心了。

秦怀远一个人在客厅坐着无聊，起身参观房子，房子很大，装修也很好。秦怀远一间一间看过去，一直看到女儿的房间。这间主卧是最大的，里面还有一个小衣帽间，两排衣橱，挂满了红的、绿的、蓝的服装。

秦怀远眼睛都看花了，撇撇嘴刚想出来，忽然瞄到梳妆台上放了一个棕色的皮制公文包。男式包，鼓鼓的，装了不少东西。肯定是女婿阿晋的，秦怀远沉吟了一下，往门口走了两步，又停下了，终于还是忍不住转过身来，打开了那个皮包。

秦怀远就是想知道被女儿夸得天花乱坠的女婿到底是做什么的，

他看过阿晋的照片，也问过女儿，但女儿一直含糊其辞，秦怀远多少还是有些担心，怕女儿找了个不务正业的人。

皮包里面装了厚厚一沓证件，最上面的是护照，翻开一看，相片是阿晋，名字却是郭剑。女婿不是叫赵晋么？

翻开第二本护照，相片依然是赵晋，但名字又变了，叫韩国华。

第三本护照还是赵晋的照片，名字是吴爱民。

秦怀远皱起了眉头，他虽然没出过国，但也知道，这些护照是假的。赵晋为什么不办真护照，却办了这么多假护照？假护照肯定是用来欺骗警察的，难道女婿犯了什么罪？

秦怀远阴着脸继续翻下面的东西，下面是一沓银行入账单据的传真文件，全是英文，秦怀远看不懂。文件下面有一支录音笔，这东西他认得，以前他给女儿买过一支，是用来帮她练外语的。

秦怀远按了一下。

“晋少，我跟你爸借考察的机会，在瑞士银行办了两个离岸账户，等夏恒地产并购黑古特公司成功后，钱可以打进这两个账户。其中，带X的户头是朱亮的，你给这个户头汇钱的时候，除了十亿分成外，额外多给他一亿人民币，这是你爸吩咐的。朱洪春的牺牲比较大，这是给他的补偿……”

“好，陈秘书，我知道了，你跟李百汐联系没别人知道吧？”

“没有，我只跟他打过两次电话，其他全是短信。黑古特并购成功当天，我就把手机号连同手机都销毁了，就算李百汐真出了事，仅凭两段电话录音，也找不到我头上。”

“那就好，我就担心李百汐那儿出问题，既然你考虑到了，那我就放心了……”

秦怀远越听越心惊，录音笔里的内容竟然是夏恒地产李百汐并购黑古特公司这一骗局的内幕！

亏他们几千职工还在告状，原来真相是这样的！

陈秘书是谁的秘书，秦怀远不知道，但录音中扯出了朱洪春，朱洪春是北川市市委书记，北川市一把手，连他都牵涉进四十亿骗局了，他们到市政府怎么告也没有用啊！

秦怀远恨得咬牙切齿，掏出手机就开始拍照，把赵晋的护照、传真文本一一拍了下来，又把录音笔里的录音录到了手机里。做完这些，他把东西恢复原样，放回原处。

出去坐了一会儿，吃了点儿水果，秦怀远站起身："我先回去了，还有点儿事要做。"

秦妃丽连忙站起身："爸，我带你们去饭店吃点儿饭，吃了饭再回呗。"

秦怀远不想走得太突然，引起女儿怀疑，于是一家三口去海鲜饭店吃了饭。平时最喜欢喝酒的秦怀远今天难得滴酒未沾，看得女儿和老婆很是纳闷儿。

饭吃完，天也黑了，秦怀远说要走回去，吹吹风，散散步，不想坐车。

秦妃丽笑着说："也好，爸，你要多锻炼锻炼身体，我别的不盼，就盼你们长命百岁。"

父母走后，秦妃丽才开车回家。开门就见屋里灯亮着，赵晋坐在客厅里。

"你来多久了？"秦妃丽笑呵呵地走过去。

"刚来一会儿。"赵晋阴着脸盯着秦妃丽问，"我放在衣帽间的公文包谁动过？"

秦妃丽笑着说："瞧你一脸严肃，能有谁？我从来不动你的东西，家里又没别人。今天就我爸妈来过，我妈一直跟我在一起，就我爸看了一下房子，我爸可不会乱动别人的东西。你包里丢钱了？"

赵晋摇摇头，道：“没事，我就随便问问，我包里没放钱。”

“那就好，我给你切点儿水果吧。”秦妃丽见他脸色不好，以为他累了。

赵晋站起身，说：“我出去办点儿事，一会儿就回来。”

也没等秦妃丽再问什么，赵晋径直走了。

“古古怪怪的。”秦妃丽嘀咕了一句，去了厨房。

洗好水果，赵晋还没回来，秦妃丽把果盘放在跟前，打开电视，一边看一边吃。一集电视看完，广告时间，秦妃丽这才转开眼，顺手把手机拿过来，打开才看到有好几个未接电话，她爸一个、她妈十一个，还有一个陌生电话，另外，微信上有她爸发来的音频和很多图片。她这才想起来，手机设置了静音。

秦妃丽没看微信的内容，而是先给她爸回了个电话。秦怀远很少主动给她打电话，不知道是不是有什么急事。

电话拨出去后，提示已关机，秦妃丽很奇怪，难道她爸的手机没电了？她赶紧给她妈拨了过去。

电话一接通，她妈就抽泣着说：“你爸……你爸死了！”

“怎么可能？刚刚……吃饭时不是还好好的吗？妈，你可别开这种玩笑……”

秦妃丽都吓傻了，脑袋里只有一个念头，不可能，不可能是真的。

“是真的。我刚才去市场买东西，你爸在外边等着，等我买完出来，发现你爸从西桥掉进河里淹死了……”

秦妃丽脑子里轰的一下，呆住了。

她爸才五十多岁，身体一直很硬朗，虽然不太愿意说话，但一直都很好，没有精神方面的问题。西桥两边都有一米多高的护栏，好好的，怎么可能从桥上掉下去？

秦妃丽的眼泪簌簌地流了下来，小时候，父亲背着自己顶风冒雨送她上学的情形浮现在眼前；父亲自己不舍得吃不舍得穿，把全部家当拿出来供她读书……

泪如雨下的秦妃丽心痛难当，一时间连该做什么都不知道了。突然，她想到父亲之前给她打过电话，还发了微信，算算时间，正好是父亲出事之前发的。

秦妃丽赶紧拿出手机，打开微信，入眼的是贴着赵晋照片的护照，一共有三个，还有一些数据图片。

秦妃丽英语不错，她看出那是瑞士银行入账的传真图片，一个账户是一亿四千万欧元，另一个账户是四亿七千万欧元。

两个账户加起来是六点一亿欧元，秦妃丽虽然没见过这么多钱，但对欧元汇率还是知道的，六亿欧元兑换人民币，就是四十多亿。

后面是音频，一连几个，秦妃丽点开第一个……音频的内容让她浑身发抖，心如刀绞，全身的血液都冻成了冰。

秦妃丽想起刚刚赵晋的表情，他的话，以及他急匆匆出去的背影，什么都明白了。

她爸动了赵晋的包，发现了这些东西，给这些东西拍了照，录了音。难怪她爸吃饭时一副心事重重的样子。

父亲给她打电话，肯定是知道自己有危险，这才把内容传给她。正是这些内容，导致她父亲被害。

赵晋！一切都是因为赵晋！

秦妃丽忽然大笑出声，笑着笑着，又开始嚎啕大哭。自己的完美恋人，竟是一只披着羊皮的恶狼！

一边是杀父仇人，一边是倾心恋人，秦妃丽纠结了两分钟，做出了决定，她想起一个人，那人给她留过电话号码。她颤抖着翻开手机电话簿，找到了，那人自称是纪委的，以前查金公主案时找过她，但她那时没说实话。

电话通了，男人低沉的声音传来：“你好，我是李思文，你哪位？”

秦妃丽努力让自己平静下来，问：“你是纪委的李思文吗？我叫秦妃丽，你还记得我吗？”

“秦妃丽？记得记得，你……有什么事？”

秦妃丽哽咽着说：“我手里有夏恒地产四十亿骗局以及幕后主使人的证据，还有瑞士银行汇款的图片，你想要吗？”

电话另一头传来粗重的喘气声，男人急促地声音响起：“要，秦小姐，你在哪里？我马上过来见你。另外，请你注意安全！”

秦妃丽心中涌出一丝暖意，“请你注意安全”，虽然只有一句话，也让她觉得这个人与别人不同，尤其是与自己身边那只杀了她父亲的恶狼不同。

秦妃丽与对方约好了见面的地点。

李思文正在于清风家里谈工作的进展情况，一起的还有文欣。文欣今天有工作安排，所以开了纪委的车送于清风回来。接到这个令人意外的电话，三个人都不淡定了。

于清风嫌文欣手脚慢，伸手抓过车钥匙，道：“我来开车。”

和秦妃丽约定的地点是西桥对岸，坐在前排副驾的李思文指着桥边道：“在那儿，于书记，靠前些。”

秦妃丽一身淡绿色的裙子，清风吹拂下，恍如仙子，只是脸色惨白。

李思文快步走到她跟前，四下张望了半天，见没有人跟踪，才道：“秦小姐，我是李思文。”

秦妃丽眼睛红肿，从挎包里掏出手机递给李思文：“手机微信里有我爸传给我的你们想要的东西，开机密码是“230623”，是我和我爸、我妈的生日，我爸被人害死了……”

秦妃丽泪眼模糊，指着江对面。那里聚集了很多人，灯光下黑压压的全是人头，警车和救护车灯光刺眼。

李思文接过手机：“秦小姐，谢谢你，请你一定注意安全，我会跟你联系！”

李思文快步回到车上，招呼于清风开车。汽车启动，李思文迫不及待地打开手机，手机里的图片一目了然，后面是音频。

李思文把音频的声音调到最大，虽然车子开得急，但里面的声音依然非常清晰。只听了第一段，于清风就把车头一调，说：“进省城，去徐书记那儿！”

车没开出多远，后边就传来警车尖锐的声音，李思文看了看后面，道：“于书记，有人追来了！”

文欣懂点技术，指着李思文手里的手机道：“手机可以定位！”

李思文立刻把手机里的内容发送到自己的手机里，对于清风说：“于书记，找个拐弯，你们下车，拿我的手机去省城。我开这辆车走，兵分两路，分头去省城！”

于清风摇摇头：“你跟文欣下车，就在前边！”

到了转弯处，于清风一踩刹车，冲着李思文和文欣叫道：“赶紧下车！去见徐书记！”

时间紧迫，后面的人眼看就要追上来了，已经由不得李思文和文欣说别的了，两人快速下车，躲在暗处，于清风一脚油门把车开了出去。

很快，两辆警车、两辆黑色轿车呼啸而过，追在于清风那辆车后面。

李思文红着眼跑出来，拦下一辆出租车，跟文欣上了车：“去省城！”

于清风没有往省城方向去，而是往城郊开，他的目的是把追来的人引开，为李思文争取时间。

李思文在车上把情况向徐建国做了汇报。

徐建国在电话里沉声道：“你把信息内容发给我，我马上安排人手去接应你们。于清风那边，我会通知北川的人接应。”

三个小时后，出租车来到省城高速出口，一队荷枪实弹的武警把李思文和文欣接上车。警车里，徐建国跟李思文、文欣握了握手，表情严肃。

“思文，有个不好的消息。”徐建国叹了口气，“于清风出车祸了，重伤，现在正在北川市人民医院抢救。我已经安排了省城最好的外科医生赶赴北川!”

李思文一阵无力，身子软软地靠在座椅上，眼圈红了。

文欣哭出声来。

北川市市委书记办公室。

朱洪春站在窗边，他把窗户全打开了，一点儿都不在意外面的冷风吹进来。

以前，他从来没打开过这扇窗，不管是夏天还是冬天，他非常享受室内二十三度恒温。

“今年的冬天来得早了一些，快要下雪了吧?”

朱洪春望着雾蒙蒙的天，风很冷，吹到身上像刀割一样。

办公室的门被推开，他回头看去，进来了四五个黑衣男子，有一个他认得，是铁青着脸的李思文。

朱洪春笑了，伸出双手：“来了?比我想的晚了点儿。”

其中一人走上前，给他戴上手铐，说：“朱洪春，你涉嫌侵吞巨额国有资产，涉嫌伤害国家干部，省委决定对你进行隔离审查，请你配合!”

朱洪春任由他戴上手铐，扭头问李思文：“于清风怎么样了?”

李思文目光如刀，嘴唇动了几下，还是说道：“医生说他很可能成为植物人，再也醒不过来了，你满意了?”

朱洪春叹了一口气，说：“于清风啊，是个好官，就是太正直了。你知道吗，毫无杂质的纯钢是最容易折断的!”

李思文目眦欲裂，悲愤地说道：“别给我灌输你那套价值观，作为一个党员，一个主政一方的市委书记，你对得起在党徽国旗面前的誓言吗?”

朱洪春又叹了一口气，摇摇头，说道：“走吧!”

同日，朱亮在海关落网。

一周后，省委赵副书记接受组织审查。许连城因涉案被公安机关控制。

腊月十一，冬天第一场雪来的时候，赵晋在偷渡澳门的路上落网。

腊月十六，陈正治案终结，移交司法。

来年二月，经过外交部门的努力，李百汐被引渡回国，瑞士银行账户的赃款追回三十亿……

三月，已经调入北川市纪委任纪委副书记的李思文接到徐芷珊的电话：“思文，于书记醒了……”

（全书完）